De espaços abandonados

Luisa Geisler

De espaços abandonados

Copyright do texto e das fotos © 2018 by Luisa Geisler

Grafia atualizada segundo o Acordo Ortográfico da Língua Portuguesa de 1990, que entrou em vigor no Brasil em 2009.

Capa
Claudia Espínola de Carvalho

Foto de capa
Astrakan Images/ Getty Images

Preparação
Fernanda Villa Nova

Revisão
Thaís Totino Richter
Luciane Helena Gomide

Os personagens e as situações desta obra são reais apenas no universo da ficção; não se referem a pessoas e fatos concretos, e não emitem opinião sobre eles.

Dados Internacionais de Catalogação na Publicação (CIP)
(Câmara Brasileira do Livro, SP, Brasil)

Geisler, Luisa
    De espaços abandonados / Luisa Geisler. — 1ª ed. — Rio de Janeiro : Alfaguara, 2018.

    ISBN: 978-85-5652-068-5

    1. Ficção brasileira I. Título.

18-14812   CDD-869.3

Índice para catálogo sistemático:
1. Ficção : Literatura brasileira   869.3
Cibela Maria Dias – Bibliotecária – CRB-8/9427

[2018]
Todos os direitos desta edição reservados à
EDITORA SCHWARCZ S.A.
Praça Floriano, 19, sala 3001 — Cinelândia
20031-050 — Rio de Janeiro — RJ
Telefone: (21) 3993-7510
www.companhiadasletras.com.br
www.blogdacompanhia.com.br
facebook.com/alfaguara.br
instagram.com/editora_alfaguara
twitter.com/alfaguara_br

De espaços abandonados

PARTE I

Caio,

Segue tudo que encontrei. Este livro e os papéis estavam enfiados em um armário na parede, atrás de um balde, duas vassouras, uma pantalha quebrada, dois pacotes finos enviados da China para um nome em ideogramas, um pirex rachado e um ferro de passar. Havia dois pendrives: um estava corrompido, inclusive pedi para que alguém na empresa desse uma olhada. Mas parece corrompido mesmo, não abre e não formata. Até me lembrei de quando eu era pequeno e quis destruir um HD com ímãs de geladeira (e consegui). Só que isso hoje em dia é mito, não é? Uma pessoa de TI deveria saber, mas ora bolas. O outro pendrive: não quis mandar pelo correio porque não sei o quanto a alfândega iria tratar. Imprimi os documentos que achei e estão aqui, mas estou encaminhando outro envelope com os pendrives: o corrompido e o que imprimi. Também tenho os textos salvos no PC e acho que te mandei por e-mail, né? Não basta ser incompetente, ainda sou neurótico.

    De resto, pela casa, não havia sinais de Maria Alice no quarto inteiro, ou na cozinha, na sala ou no banheiro. Como comentei na nossa ligação, não conheci nenhuma Maria Alice na Irlanda. Só tive o apartamento recomendado por uma conhecida em um grupo do Facebook de gaúchos em Dublin. Perguntei à minha conhecida e ela disse que, em geral, por ter só uma cama, o máximo de pessoas que morou aqui foi um casal. Não é muito barato a ponto de dividir fazer diferença. Ela também me confirmou que uma Bruna morou no apartamento no que ela disse ser 2015, mas por menos de um ano. Disse também que talvez essa Bruna tivesse morado em casal, mas talvez fosse só um namorado que passava muito tempo aqui. Já houve pessoas que moraram aqui com bichos de estimação: gatos, cachorros, pássaros, peixe e cobra. Ela achou o nome "Taco Cat" engraçado e disse que talvez saiba de uma pessoa que tenha esse gato.

Sei que você não precisa da minha opinião, mas tenho a sensação de que havia mais coisa com isso, mais objetos, uns cadernos. Algumas das folhas parecem fazer parte de um mesmo caderno, sabe? Este livro, por estar em português e anotado, provavelmente não pôde ser vendido ou reutilizado. Roupas e sapatos poderiam ter sido vendidos ou doados, assim como livros em melhor estado. Tenho a sensação de que, se você procurar pelos outros apartamentos que mencionou, possa encontrar algo. Tentei passar por eles ou entrar, mas confesso que não estava muito disposto a criar uma situação por conta disso. Se não me engano, o edifício na Carey Lane vai ser demolido para a construção de um complexo maior.

Não li nada que estava aqui, exceto o que vi pelas impressões. Não entendi nada. Não achei que fosse da minha conta. E quis mandar para você o quanto antes. Talvez valha a pena você mesmo vir aqui e falar com a Garda, ou ao menos ligar para eles. Você tentou envolver a embaixada nisso? Eles com certeza ajudariam. É difícil traçar essas coisas.

De qualquer forma, desejo a você uma boa jornada e boas entrevistas (se conseguir todas as que queria). Como acabei na Irlanda em um contexto mais particular do que você me mencionou (morando com um visto tranquilo, emprego na Apple e agora uma noiva), talvez eu não seja o melhor consultor para dúvidas sobre imigrantes. Se tiver algo que eu possa fazer daqui (que não seja incrivelmente absurdo ou caro), é só dar um grito.

Boa sorte,
José Luís

Folha de papel de um organizador semanal

FRENTE:
9 + 15 = 24
17 + 7 = 24

VERSO:
    Imagine um grupo de ratos entrelaçados pelas próprias caudas. Sujeira, sangue, pelos de outros animais e merda fizeram com que as caudas se enodassem cada vez mais. O número de ratos unidos varia, mas eles crescem junto com as caudas acumulando cada vez mais detrito, que os gruda cada vez mais. Os relatos e folclores do Rato rei — rat king, Rattenkönig, roi des rats — se associam à Idade Média, e espécimes mumificados ou preservados em álcool são encontrados em museus ao redor do mundo. Na Irlanda, ainda se encontram alguns nos pântanos desgraçados. Tudo se encontra nesses pântanos desgraçados.
    Essa é a minha história; minha, do Matildo, da Bunny, do Caetano, da Lídia, do meu irmão, da dear old Dublin.
    E este é o meu livro.

Folha de caderno com linhas azuis

Uso a desculpa dos cadernos em branco serem um santuário para o infinito de possibilidade de ideias que ainda posso ter. Qualquer ideia tosca pode funcionar se tiver um suposto simbolismo por trás. Uma tatuagem de florzinha é só uma tatuagem de florzinha. Mas você levanta a manga, sorri e diz:

— O nome da minha mãe é Rosa.

A tatuagem automaticamente vira uma obra-prima do significado. Uma homenagem, um diálogo.

Branco no azul no azul no branco com azul sob o azul.

Mas são só cadernos em branco. Sempre é só papel.

Impresso em preto e branco

Folha A4 em branco

Se você tem menos de trinta anos e está num relacionamento e não está apaixonado até o último fio de cabelo, você tem que sair. Você é jovem demais pra perder tempo com alguém que não te deixa mais feliz. Não tem nada mais triste do que crianças de vinte e três anos que se acomodaram.

    E antes de você notar, vão ser duas e meia da manhã, você vai ter oitenta anos e não vai se lembrar de como era pensar aos vinte ou se sentir aos dez.

Verso de folheto do estúdio Dublin Ink Tattoo

Olhar o relógio e putamerdatenhoqueestarnumlugardaquiaseishoras e já tenho que meprepararmentalmente.

Verso do rótulo em papelão de um pote de instant porridge oats

Desaparecer.

Impresso em preto e branco em folha A4 branca

Folha de caderno azul, linhas pretas

"Imigrantes. Todos nós o somos, hoje. Quando a viagem não nos move, é o entorno que nos foge, o que dá no mesmo. Ficamos então parados, com tudo o mais indo, imigrantes a tentar entrar, todos os dias, em nós mesmos."

Elvira Vigna, *O que deu para fazer em matéria de história de amor.*

Impresso em preto e branco em folha A4 branca

"A boa diferença, ou diferença real, é entre o que pensa (ou faz) o nativo e o que o antropólogo pensa que (e faz com o que) o nativo pensa, e são esses dois pensamentos (ou fazeres) que se confrontam. Tal confronto não precisa se resumir a uma mesma equivocidade de parte a parte — o equívoco nunca é o mesmo, as partes não o sendo; e de resto, quem definiria a adequada univocidade? —, mas tampouco precisa se contentar em ser um diálogo edificante. O confronto deve poder produzir a mútua implicação, a comum alteração dos discursos em jogo, pois não se trata de chegar ao consenso, mas ao conceito.

"Evoquei a distinção criticista entre o quid facti e o quid juris. Ela me pareceu útil porque o primeiro problema a resolver consiste nessa avaliação da pretensão ao conhecimento implícita no discurso do antropólogo. Tal problema não é cognitivo, ou seja, psicológico; não concerne à possibilidade empírica do conhecimento de uma outra cultura. Ele é epistemológico, isto é, político. Ele diz respeito à questão propriamente transcendental da legitimidade atribuída aos discursos que entram em relação de conhecimento, e, em particular, às relações de ordem que se decide estatuir entre esses discursos, que certamente não são inatas, como tampouco o são seus polos de enunciação. Ninguém nasce antropólogo, e menos ainda, por curioso que pareça, nativo."

Eduardo Viveiros de Castro, *O nativo relativo.*

Terceira pessoa onisciente 1.txt

O blog se chama Haikyo e o post favorito de Maria Alice é sobre o parque japonês *Nara Dreamland*. Nos sites de exploração urbana (ou qualquer outro eufemismo para fuçar abandono), Nara Dreamland se tornou pré-requisito. Criado em 1961 e fechado em 2006, a fama se baseia em seu tamanho, bom estado e fácil acesso.

Para Maria Alice, tudo se explica apenas com a imagem de uma montanha-russa de madeira apodrecendo com, mais e mais, verde a consumindo pelas laterais. Cada vez que encarava cada uma das fotos, de trilhos e de engrenagens, eles escureciam mais, enquanto mais mato e mais musgo e mais árvores-que-não-são-exatamente-árvores- -mas-que-parecem-acho-que-talvez-arbustos dominavam a imagem.

Terceira pessoa onisciente 2.txt

Outro aspecto importante do Haikyo é o fato de descrever as fotos. É um blog que se importa com os que têm condições chatas-de-explicar-
-e-que-ninguém-entenderia-de-qualquer-forma. A autora tem esse cuidado em descrever o que está nas imagens, pôr legendas, indicar mudanças de iluminação e detalhar sombras.

Postagem2.pdf

A base aérea e vila militar Flughafen Frankfurt-Hahn é hoje um aeroporto civil parcialmente abandonado. Costumava servir de aeroporto e residência para mais de dez mil pessoas, mas hoje é um corpo em decomposição, mais morto que vivo. Uma vila militar, acho que assim que se fala em português, não é? Eu deveria saber dessas coisas...

Nesta foto, o aeroporto está rodeado pela área residencial de edifícios e pelos quartéis abandonados. O aeroporto começou a perder valor após o final da Segunda Guerra, por motivos óbvios. A maioria dos edifícios foi alugada a empresas privadas, mas muitas delas com pouco ou nenhum valor comercial. Pesa ainda mais o fato de que a localização do aeroporto foi escolhida de propósito em uma área com poucos habitantes. Conveniente para estratégia, pouco conveniente para morar. Alguns desses edifícios, em destaque o do fundo esquerdo, começaram a ser demolidos, mas a venda do terreno não cobre o custo da demolição. As cercas próximas às casas despencam e há placas de "propriedade privada" já enferrujadas.

Na imagem dessa parede, algumas pichações que não sei se não entendi pela letra ou pelo alemão cheio de gírias. O dano consequente de mofo, grafite corroendo a tinta, prateleiras e janelas quebradas, isso tudo dificulta o entendimento. Fica claro que qualquer pessoa que seja responsável pelo lugar desistiu. A maior parte parece mais fácil de arrumar demolindo e reconstruindo do que reformando.

Esta outra foto não é minha e sim do blog parceiro "Os urbanos explorados", mas já mostra uma diferença entre o aeroporto que vi e o que ele fotografou. A abrangência do abandono aumentou muito. Infelizmente, já não consegui achar três dos edifícios que ele fotografou. Ele mencionou que viu carros no estacionamento, e eu tinha me preparado para me esconder deles, caso fossem da polícia. Vi zero. Acho que esses serão, se não os últimos, um dos últimos registros dessa vila militar.

Exercício 3ª pessoa melhor até agora.txt

O blog Haikyo traz um post novo sobre normas de segurança para lugares subterrâneos. Posta fotos de um shopping abandonado na Europa. Explica que, após insucessos financeiros, os investidores o fecharam e declararam falência. Anos depois, uma das paredes quebrou, e a água da chuva e de um lago próximo chegou ao andar subterrâneo do estacionamento, que se encheu de peixes entre as quinas. Os peixes são de diversas cores e espécies, como uma aquarela esquizofrênica, e se misturam a algumas carpas que viviam em um laguinho no shopping. A autora se desculpa pela demora e explica que as fotos são de alguns meses atrás. Pede desculpas porque está se mudando para Dublin. O post é antigo.

3ª PESSOA PROPÓSITO.txt

Lídia postou no blog que usa para se comunicar comigo: uma foto de uma piscina popular que agora está vazia e abandonada. Entendi o que ela quis dizer. Pediu para me ver numa fábrica de açúcar abandonada.

3ª PESSOA PROPÓSITO 4.txt

Maria Alice decidiu que iria para Dublin. Iria encontrar Lídia, que, Maria Alice sabia, era a autora e fotógrafa do blog. Claramente era.

3ª PESSOA PROPÓSITO 55.txt

Maria Alice entrou no blog. E nenhuma atualização. Claro, afinal, Lídia estava de mudança para Dublin. Mas ela também estava.

houve.txt

Maria Alice gostava de digitar na escada porque os dedos faziam um som profissional e sério, como se hackeasse um computador da Nasa. Apesar disso, o navegador em seu computador, o Internet Explorer 7, tinha abas demais abertas. Sites e sites e sites de leituras não terminadas. Isso fazia com que nos dias do abafado e úmido verão de Dublin, mais abafado e úmido naquele corredor acarpetado, o PC superaquecesse, a tela se apagasse e Maria Alice encarasse o próprio reflexo num espelho preto que apenas mostrava sua cara de puro tédio de um ângulo ruim por alguns segundos. Logo em seguida, Maria Alice voltava a digitar e reparar em como a palavra "bed" de fato parecia uma caminha.

Ou isso.
Dois segundos antes de gozar, Bruna era um ser semivivo sem capacidade de expressão verbal. Assim que acabava, começava a discutir que não havia maneira de existir consumo ético em um contexto de capitalismo global como o atual, em especial depois de 2009, pelo menos não com a organização das nações-Estado que existe agora, gerando aquele sentimento que você tem quando realmente quer ser amigo de alguém, mas é muito tímido pra falar com eles. Então você meio que quer ser amigo da pessoa, mas meio que quer chupar o pau dela. Então você tem conversas imaginárias e faz sexo imaginário logo em seguida.

Literalmente a pergunta mais burra a se fazer a uma pessoa tímida.rtf

Por que você é tão tímida?

celtic tiger.docx

me parece hilário como os irlandeses são tão associados à sorte; o histórico do país é uma das coisas mais fodidas que já existiu de qualquer lado do oceano, se oceanos tivessem lados; por exemplo, uma grande fome; por exemplo, uma emigração desgraçada; filho depois de filho indo embora; a era de ouro da Irlanda que ainda atrai os brasileiros foi dois segundos atrás; a época das empresas de tecnologia; em que se você sabia a diferença entre uma televisão e uma calculadora, era contratado; aliás, os anos dourados brilhantes lindos foram o tigre irlandês ali dos anos 2000; e isso virou a maior desilusão econômica em 2008; na verdade, ela é apenas comparável a quando pessoas morrendo em desertos alucinam com oásis ou uma pessoa morrendo de hipotermia tira toda a roupa; não é igualzinho ao Brasil; um povo conhecido por sua alegria, no caso sorte; mas todo cagado.

terminar de editar.docx

Sentados em dois assentos de frente para dois assentos, cada um de nós tivera um jornal diferente. Eles se empilhavam na mesinha de centro. *Irish Independent*, *The Irish Times* e *The Herald*. Fiquei com suspeita da única pessoa que não conhecia, com um *United Irishman*, do Partido dos Trabalhadores. "R. U. C. Hangmen", "New Light on Nuclear Power" e "End of the Arms Trail" cobriam a capa. E nós tentando olhar para o corredor, pela janela que não abria, esticando o pescoço em qualquer direção. O trem estava parado havia algumas horas, enquanto a manutenção resolvia as chamas de um atentado do IRA nos trilhos. Mais um domingo em que não sei o que eles querem. Eu torcia para que minha menstruação não transparecesse na calça. Era domingo e estava menstruada. Todo mundo vestia poliéster.

Esperamos. Bruna alternava entre tentar dormir e olhar o relógio.

— É um fato científico que se você fizer woosh enquanto corre, você corre mais rápido — Caetano disse. Nunca diga que é um conflito religioso, eu disse para minha calça boca de sino grande demais.

— Que coisa idiota — Matildo disse. — Ninguém tem uma habilidade física a mais só por falar duas palavras.

— Bom, não com essa postura — Caetano disse. Pelo menos não estávamos em uma casa em chamas.

Füdi.txt

Eu tava brincando no Street View, pra procrastinar, pra olhar as coisas. Até porque faço isso. Fui passear pelas ruas próximas a minha casa. Aqui em Dublin. Aqui do lado. Aí acabei de ver Lídia na calçada. Ali logo depois da Merrion Square. Ela com um copo de café de isopor com a marca Füdi.

zzzzzz.docx

E era. Menos de dez segundos antes de começarmos a caminhar, uma construção pequena e sodium-lit entrou no campo de visão, aninhada na escuridão.

— Parece uma cripta — eu disse.

— Bom, é uma cripta — ele alisa o mapa riscado que tem nas mãos. — No sentido filosófico.

— Oi?

Eu paro. Ele para, colocando o mapa no bolso. Olhamos. Um som de vento se mistura com sua voz quando diz:

— Todas as construções antigas se tornam criptas quando estão terminadas.

— Um santuário para um tempo que já morreu — digo.

— É.

dfghjkl.rtf

O dia em que Brasileiro desembarcou na Irlanda era verde com cheiro de cerveja. As pessoas se abraçavam. As pessoas sorriam muito. Bebia-se muito nas ruas. Cantavam. O rio que cruzava a cidade estava pintado de verde. As pessoas bebiam, lotavam os pubs e celebravam nas ruas. Dublin era o melhor lugar do mundo.

O CONNELL SUCKS.txt

Brasileira estava sentada na O'Connell Bridge. Polonês prometeu que ia voltar. Ia sim. Ela coçava a cabeça, arrancava as caspas que conseguia. Tirava uma caspa presa ao couro cabeludo e puxava até a ponta do cabelo. Jogava longe. Ouvia o rio e os turistas por todos os lados. Um casal parou a dois passos para uma selfie com a cidade ao fundo. Na frente de Brasileira, um copo de café Costa que gostaria que estivesse cheio de uma bebida quente. No entanto, no copo, apenas algumas moedas e notas de euro, chicletes, uma palheta de violão, dois panfletos. Brasileira viu dois policiais se aproximarem. A roupa amarela ridícula. De cabeça baixa, fuçou uma caspa um pouco mais difícil. Usou as unhas. Sentiu a caspa soltar com algum líquido na ponta de seu dedo. Ao tirar a caspa, havia restos de sangue sob as unhas. Queria café. Polonês já estava voltando. Estava sim.

obs3-1.rtf

Brasileiro, Brasileiro e Brasileiro puxavam riquixá na O'Connell Street. Era que nem os indianos faziam na Índia, mas só na região da O'Connell, na Irlanda. Carregavam turistas. Puxavam carrinho. Toda noite Irlandês guardava o carrinho de sanduíche só depois que eles passavam. Cada um, Brasileiro, Brasileiro e Brasileiro, gastava dois euros e cinquenta todas as noites. Ganhavam quarenta euros por dia e gastavam dois e cinquenta em cada uma das noites, de terça a domingo.

Sentavam no meio-fio às três da manhã e ouviam Irlandês fechar o carrinho de comida.

— Good day today? — alguém perguntaria a ele, se estivesse de bom humor.

— Brilliant — Irlandês responderia, se estivesse de bom humor.

Os garotos trocavam para o português com a pressa que uma mulher tira o salto alto ao chegar em casa. Riquixá era uma palavra engraçada.

— E pensar que minha mãe fala pras amigas que o filho tá estudando na Europa — alguém diria, se tivesse sido uma noite de merda.

Eles ririam, se concordassem.

terribly executed war criminal.rtf

Brasileira apoiou os ombros na escrivaninha da sala. Olhou para os colegas que pareciam sentir mais sono que ela. As paredes eram de pedra e um vento gelado penetrava as reentrâncias, assobiando. Na outra fileira, Irlandesa mexia no celular enquanto o professor falava.

Brasileira não entendia nada. Sentia frio. O aquecedor estava ligado. Sempre estava ligado. Os casacos pendurados na frente.

Nada mesmo.

Entendia que tinha algo com literatura, algo com livros e literatura irlandesa. Mas, além disso? Nada mesmo.

o storytelling irlandês pode ser
entendido
quer dizer one could interpret it
winding
wandering
serpentine-ing
is that a word
well
snaking
como um tipo de narrativa,
mas pode ser mais aimless, meandering,
talvez pela tradição joyceana e
eu pessoalmente gosto de apontar, acaba mais stream of consciousness-y que—

Brasileira mandou uma mensagem para Irlandesa: stream of what?

Ela encarou a colega e confirmou, ao ver uma risadinha, o recebimento da mensagem.

forma um rife com detalhes circunstanciais,
estes,
and I mean riff not rife
o Slash com os cachos todos na caracould you imagine

    que no final das contas tomam conta do eixo principal,
    que dá a sensação de estar sentado no trem ao lado de um senhor velho,
    pode ser uma senhora também
    no discrimination
    de sotaque forte com ligações jarring entre atos com temáticas não ou pouco relacionadas
    Irlandesa não tinha respondido. Brasileira enviou outra mensagem:
    :(
    story arcs são abandonados tão rápido quanto são determinados
    porque passou o carrinho de comida, e agora o senhor idoso
    tem outra coisa a dizer
    isso sem falar que
    ele adora apple danishes
    que are not quite danish
    qualquer ideia, qualquer hipótese, sugestão de motivação ou development do personagem é deixado hanging
    mesmo que a história ressoe
    everything is hanging
    um pouco como um portrait
    mais alto e harder do que um terribly executed war criminal
    assim sendo
    é o equivalente literário de deixar alguém com blue balls
    não que velhinhos deixem pessoas com blue balls
    ou que se necessite de fotos penduradas de blue balls
    but
    mas blue balls de história e de
    melancholy
    Irlandesa responde: it's a metaphor. Brasileira gostava de falar com Irlandesa por mensagens de texto porque o inglês era claro. Não havia a interferência do sotaque irlandês e, se não entendesse algo, poderia procurar no thefreedictionary.com e não parecer burra. Brasileira gostava de Irlandesa. Olhou para a colega. Irlandesa deu de ombros em compaixão.
    esse método heterodoxo de storytelling consegue ser confuso, enfurecedor e endearing

    às vezes
    ao mesmo tempo
    é claro que não podemos esquecer, não podemos evitar, não podemos deixar de comentar que
    ao menos na natureza
    esta técnica é primarily usada por pessoas com alguma desordem schizotypal
    (schizo·ty·pal)
    uma história que é a outra história
    ou
    afligidas por dificuldades com linhas de pensamentos formais
    o senhor que nunca terminou de responder se queria leite ou açúcar
    talvez por degenerative dementia
    esse tipo de pessoa
    ou the Irish in general
    Várias risadas.

    Cheiro de vinagre em algum lugar. Irlandesa era realmente bonita. Brasileira pensou em algo para dizer. Irlandesa olhava para a professora e fez uma pergunta. Brasileira se distraiu com a voz de Irlandesa e não ouviu.

    ora sim exempli gratia this is how trágica minha vida é
    uma vez eu fui fazer uma cadeira de madeira com meu pai o dia todo e acabamos só quebrando madeira porque estava velha e aí eu me mijei nas calças, então eu vi um rato entre as madeiras do meu pai
    tudo isso é um exagero, claro
    e nem sempre

    Brasileira catou uma imagem da internet de Homer Simpson gritando NEEEERD da janela de um carro. Ela ouviu, à distância, mais uma risada da voz bonita. Disse em uma mensagem que não tinha entendido nada. A resposta foi que: "There is no structure to Irish stories, only derangedness". Google Tradutor traduziu como: "Não existe uma estrutura para uma história irlandesa, apenas perturbação".

    Brasileira ainda não entendia nada, nada mesmo.

Oi, Caio, tudo bem?

É uma alegria ouvir de você de forma direta pela primeira vez! Ouvi tantas coisas a respeito de você. Não se preocupe, a maioria era boa (risos). Já saio pedindo desculpas, porque não me lembro mesmo de datas e não sou boa com nada disso. Ela era uma pessoa ótima e me ajudou em momentos complicados da vida. Eu me considero próxima dela, pelo menos fui naquela época. Acho que fomos mais próximas entre 2013 e 2015, não sei bem, é tudo um borrão. Não sabia que ela tinha desaparecido nem nada assim. Precisei vir pro Brasil por conta das coisas da minha família aqui, minha irmã louca drogada abusando do meu pai, umas coisas tensas assim. Eu e a Má Lice, a gente se falava por e-mail e ela sempre foi meio lenta pra se comunicar. Achei que ela só estava demorando. Aliás, quanto tempo faz que ela não responde você? Porque pode ser só a lentidão dela. Eu me preocupava muito com as coisas de exploração dela, porque ela ia lá nos lugares toda tranquila, como se tivesse passeando no shopping. Mas esses lugares são perigosos, malcuidados. Adivinha só: são lugares abandonados. Dá um pisão em falso, uma madeira quebra, aí ela fica presa e pronto. Não precisa nem se machucar, é só não conseguir sair. Eu sempre morria de preocupação, até porque ela até foi em alguns lugares em grupo, mas voltava reclamando dos grupos. Não gostava das pessoas, da cerveja, das risadas, das fotos com flash, disso e daquilo outro. E achava que, se o fotógrafo que ela tava procurando estivesse lá, ele fugiria na hora. Ela tava procurando um fotógrafo, né? Foi o que ela disse. Era uma coisa meio confusa, perigosa, e eu não gostava. Se você me perguntar, acho que o melhor jeito é ir atrás dela você mesmo aqui, ir lugar por lugar, justo por isso. Se ela tropicou numa raiz de árvore maior e caiu, você é o único que vai saber identificar as roupas ou documentos. É mais fácil procurar a pessoa quando você está aqui. Sei lá. Desculpa!

Fernanda

Querido Caio,

Seu e-mail me pegou bastante de surpresa. Não falava com Maria Alice, ou sobre ela, fazia um bom tempo. Tivemos uma série de brigas, em especial antes de minha mudança de volta para o Brasil. Imaginei que tínhamos parado de nos falar por causa disso, não porque ela tenha cortado relações com tantas pessoas.
    Para poder explicar a briga, preciso explicar um tanto de coisas antes. Você mencionou "precisão" em algum ponto, em termos de data. Eu te peço um bocado de desculpas se você já ouviu metade disso, mas eu não quero ter que me lembrar dos fatos e ficar ruminando tudo de novo. Conheci Maria Alice entre 2010 e 2013. Dividimos apartamento. Em determinados momentos éramos eu, ela, Maicou, Caetano, Fernanda, e mais gente em algumas ocasiões, Dante, Thiago, Pedro e mais algumas pessoas que pagavam diferentes valores para diferentes acessos ao apartamento. Algumas pessoas apenas dormiam lá e não sei onde passavam o resto do dia, enquanto outras tinham colchões na sala; umas podiam usar a despensa e outras tinham meia prateleira na porta da geladeira. Algumas trabalhavam fora de Dublin ou só precisavam de um lugar para dormir nos dias em que iam a festas ou algo assim. Funcionava quase como um hostel, exceto que o único marketing era o boca a boca. Era um Airbnb antes do site. No dia a dia, em geral dormiam quatro pessoas por cômodo (sala e dois quartos, um quarto de solteiro, um quarto com cama de casal), divididas entre colchões soltos, camas, edredons no chão, sofás e casacos. Mas ninguém se queixava muito, porque sabia que o aluguel era o que se tinha. E o Maicou em geral tinha o cuidado de ter sempre em casa leite, ovos, pão e manteiga. Já adianto que não quero falar muito a respeito do Maicou, ou da Maria Alice, ficar retomando

uma situação que não posso mudar. Se não estiver claro neste e-mail, simplesmente não estará claro do meu ponto de vista. Outra questão é que, dos nomes que você citou, nem todos moraram ao mesmo tempo. O Caetano e o Maicou, por exemplo, não se aguentaram muito. Não foi mais que uns seis meses, um ano. O Caetano ficou pouco. A seleção de pessoas, com o recorte de tempo que você citou, parece meio inconsistente. Não entendi muito bem.

O Maicou havia cometido suicídio. Ninguém sabia dele, a gente não sabia muito. Mas tenho certeza que, quando uma pessoa que você conhece se mata, você sabe. Por exemplo: pelo que você me disse, você acha que a Maria Alice está viva? Eu acredito que você sabe. É um sentimento pessoal, de pensar numa pessoa no contexto de decisões que você acha que ela fez ou vai fazer. Era um pouco como a Maria Alice acha que a mãe dela está viva. Ela sabe e sente coisas que fazem sentido para ela. A gente fica tão socado numa ideologia positivista, até cartesiana, e uma "explicação racional", que esquece de ouvir os instintos, de pensar em fatos que fazem você se sentir. E sei que pode soar contraditório ter estudado tanto e confiar tanto em instinto e não em "evidência factual". Sabe, muitos acham que a academia, o ensino institucionalizado, é o ápice da civilização; será mesmo? Depois de tanto ouvir os outros e dialogar com o que eles tinham a dizer, aprendi a ouvir a mim mesma. Porque da minha interpretação da realidade eu tinha certeza. E eu interpretava os fatos de como o Maicou tinha se matado. Ele não estava feliz, nem na Irlanda. Eu sabia disso.

O Maicou tinha uma infelicidade interior que parecia cultivar. Ele queria um emprego e, ao conseguir, achava degradante. Por mais que ele fosse uma pessoa batalhadora, era seletivo com as batalhas. Não tinha muita força. E cada vez que falava em voltar para o Brasil, abria um berreiro. Eu não sabia se era tristeza de deixar a Irlanda ou de voltar para o Brasil. Ele nunca dominou o inglês bem, nunca se esforçou muito. E isso pesava.

Sei que é foda julgar de uma posição privilegiada e sei que cada um tem inteligências e habilidades particulares. Mas quando você conhece uma pessoa com a intimidade com a qual conheci Maicou, você sabe onde as particularidades acabam e onde começa a falta de esforço.

Sei que é difícil julgar alguém depressivo, com diferentes ansiedades, angústias e níveis de energia, mas a Maria Alice era depressiva. Ela superou basicamente qualquer coisa. Tinha foco. Sei que dizendo tudo isso digo muito mais do que gostaria. Foucault já nos lembra de que o autoritarismo se revela, se descortina, nos pequenos atos. Se não me engano isso foi em *Anti-Édipo: uma introdução à vida não fascista* (título quase irônico para a situação? Não sei). Mas enfim. Duas linhas antes eu falava sobre a importância de me ouvir.

E o que ouço de mim é que o suicídio foi uma boa solução para Maicou. Foi uma de suas ações mais admiráveis e corajosas. Ninguém sabia dele depois de certo dia. Não que ele fosse o cara mais popular, porque quem quis saber primeiro foi o trabalho, depois a escola de inglês. As pessoas que mais tinham responsabilidade no apartamento, e que o landlord conhecia, éramos eu e Maria Alice. Depois de três semanas de desaparecimento do Maicou, a Maria Alice e eu não conseguimos mais lidar com aquele monte de coisas dele ali parada. Foi então que falamos com a polícia, colocamos cartazes. Em uma ocasião, a Maria Alice tinha colocado um dos cartazes de PROCURA-SE dentro de casa, na parede da cozinha, do lado da chaleira elétrica. Aquela carinha troncha e uma descrição no nosso inglês troncho, um telefone de contato, telefone da Garda. Ela parecia achar uma piada hilária, mas para mim foi a certeza de que ele tinha se matado. Tinha se jogado de alguma ponte. Ele odiava as pontes: dizia que nunca achava uma quando precisava, odiava a divisão do trânsito. Percebemos que não queríamos ficar ali, Maria Alice e eu. Antes mesmo de acabar com todos os cartazes impressos, começamos a avisar todo mundo. Achamos mais fácil liberar o apartamento para o landlord fazer o que quisesse — alugar de novo, se fosse o caso. Nesse meio-tempo descobrimos que o apartamento não estava alugado formalmente, a calefação e o alarme de incêndio não funcionavam, e nós pagávamos energia para o landlord, que a desviava de outra casa. Por alguma regulamentação de segurança, o lugar não deveria, legalmente, estar alugado. Fizemos uma conta por cima, e o aluguel que o Maicou recebia no total de todo mundo também era algo como três vezes mais do que o que ele pagava ao landlord. Mas não é que o Maicou estivesse cobrando acima: ainda era mais barato que a maioria dos apartamentos na região em condições semelhantes. Ele só tinha algum acordo bom com o landlord e muita, mas muita gente.

Tivemos que pôr todo mundo para fora, ajudar a achar apartamentos e conectar pessoas. Não sei o quanto você sabe da crise residencial de Dublin, mas uma cama em quarto compartilhado no fim do mundo e a quarenta minutos do ponto de ônibus começa na base de duzentos euros. E a Maria Alice e eu nos prestamos, porque somos trouxas e adotamos esse espírito de mãe preocupada. Eu em especial. O último dos meninos saiu da casa literalmente sem saber aonde ir. Disse que ia ficar bem, mas juro que o vi na esquina perto da Grafton Street naqueles tempos. Ele estava com a cabeça baixa e com um copo de café vazio nas mãos. Mas eu reconheci as mãos. Era ele. Os instintos, Caio.

Eu queria doar o Taco Cat, porque a mudança parecia ser difícil demais para ele, mas a Maria Alice insistiu que eu devia manter o compromisso assumido.

Eu e a Maria Alice olhávamos os sites de imobiliárias. A gente nem encostou nas coisas do Maicou, deixou tudo lá para o landlord achar (e provavelmente jogar fora). Era quase como se a gente fosse achar uma cabeça em decomposição se abrisse a gaveta do guri ou se baixasse a mala de cima do armário. Deixamos tudo lá mais ou menos intacto para o landlord. Ele era um homem fofo, gentil, um senhorzinho irlandês, sabe? Queria saber do Maicou, todo interessado. Quando falamos que íamos deixar as coisas dele para trás, ele disse que ia guardar para nós. Ele ficou surpreso que ninguém quis urubuzar os pertences do cara, mas a gente não deixava.

Eu e a Maria Alice íamos ficar num Airbnb que ela tinha alugado e, sempre que eu falava disso, ela dizia que estava tudo certo e me dava detalhes do lugar, tudo o mais. O plano era ficar no lugar por umas semanas até irmos para um apartamento novo que seria liberado no mês seguinte. E foi logo antes de chamar o táxi para nos levar para o Airbnb com as malas que a Maria Alice me disse que abriu mão do apartamento que íamos alugar juntas porque o aluguel tinha aumentado e ela achava que seria caro demais para mim. Ela tinha achado outro e ia ficar nele a partir daquele dia. E até me perguntou onde eu tinha pensado em ficar. Insistiu que já tinha me falado desse assunto. Na lata, assim.

Eu achei que a gente tava ferrada juntas, apesar de resolvendo, mas não era o caso. Perguntei se podia passar a noite no apartamento dela, mas ela disse que a nova roommate era coreana e meio rígida e tímida. Perguntei se eu poderia pelo menos deixar minhas coisas e ir dormir num hostel, mas ela achava que não teria espaço.

O que você faz nessa hora? Comecei a xingá-la de vadia egoísta bostona do caralho enquanto ela se desculpava e dizia que não tinha pensado direito, aí eu comecei a pegar uma das malas dela e dizer que, se não tinha espaço para as minhas coisas, não ia ter para as coisas dela. Porra, tinha comida (latas, sal, arroz, nada ficou para trás) minha em uma das caixas que a gente ia levar pro Airbnb, a gente tinha organizado tudo junto. E nisso eu a via descendo a escada levando mala depois de mala para o térreo cheia de dificuldade, e quando chegou a caixa de suprimentos, fingi que ia ajudar e dei um empurrão meio de brincadeira. Ela se desequilibrou e deu de cara na parede ao final do lance de um andar, deixando a caixa cair com barulho dos potes de mel que tinham deixado em casa e outros sons de vidro rachando.

Ela ficou com a cara apoiada na parede por um tempo. Aí subiu as escadas devagar e pegou a caixinha de papelão com buracos onde Taco Cat estava. Aí colocou as caixas menores sobre as maiores e chamou um táxi na rua. E foi embora. Mais tarde, ela mandou várias mensagens de texto se desculpando, mas não respondi. Mais para o final da semana, ela depositou de volta a cota do aluguel que eu já tinha pagado como minha parte do safety deposit e do Airbnb. Peguei um táxi e fiquei a primeira noite no Merrion. Não que eu não tivesse onde ficar, mas eu queria serviço de quarto e uma piscina. Eu tinha amigos, sabe? Mas não queria falar com ninguém, explicar onde meu gato estava, explicar onde estava meu dinheiro (em uma das malas que não queria abrir naquele momento). O que eu tinha era crédito. Jurei que merecia uma noite no hotel mais caro de Dublin, o hotel que ficava em frente ao ponto de ônibus intermunicipal. O hotel que eu sempre me perguntava se poderia pagar. E fiquei uma noite. Mas cada momento no Merrion me parecia mais fácil do que ir para a rua, ir para um quarto menor, ter que pagar para interagir com as pessoas. O mero responder à moça da limpeza era exaustivo. Não, obrigada. Entupi o cartão de crédito de tanta merda que me prendeu no país e me fodeu nos juros que simplesmente fui embora. É possível que eu esteja sendo procurada pela Interpol agora mesmo. Mas juro composto em euro ainda por cima, meu Deus. Então estou de volta. Porque fiquei quinze dias no Merrion. Sem dinheiro, sem meu gato, com tudo que coube em duas malas de trinta e dois quilos. E não vou negar que foi melhor voltar. Minha família está aqui, minha filha está aqui.

Você chegou a falar com o Caetano? Falei com ele antes de voltar para o Brasil, talvez ele me emprestasse dinheiro. Mas quem vai ser imigrante ferrado e ter dinheiro? Quando falei com ele, reclamando dessas merdas todas, ele me disse que a Maria Alice estava com demência, que ela tinha contado pra ele.

A gente brigava mais do que eu brigava com o Maicou — e eu brigava muito com o Maicou. Não sei nem por que íamos morar juntas. Talvez o que movesse tudo entre mim e a Maria Alice fosse um medo da solidão. O medo pode motivar uma relação muito melhor do que o amor. Não vou nem falar muito do autor dessa ideia. É quase impossível imaginar uma vida sem uma rede de segurança. Mesmo trançada com nós de ódio, ela ainda te pega na queda.

A carta é longa porque é isso que estou disposta a dizer — agradeço se você não insistir muito nesse tópico. Minha relação com Maria Alice sempre foi difícil, mesmo nas melhores fases. Como comentei, se quiser mais detalhes, você deveria perguntar ao Caetano ou contratar um médium para falar com o Maicou. Ou talvez estejam o Maicou e a Maria Alice numa ilha deserta, na ilha mítica (e fantasma) de Hy-Brazil, que na verdade a mãe dela achou. E estão lá, tomando o melhor pint de IPA (ou red ale, a Maria Alice adorava red ale) que o céu pode dar. A questão toda é que eu não sei mais do que sei. Talvez outra pessoa.

Bruna

Prezado Caio,

Cheguei à Irlanda em 2000, mas fui embora em 2009. Vi Maria Alice talvez uma ou duas vezes. Havia algumas festas que aconteciam no apartamento dela, podia ser de alguém que morava lá, se não me engano. Um dos meus amigos, Maicou, acho, acabou a ajudando quando ela percebeu que o aluguel não estava fechando por causa de algum outro gasto que ela tinha.

    Sobre o Maicou: só nos falávamos porque éramos mais colegas de aula, aí tinha fofoca e gente conhecida. Depois de conhecer meu marido, comecei a circular com amigos mais diferenciados, amigos dele mesmo. Quando deletei o Facebook, não me esforcei muito para manter o contato com o Maicou, com brasileiros, não. Sobre as outras pessoas que você citou: eu saberia apontá-las na rua, mas não saberia o que dar de presente de aniversário, por exemplo. E não sei nem se iria a uma festa de aniversário delas.

    Confesso que talvez nunca tenha conversado de forma direta com Maria Alice. Mas não tenho muito o que dizer sobre ela. Parecia uma pessoa boa e simpática, mas quem não parece depois de tomar umas três sidras? No caso, eu tomava as três sidras e a achava boa e simpática. Nunca ouvi nada a respeito de mãe nem nada assim. Ela parecia gostar da Irlanda. Parecia não gostar do pessoal que tava ali. Não tá na moda essa história de *ghosting*? Talvez ela gostasse demais da Irlanda e pouco do povo dali. Era uma pessoa que ouvia bastante. Não sei.

                                                         Maria Eduarda

PARTE II

PRIMEIRO MERGULHO NA FICÇÃO:
Resolva os seus problemas de escrita (e até os de seus personagens)!

São Paulo, 2006.

Capítulo um: Boas-vindas!

Seja bem-vindo ao seu *Primeiro mergulho na ficção*. Este livro é bastante autoexplicativo e, como autor, o ideal é que você não precise lê-lo. Você quer escrever nele. Porque é para isso que serve o seu *Primeiro mergulho na ficção*.

O objetivo deste livro é simples: você vai escrever. Idealmente, vai escrever um romance até o final. Este livro se divide em dois eixos principais: Romance e Convites. Na seção de "Romance", por meio de exercícios, vou lhe ajudar a formular uma ideia do princípio ao fim. Vamos resumir sua história, seus personagens, os ápices do enredo. Se quiser, pode usar isso para uma história — um conto simples também funciona! Depois disso, vamos estender a proposta até que cada um seja uma página inteira. Vamos planejar a história a contar. Ao final dessa primeira seção, você terá entendido seu romance melhor do que qualquer pessoa, com os detalhes que precisar. Ernest Hemingway disse uma vez:

> Se um escritor de prosa sabe o suficiente sobre o que está escrevendo, ele pode omitir coisas que sabe e o leitor, se o escritor estiver escrevendo com verdade suficiente, terá um sentimento a respeito dessas coisas como se o autor as houvesse declarado. A dignidade de movimento de um iceberg se deve ao fato de que apenas um oitavo dele está sobre a água. Um escritor que omite coisas porque não sabe apenas deixa espaços em branco em sua escrita.

Ou seja, você vai dominar os detalhes que você mesmo irá omitir. Nós vamos preencher os vazios em sua mente, responder às perguntas. Vamos saber tudo que precisamos sobre nossa história. Em seguida, iremos para a segunda parte.

Na seção de "Convites", faremos alguns exercícios de escrita, convites. O termo "convites" veio de uma ideia de *prompts*, comum nos países anglófonos. No entanto, a ideia de um *writing prompt* — um ponto de partida, uma resposta, em escrita — não me agradou. Há quase uma ideia de desafio. Esta é a primeira diferença entre este livro e os outros livros com sugestões de escrita. Nada é obrigatório. Sinta-se livre para alterar as ideias como quiser. Escrever poesia, memórias, jornalismo ou ficção, tudo pode ser interpretado. Você pode interpretar um convite como um gatilho para uma seção de memórias, para escrever algo sobre você mesmo, sobre uma situação que lhe cause interesse. E, por último, dentro disso, você pode escrever uma história em que a frase (ou sua ideia geral) se encaixe. Todos são convites.

Nesses convites, a ideia de gênero literário (se poesia, se cena) não é tão necessária. Muito menos o tamanho: não há limite de caracteres ou palavras; sinta-se livre para concluir o texto em outros materiais, tenha cadernos, arquivos, o que for melhor. E, por último, não foque em você: escreva sobre personagens, crie uma pessoa. A maioria dos convites se refere a um "você", mas lembre-se de incluir seus personagens e criações nisso.

Escrever sobre algo que lhe incomoda é uma forma excelente de tirar isso do seu sistema, quase como uma desintoxicação emocional. Escolha seu veneno e escreva a respeito e, ao escrever, não edite ou se corrija. Use descrições criativas e analogias para descrever emoções! Quando tiver terminado, deletar o documento (ou rasgar o papel) pode ser uma experiência libertadora, ou até mesmo imprimir e então queimar, deixando seus problemas flutuarem pelo céu em forma de fumaça. No entanto, se estiver planejando publicar ou pedir que alguém opine, releia e se pergunte: por que alguém precisa ler esta história? O que é relevante nisso tudo? Edite. *Voilà*.

Explore o duplo sentido de frases. Por exemplo, na sugestão de "Que momento de sua vida você mais amou?", explore o fato de que você pode ter **amado** o momento ou **sentido mais amor** no geral. Por exemplo, no nascimento de seu filho você pode ter sentido o máximo de amor que jamais sentiu. Por outro lado, pode ter sido um parto difícil e você não amou o momento em si.

Explore. Explore muito. Se não for inspirador, tente alterar a pergunta para algo que lhe interesse, como: por quê? Ou como? Adicione detalhes.

E se divirta.

Essas duas seções podem parecer pouco conectadas, mas aí entra seu processo de escolha. Se lhe for mais conveniente, escreva pensando nos personagens que você acabou de listar, use-os em sua história. Faça um personagem responder todas as perguntas. Cada convite é um chamado e pode ser usado no contexto do romance ou não. Por isso ressalto que nada é obrigatório.

O objetivo deste livro não é tanto lhe ensinar além de um básico, mas sim **forçá-lo a escrever**. É por isso que são 366 convites na segunda parte. Para que em um ano você tenha 366 páginas de um novo livro! E, sim, mesmo que seja um ano bissexto!

Se lhe for mais conveniente, se você não quiser escrever um romance, comece o livro pela segunda parte. E retome o começo. Se quiser, não preencha a segunda parte. O objetivo deste livro é ser flexível, portanto, se adaptar a todo e qualquer projeto literário. Você tem um projeto literário que quer começar? Que quer terminar? Seu projeto literário é apenas escrever? Podemos fazer tudo isso por você.

Bem-vindo ao seu primeiro mergulho em si mesmo!

Capítulo dois: Motivação!

Antes de seguirmos em frente, é preciso que você tenha algo importante em mente. Você precisa saber **por que quer escrever**. Isso determinará o que escrever. Você quer fama? Então precisa escrever temas que não sejam herméticos. Por exemplo, você já pensou que um livro sobre adolescentes com câncer estaria na lista dos mais vendidos?

Então este é o momento de parar e pensar. Quando você entender aonde quer chegar, poderá estabelecer objetivos, metas, planejar. Pense em quem você gostaria de ser, em termos de autores. Escreva o quanto quiser. E, sempre que quiser desistir, retorne a esta página.

Seja honesto. Ninguém vai ler isso.

* * *

Maria Alice escreve. Escreve pelo mesmo motivo que a mãe (a que foi enlouquecida) fotografava. Não pelo mesmo motivo que a mãe às vezes se trancava na câmara escura pra revelar fotos e só saía de lá no meio da noite seguinte. Mas a motivação era a mesma.

Capítulo três:
O começo!

ESCREVENDO SEU ROMANCE

Por mais que pareça irônico, para poder começar uma história, você deve saber onde ela termina. Neste capítulo, vamos pensar num sumário da narrativa. Você irá resumir sua história em uma frase — duas, no máximo. Teremos um capítulo específico para o estabelecimento de eventos e planejamento de personagens. Resuma sua história em uma frase. Observe o exemplo a seguir:

> *Um retrato do artista quando jovem*, de James Joyce: Stephen Dedalus é um jovem introvertido que cresce na Irlanda e considera uma vida celibatária como padre — no entanto, descobre que aprecia sexo. Ele se torna escritor.

Muitos dos aspectos da narrativa são deixados de lado. Os sumários dos eventos não abordam questões linguísticas ou detalhes. Estamos falando do geral. O próximo passo é expandir essa frase para um parágrafo maior, que descreva o contexto da história, eventos principais e o final. Sim, você tem que saber o final. Idealmente, seu parágrafo terá cinco frases, que você poderá usar mais tarde ao falar de seu livro para editoras, concursos, o que quiser.

Vamos olhar uma versão alterada da estrutura em floco de neve ao longo deste livro-tutorial, mas siga o que funcionar para você. Mais importante do que se decidir é escrever. Este livro é um grande convite. Escrever é o mais importante em qualquer cenário. Sei que me repito, mas é por uma boa causa.

Se todo esse planejamento lhe causa nervosismo, não se preocupe. Nada disso precisa ser perfeito e você não está escrevendo em pedra. Se preferir, escreva em lugares separados e depois retome o resumo oficial aqui. Se preferir, escreva a lápis. A maioria dos grandes autores revisa e reescreve inúmeras vezes. E isso é bom: significa que você e sua história estão crescendo.

Não use qualquer desculpa para parar, ou não começar. O que importa é chegar ao passo seguinte, ir em frente. Você pode consertar quando entender a história de outro ponto de vista. Por mais que o ideal seja saber o máximo a respeito dela agora, há muitas decisões que só importarão ao longo do processo. No entanto, o ideal é descobrir **agora** se sua história está com algum problema narrativo. Fazer alterações não é apenas bom, mas também inevitável. Apesar de havermos citado Hemingway, tenho certeza de que até ele mudou de ideia ao longo de uma história. Tente fazer o mínimo de mudanças.

Mas, ainda assim, escreva. Novamente: escrever é o mais importante em qualquer cenário.

Seu romance em uma frase de dez palavras:
Filha investiga o sumiço da mãe, buscando-a até na Irlanda.

Seu romance em uma frase de até cinquenta palavras:
Após sua mãe ter sido dada como morta, sua filha investiga seu desaparecimento e, a partir de informações coletadas em um blog, determina que a mãe está na Irlanda. Ela revisita sua vida familiar.

Seu romance em um parágrafo:
Após sua mãe ter sido dada como morta, sua Filha se torna obcecada por um blog anônimo de fotos de lugares abandonados. Convencida de que a mãe é quem controla o blog como uma tentativa de se comunicar com a Filha, esta viaja à Irlanda, um destino previsto no blog, para surpreender seu criador. Com o dinheiro da herança, a Filha permanece alguns meses no país até precisar começar a dividir apartamentos variados e arranjar empregos informais. A Filha tem um histórico trabalhando com tecnologia da informação e acessibilidade, mas sempre viu acessibilidade como uma forma de arte. Ou arte como forma de acessibilidade. Ela quer escrever. E encontrar a mãe, porque sente que há respostas de que precisa, pois sente que sua arte só fará sentido se ela mesma encontrar este sentido. A narrativa do livro ocorre durante a viagem à Irlanda, com o surgimento de flashbacks. A narrativa é linear, começa na chegada da filha à Irlanda em meados dos anos 2000 e é concluída em seu retorno, anos depois. O conflito central se torna a transição de ser cuidado pela *figura materna para cuidar* da *figura materna. Ao final, ela encontra a mãe e um propósito. A Filha escreve um livro a respeito de baleias do Ártico e retorna para casa.*

Esta é a minha história, sobre como eu fui procurar Lídia, que todo mundo acha que morreu — mas que está na Irlanda, e eu sei disso porque ela tem um blog em que ela me contou —, e sobre como acabei morando com vários grupos de gente ferrada que acha que está travando diálogos bem mais profundos do que está.
Isso.
Essa é a minha história.

E este é o meu livro.

Capítulo quatro: Planejando!

Ao chegar neste capítulo, você já deve ter uma ideia mais ou menos bem estabelecida de seu livro. Conforme discutimos, como autor, prefiro usar uma estrutura baseada em desastres. Um bom jeito de organizar o livro é dividi-lo em três desastres (três conflitos, três problemas, três acontecimentos) e um encerramento. Cada desastre deve ocupar em torno de vinte e cinco por cento do livro, enquanto o final embrulha tudo em um belo e organizado presente. O primeiro desastre deve ser causado por uma circunstância externa; os outros são consequências de tentativas de resolução. Por exemplo, na história clássica de Cinderela, a morte do pai (e a consequente vida triste semiescravizada) é o primeiro desastre. Em seguida, o baile (e não poder ir ao baile) é o segundo desastre, mas é o segundo desastre somente porque o baile seria *uma saída de uma vida dolorosa*. Cada desastre aumenta o peso da história em si, como tijolos numa construção, ou qualquer metáfora que queira usar. Também é assim na vida, não é mesmo?

Então vamos estender um pouco mais aquele parágrafo que escrevemos no início. Defina qual é o contexto da história, e estabeleça uma pergunta a partir disso. Defina o primeiro desastre.

contexto: mãe some (por que a mãe some? É a questão principal do livro).

desastre 1: depois de um divórcio (que ocorreu antes do sumiço da mãe), filha fica obcecada por um blog anônimo de fotos de "lugares abandonados" e se convence (por meio das narrativas, isso se nota) que a mãe é a autora do blog.

a Filha tem problemas de visão, o que faz com que se encante mais ainda com o blog, porque tem todo um aspecto de acessibilidade (descrição das imagens etc.), e ela acha que isso é uma prova ÓBVIA de que a mãe é quem cuida do blog.

a mãe tem histórico de distúrbio bipolar enquanto a família tem casos de esquizofrenia, depressão, ansiedade etc.

desastre 2: acaba o dinheiro da filha após ela ir atrás da última coisa que se sabe da mãe, algo na Irlanda, e ela vai morar com estudantes pra economizar dinheiro depois de gastar demais e rápido demais.

desastre 3: ela acaba se perdendo nas próprias histórias.

final:

Capítulo cinco:
De quem é essa história?

Preciso confessar que fiquei muito em dúvida entre este capítulo ser o quarto ou quinto. A verdade é que tanto o planejamento da história quanto o planejamento dos personagens são a base mais importante de um romance.

Neste capítulo, precisaremos estabelecer quem **existe** em sua história. Uma história não existe sem seus personagens. Ninguém fica sentado falando sozinho e interagindo consigo mesmo durante um dia inteiro, não é? Você precisa ter pessoas que levem a história para algum lugar.

Depois disso, vamos tentar listar as pessoas em ordem de quem tem mais a perder para quem tem menos a perder. Assim, você estabelecerá seus personagens centrais, os coadjuvantes e outros.

Antes de tudo, você precisa estabelecer o protagonista. De quem é essa história? A quem ela pertence? Você deve passar o máximo de tempo pensando a respeito de seu protagonista. Saia para caminhar e tente ver as coisas com o ponto de vista de seu protagonista. Ele gosta de clima frio? Se visse o carro que acabou de passar, como ele se sentiria? O que ele acha da tendência de adolescentes a segurarem os celulares o tempo inteiro? E tente ligar uma informação à outra. Por exemplo, um personagem com dúvidas em relação ao próprio corpo pode gostar de clima frio não pelo frio, mas porque pode usar mais camadas de roupa para se esconder. Nada disso precisa ser explícito em sua narrativa, é claro. Mas você precisa saber. Lembre-se do iceberg.

Você precisa conhecer seus personagens centrais como a palma de sua mão. Imagine seu melhor amigo. Você conseguiria colocá-lo em uma situação hipotética e imaginar qual seria a resposta dele? Este é um personagem central, cuja biografia, com começo, meio e fim, você deve ter em mente.

Em seguida, você vai estabelecer os personagens coadjuvantes. Pessoas que existem no plano de fundo. Pessoas que interagem com seu protagonista, que são importantes, mas cujo ascendente do signo astrológico você não precisa saber. Estas pessoas também representam um lado menos conhecido do protagonista, ou do seu ponto de vista ao longo da narrativa.

Por último, vamos trabalhar em uma lista contínua: os personagens que existem. Cada vez que uma pessoa receber uma fala, cada vez que uma pessoa for definida, deve entrar na lista. Se possível, crie fichas para os personagens, para que sempre que forem retomados estejam dispostos de maneira coerente. Vamos ao trabalho?!

Quem é seu protagonista?
(Se neste ponto você ainda tiver dificuldades para descobrir seu protagonista, pense: qual a história que quero contar?)
Maria Alice tinha uma condição física que a fazia enxergar pouco. Desde os cinco anos de idade, as imagens começaram a escurecer nas bordas. Ela era quase o que o governo brasileiro chama de cega legal. Quase. É meio chato de explicar, e a maioria das pessoas não entende de qualquer forma.

E esta é a história que eu quero contar. A história de Maria Alice. Maria Alice tinha um emprego merdinha com tecnologia da informação, softwares e acessibilidade. É meio chato de explicar e a maioria das pessoas não entende de qualquer forma. Maria Alice é tão self-important e passa tanto tempo narrando a própria vida e recontando a própria história que Maria Alice às vezes narra a primeira pessoa em terceira. Não é uma ideia original, mas é definitivamente self-important.

Personagens centrais:
a Filha; a Mãe; Irlanda; Taco Cat;
Esta é a história da Lídia, que tem transtorno bipolar tipo II. Pelo menos é o que eu acho, Maria Alice acha, que ela tem/tinha.

Personagens coadjuvantes:
Duda; Matildo; Bruna; Caetano;
Esta é a história do meu pai, que enlouqueceu Lídia.

Personagens que existem:
Não. No caso, escrever não é uma ideia original, mas é definitivamente self-important.
o Pai; o ex-Marido; o Filho; a Esposa do Filho; a Filha do Filho; o Tio da Filha que se matou durante um teto com drogas; o Tio que apanhava da esposa; uma Tia alcoólatra; a Tia com TOC; a avó que era esquizofrênica, mas tratada em excesso; familiares diversos.

Capítulo seis:
De quem é a voz?

Antes de seguirmos em frente, preciso abrir parênteses longos e falar de ponto de vista. A escolha do ponto de vista é essencial à escrita de um romance, uma história, um poema e, se você pensar com cuidado, até de uma lista de mercado.

Diferentes pessoas veem informações de formas distintas. Se estou irritado com o trânsito do Rio de Janeiro, posso chegar a uma reunião furioso. No entanto, se no carro comigo estava um turista que nunca viu a bela natureza da Cidade Maravilhosa, o tempo no trânsito pode não ter sido uma perda de tempo. Se essas duas pessoas narrassem o mesmo trajeto de carro de uma hora e meia, como esses detalhes diferenciariam o texto?

Outra questão importante é que cada pessoa absorve detalhes de formas distintas. Diferentes pontos de vista têm **diferentes** vantagens e desvantagens. Qual olhar deixaria sua história o mais interessante possível?

A primeira pessoa, aquela contada por um "eu" ou "nós", não precisa necessariamente ser o protagonista. Se pensarmos em *Bartleby, o escrivão*, de Herman Melville, temos uma narrativa em primeira pessoa. Mas por que é uma primeira pessoa? O que isso diz do impacto que Bartleby tem sobre o narrador? Qual seria o impacto desta história se fosse contada sob o ponto de vista de Bartleby? Seria coerente com o personagem reparar tanto em seus arredores como o narrador faz? Ou seria uma narrativa muito mais autocentrada?

Ao se pensar em primeira pessoa, é importante pensar em intenção. Onde o personagem escreve? Qual imagem ele quer passar? Qual sua posição em relação à história? Quem ele imagina ser seu público, se é que ele existe? Por exemplo, um acidente de carro em que você estivesse dirigindo bêbado seria narrado de forma diferente para sua mãe e seus amigos.

A primeira pessoa pode parecer uma saída simples, de fácil empatia, colocando o leitor dentro da mente do personagem. Pensemos outra vez no capítulo de criação dos personagens.

A terceira pessoa é um narrador externo, digamos assim. Ela se refere aos personagens como "ele" e "ela" e supostamente não tem ligações diretas com eles. O narrador, que pode ter uma voz semelhante à do autor, não é um personagem. O narrador pode saber mais do que os personagens, sugerindo ao leitor mais do que se vê no momento, mas isso pode se tornar condescendente.

Um narrador em terceira pessoa pode ser onisciente, com conhecimento semelhante ao de Deus, sabendo todos os pensamentos e experiências prévias e futuras em relação ao que acontece. Ele também pode ser mais objetivo, mais próximo a um roteiro cinematográfico, narrando apenas aquilo que foi visto ou dito. Um bom escritor consegue contar uma história apenas com estes eventos externos, sem dar pistas sobre interioridade, e ainda assim transmitir sentimentos.

Um meio-termo entre os dois, o mais popular, é o narrador em terceira pessoa limitada. Ele está na mente de um personagem e segue seu ponto de vista, refletindo aquilo, mas ainda assim podendo flutuar para outras cenas nas quais o personagem não se encontra.

Se você estiver escrevendo experiências pessoais, ou memórias, um conselho que eu daria seria usar a terceira pessoa o máximo possível, mesmo que aquilo tenha acontecido com você, mesmo que queira usar a primeira pessoa mais tarde. Isso ajuda a ver eventos dos quais você participou com a distância necessária, analisando o todo de forma a interessar o leitor. Força a pensar na cena, sair de si mesmo, despersonalizar. Isso ajuda a ficcionalizar detalhes de que você não se lembra — e isso é muito necessário em memórias. Não tenha medo de mudar pontos de vistas e pessoas à procura de um efeito que funcione melhor para você.

A escolha do narrador e da voz são camadas de sentido na história. Ainda se poderiam discutir a segunda pessoa e outras vozes experimentais, mas elas nem sempre funcionam. A maioria — como a segunda pessoa — se define por exemplos mais do que por regras. As regras de **quem** conta a história, **com qual intenção** e **para quem** se aplicam de igual maneira. No entanto, cada caso é um caso. Sinta-se livre para explorar essas vozes, mas me parece que o melhor é abordá-las de forma crua. Se quiser, pode alternar entre diferentes vozes, apesar de ser um nível de dificuldade acima do que este livro propõe. Se quiser, pode revelar ao longo de sua história que uma terceira pessoa na verdade era uma primeira — apenas tome cuidado para ser uma revelação coerente, não uma desculpa pobre.

A última observação neste sentido é a importância da consistência. Se mudar de ponto de vista, faça-o entre trocas de capítulos ou, no mínimo, diferentes parágrafos. Você não quer, e não vai conseguir, sair escrevendo *Ulysses* de primeira. Como você está começando, recomendaria não ousar muito nessas mudanças, e deixar bastante claro quando mudar o ponto de vista, quiçá com o nome do personagem ou alguma indicação óbvia... Essas marcações ajudam não só o leitor como você mesmo. Se sentir que estão óbvias demais, mais tarde, é fácil removê-las.

Agora pense em sua história. Que voz você imagina que pode ser de maior interesse ao leitor? Quem é seu protagonista?

> *Tudo que está na terceira pessoa aconteceu. E se sabe que aconteceu porque o(a) narrador(a) é onisciente e confiável. O(a) narrador(a) é sempre confiável. O(a) narrador(a) não mentiria sobre aonde ele vai durante a noite. O(a) narrador(a) pode ver. E tudo que está na terceira pessoa aconteceu com certeza. Aconteceu porque eu sei que aconteceu.*

Capítulo sete:
Seus personagens!

Depois de pensarmos em seu protagonista, chegou a hora. A hora de pensar em todos aqueles que estão na história. A melhor ficção imaginável se baseia em um personagem. É assim que livros em que nada acontece existem: porque personagens interessantes existem. Porque a mudança interior dos personagens acontece e este é o conflito principal da história.

O leitor adora se conectar com alguém. Não tenho comprovação científica, mas tenho a certeza de que é a base da literatura. Poder estar com outra pessoa, conferir outros sentimentos. Mergulhar em uma mente e ver como ela funciona, é por isso que lemos.

Na maior parte do tempo, personagens em ficção estão em metamorfose. Eles estão indo de um ponto a outro. Muitas vezes, em literatura mais comercial, estão indo de um lugar desagradável rumo à melhora. Há personagens que seguem ladeira abaixo, que costumam gerar livros deprimentes e não costumam vender bem. Esses personagens podem ser fascinantes quando bem-feitos, e não podemos generalizar. Pense na jornada de Anakin Skywalker, na série *Star Wars*, tornando-se o temido vilão. É terrível e queremos que pare a qualquer custo.

Todas essas transições são possíveis. Há zonas cinzentas, é claro, personagens que querem ser bons, mas não conseguem por diversos motivos! Por um lado, pode ser agradável ver alguém fazer boas escolhas e melhorar. Por outro lado, será que é realista? Onde seu livro se encontra em relação a fazer com que os outros se sintam melhor em relação às suas vidas? Qual a intenção de sua arte?

Um personagem não precisa, ou deve, revelar essas emoções ao mundo. Afinal, quem abertamente sai dizendo seus sonhos, desejos e buscas? Mas essas emoções devem estar claras para você, como autor, e, com sorte, para o leitor. Voltemos ao iceberg. Personagens sentem coisas. Sentem preguiça, tristeza, vergonha, saudades, alegria, coceiras, sede e mais preguiça, tudo ao mesmo tempo. Como você se sente agora? É apenas um sentimento? Ou um conjunto de sensações ligadas a causas e motivações diferentes? Por exemplo, você pode ter feito exercícios e estar com dores musculares; portanto, você sente preguiça, cansaço e dor. No entanto, você nunca chegou a um tempo de corrida tão bom quanto o de hoje, então, você sente orgulho e motivação. É difícil que sentimentos eliminem uns aos outros: eles coexistem.

Você pode usar essas respostas emocionais para destacar quem seu personagem é. Por exemplo, se seu personagem fosse um corredor perfeccionista, ele talvez se sentisse envergonhado de ter precisado de três meses de treinamento para obter um resultado que não lhe é satisfatório. A conclusão? Ele é uma pessoa exigente. Os personagens encontram algo que poderia deixá-los felizes, mas se sentem raivosos. Este é um momento revelador.

Nisso, obviamente, o personagem terá uma **motivação**. Eles não precisam passar a história inteira tentando obter o que querem e, conforme a narrativa evolui, podem até ir de uma motivação a outra. Se seu livro se passa durante dez ou vinte anos, décadas, séculos, seu personagem pode até obter o que queria e partir para outro objetivo mais concreto. Há objetivos menores, como "comer um sanduíche de frango com maionese", "fazer uma graduação em física", e outros que são maiores e menos concretos, como "descobrir qual meu lugar no mundo". Adapte seu personagem de acordo com a motivação. O que move seu personagem? E lembre-se da zona cinzenta: é possível querer experiências contraditórias, como querer fumar um cigarro, mas querer não ter câncer. Ninguém é obcecado com uma coisa só do começo ao fim.

E por que todas as pessoas do mundo não têm exatamente o que querem? Por conta de **conflito**. Um entendimento básico de narrativa é um personagem agir em busca de cumprir sua motivação, mas obstáculos se colocam em seu caminho. Para acrescentar um pouco mais de diversão, faça o obstáculo ser uma pessoa, outro personagem. O conflito também pode ser interno, nossas mencionadas contradições pessoais, nuances emocionais e intelectuais.

Nenhuma surpresa pode vir de um lugar totalmente inesperado. Mesmo que seja surpreendente, ao parar e pensar a respeito, o leitor deve concluir que "hum, sim, isso faz sentido". É o clichê de que o final deve ser surpreendente ainda que inevitável.

E como definir o que é coerente em seu personagem? A partir do seu histórico. Cada detalhe a respeito de seu personagem conta uma história. Mesmo que seu personagem seja um recém-nascido, há uma história. A motivação está diretamente ligada à história, sendo que o que o personagem decide por meio de sua agência permite que a história vá em frente, alterando a motivação. É um ciclo.

Em resumo, personagens funcionam como pessoas. Mesmo com incoerências. Eles são como um prato bem-feito: têm algo amargo, porém doce, que se liga a pontos mais *umami*. Cada mordida tem uma complexidade única, assim como bons vinhos ou cafés. Eles se revelam em camadas, com suas surpresas e lados bons e ruins e, em última análise, interessantes.

A seguir, criei algumas fichas de personagem, caso você queira colar delas em algum momento de sua escrita. Sinta-se livre para escrever nelas, acrescentar e rasurar. Faça cópias, se necessário. Reitero que este é apenas um modelo, você pode seguir ou não, como achar melhor.

FICHA DE PERSONAGEM

NOME:
___

PAPEL NA HISTÓRIA:
___

CONEXÃO COM O PROTAGONISTA:
___

DATA DE NASCIMENTO E/OU MORTE:
___

OCUPAÇÃO:
___

DESCRIÇÃO FÍSICA:
___

HÁBITOS E VÍCIOS:
___

EM MUDANÇA?
( ) SIM
( ) NÃO
( ) A DEFINIR
EXPLIQUE:
___

CARACTERÍSTICAS GERAIS (PERSONALIDADE):
___

DÊ UM BREVE HISTÓRICO:
_____
_____
_____
_____

COMO ESTAS CARACTERÍSTICAS SE LIGAM A UMA LÓGICA INTERNA:
_____

DEFINA SUA AGÊNCIA (OU TENTATIVAS DE):
_____

DEFINA SUA MOTIVAÇÃO:
_____

COMO ISSO SE LIGA A UM CONFLITO INTERNO:
_____

COMO ISSO SE LIGA A UM CONFLITO EXTERNO:
_____

OBSERVAÇÕES GERAIS:
_____
_____
_____

FICHA DE PERSONAGEM

NOME:
Clóvis

PAPEL NA HISTÓRIA:
o Pai

CONEXÃO COM O PROTAGONISTA:
o Pai

DATA DE NASCIMENTO E/OU MORTE:
nascido em 08/09/1952, morto em 01/04/2005 (infarto)

OCUPAÇÃO:
militar durante a ditadura militar

DESCRIÇÃO FÍSICA:
não

HÁBITOS E VÍCIOS:
cigarro, distanciamento emocional, cofiar o bigode como se conhecesse a palavra "cofiar"

EM MUDANÇA?
( ) SIM
( ) NÃO
(x) A DEFINIR

EXPLIQUE:
_____

CARACTERÍSTICAS GERAIS (PERSONALIDADE):
campeão olímpico de se sentir no <u>direito de</u>

DÊ UM BREVE HISTÓRICO:
casou, teve a filha, Maria Alice, e o primeiro filho, Caio. Após anos de traição a Lídia, ele deixa a família e vai morar com alguém que ele descreve como uma "secretária" até (literalmente) sua morte. Antes mesmo da invenção do termo "gaslighting" (obrigada, Bunny), praticava gaslighting. Achava que estava ajudando a formar uma realidade sólida

COMO ESTAS CARACTERÍSTICAS SE LIGAM A UMA LÓGICA INTERNA:
___

DEFINA SUA AGÊNCIA (OU TENTATIVAS DE):
descontava essa sensação de pressão com traições, bebia e fumava muito, mas não batia em ninguém. Lídia dizia muito isso

DEFINA SUA MOTIVAÇÃO:
sua motivação era o alívio, a não pressão. Estressado em uma época em que estresse era uma ideia estranha, frescura

COMO ISSO SE LIGA A UM CONFLITO INTERNO:
ele amava, mas não sabia o que fazer

COMO ISSO SE LIGA A UM CONFLITO EXTERNO:
___

OBSERVAÇÕES GERAIS:
ele tentava achar Lídia quando ela saía para caminhar.
os momentos de normalidade compensam a instabilidade causada pela bipolaridade. Uma rotina, mesmo que doentia, parecia resolver tudo

FICHA DE PERSONAGEM

NOME:
_____

PAPEL NA HISTÓRIA:
_____

CONEXÃO COM O PROTAGONISTA:
_____

DATA DE NASCIMENTO E/OU MORTE:
_____

OCUPAÇÃO:
_____

DESCRIÇÃO FÍSICA:
_____

HÁBITOS E VÍCIOS:
_____

EM MUDANÇA?
( ) SIM
( ) NÃO
( ) A DEFINIR
EXPLIQUE:
_____

CARACTERÍSTICAS GERAIS (PERSONALIDADE):
_____

DÊ UM BREVE HISTÓRICO:
___
___
___
___

COMO ESTAS CARACTERÍSTICAS SE LIGAM A UMA LÓGICA INTERNA:
___

DEFINA SUA AGÊNCIA (OU TENTATIVAS DE):
___

DEFINA SUA MOTIVAÇÃO:
___

COMO ISSO SE LIGA A UM CONFLITO INTERNO:
___

COMO ISSO SE LIGA A UM CONFLITO EXTERNO:
___

OBSERVAÇÕES GERAIS:
___
___
___

FICHA DE PERSONAGEM

NOME:
Lídia

PAPEL NA HISTÓRIA:
a Mãe

CONEXÃO COM O PROTAGONISTA:
a Mãe

DATA DE NASCIMENTO E/OU MORTE:
nascida em 10/05/1954, dada como desaparecida em torno de maio/2007

OCUPAÇÃO:
dona de casa, fotógrafa amadora

DESCRIÇÃO FÍSICA:
alta

HÁBITOS E VÍCIOS:
fotografia, bipolaridade, autoindulgência

EM MUDANÇA?
(x) SIM
( ) NÃO
( ) A DEFINIR
EXPLIQUE:
_____

CARACTERÍSTICAS GERAIS (PERSONALIDADE):
_____

DÊ UM BREVE HISTÓRICO:
Lídia sempre teve que ser cuidada por seus filhos e marido, até seu sumiço. Gosta de fotografar, mas ainda assim teve que lidar com momentos de obsessão/mania fortes. Concretamente queria fazer um curso de fotografia (era autodidata). Tem vergonha/orgulho de sua condição

COMO ESTAS CARACTERÍSTICAS SE LIGAM A UMA LÓGICA INTERNA:
_____

DEFINA SUA AGÊNCIA (OU TENTATIVAS DE):
ela quer criar de maneira ativa, mas não consegue por estar presa dentro de sua própria cabeça a maior parte do tempo

DEFINA SUA MOTIVAÇÃO:
_____

COMO ISSO SE LIGA A UM CONFLITO INTERNO:
_____

COMO ISSO SE LIGA A UM CONFLITO EXTERNO:
_____

OBSERVAÇÕES GERAIS:
cozinhava mal

FICHA DE PERSONAGEM

NOME:
___

PAPEL NA HISTÓRIA:
___

CONEXÃO COM O PROTAGONISTA:
___

DATA DE NASCIMENTO E/OU MORTE:
___

OCUPAÇÃO:
___

DESCRIÇÃO FÍSICA:
___

HÁBITOS E VÍCIOS:
___

EM MUDANÇA?
( ) SIM
( ) NÃO
( ) A DEFINIR
EXPLIQUE:
___

CARACTERÍSTICAS GERAIS (PERSONALIDADE):
___

DÊ UM BREVE HISTÓRICO:
dificuldades para comer (tinha momentos de surto em que achava que não precisava de comida, outros em que comia tudo, desde margarina pura a alface com mais nada)

COMO ESTAS CARACTERÍSTICAS SE LIGAM A UMA LÓGICA INTERNA:
___

DEFINA SUA AGÊNCIA (OU TENTATIVAS DE):
___

DEFINA SUA MOTIVAÇÃO:
___

COMO ISSO SE LIGA A UM CONFLITO INTERNO:
___

COMO ISSO SE LIGA A UM CONFLITO EXTERNO:
___

OBSERVAÇÕES GERAIS:
casos de bulimia, anorexia, passar dias sem comer, viver de uma dieta de aspirina e café. Teve fases em que pesou cento e dez quilos e outras em que pesou cinquenta. Não tinha vício em drogas porque tinha medo de que o marido fosse de alguma maneira prejudicado com isso

FICHA DE PERSONAGEM

NOME:
_____

PAPEL NA HISTÓRIA:
_____

CONEXÃO COM O PROTAGONISTA:
_____

DATA DE NASCIMENTO E/OU MORTE:
_____

OCUPAÇÃO:
_____

DESCRIÇÃO FÍSICA:
_____

HÁBITOS E VÍCIOS:
_____

EM MUDANÇA?
( ) SIM
( ) NÃO
( ) A DEFINIR
EXPLIQUE:
_____

CARACTERÍSTICAS GERAIS (PERSONALIDADE):
_____

DÊ UM BREVE HISTÓRICO:
mentia muito sobre isso (tudo)

COMO ESTAS CARACTERÍSTICAS SE LIGAM A UMA LÓGICA INTERNA:

DEFINA SUA AGÊNCIA (OU TENTATIVAS DE):

DEFINA SUA MOTIVAÇÃO:

COMO ISSO SE LIGA A UM CONFLITO INTERNO:

COMO ISSO SE LIGA A UM CONFLITO EXTERNO:

OBSERVAÇÕES GERAIS:
teve dois grandes casos de sumiços, um em que dormiu na rua em Porto Alegre por dois dias seguidos e fez amizade com dois mendigos. Em outro, depois de vinte e quatro horas de sumiço, teve de ser libertada da cadeia por causar baderna e discutir com um oficial na Bahia. Seguia dizendo que Robin Williams, Carrie Fischer, Winston Churchill, Van Gogh e Ernest Hemingway eram bipolares. Então, concluía para si mesma que era engraçada como Robin Williams, criativa como Van Gogh, articulada como Hemingway e diplomática como Churchill

FICHA DE PERSONAGEM

NOME:
___

PAPEL NA HISTÓRIA:
___

CONEXÃO COM O PROTAGONISTA:
___

DATA DE NASCIMENTO E/OU MORTE:
___

OCUPAÇÃO:
___

DESCRIÇÃO FÍSICA:
___

HÁBITOS E VÍCIOS:
___

EM MUDANÇA?
( ) SIM
( ) NÃO
( ) A DEFINIR
EXPLIQUE:
___

CARACTERÍSTICAS GERAIS (PERSONALIDADE):
___

DÊ UM BREVE HISTÓRICO:

COMO ESTAS CARACTERÍSTICAS SE LIGAM A UMA LÓGICA INTERNA:

DEFINA SUA AGÊNCIA (OU TENTATIVAS DE):

DEFINA SUA MOTIVAÇÃO:

COMO ISSO SE LIGA A UM CONFLITO INTERNO:

COMO ISSO SE LIGA A UM CONFLITO EXTERNO:

OBSERVAÇÕES GERAIS:
conhecia cantos obscuros de cada local em que moravam ou aonde iam. Era impressionante saber isso numa era pré-internet. Visitava pontos turísticos e tirava muitas fotos. Tinha dias em que passava vinte e quatro horas fotografando uma mesma coisa (uma flor do jardim) ou esperando alguma coisa aparecer de novo (uma borboleta voltar a uma flor). Ao longo da vida, teve salas escuras em banheiros de empregada para revelações

FICHA DE PERSONAGEM

NOME:
___

PAPEL NA HISTÓRIA:
___

CONEXÃO COM O PROTAGONISTA:
___

DATA DE NASCIMENTO E/OU MORTE:
___

OCUPAÇÃO:
___

DESCRIÇÃO FÍSICA:
___

HÁBITOS E VÍCIOS:
___

EM MUDANÇA?
( ) SIM
( ) NÃO
( ) A DEFINIR
EXPLIQUE:
___

CARACTERÍSTICAS GERAIS (PERSONALIDADE):
___

DÊ UM BREVE HISTÓRICO:
Maria Alice foi a primeira a "desistir" da mãe, por conta das discussões frequentes por motivos estúpidos e triviais. Ao discutir com ela,

COMO ESTAS CARACTERÍSTICAS SE LIGAM A UMA LÓGICA INTERNA:
___

DEFINA SUA AGÊNCIA (OU TENTATIVAS DE):
___

DEFINA SUA MOTIVAÇÃO:
___

COMO ISSO SE LIGA A UM CONFLITO INTERNO:
___

COMO ISSO SE LIGA A UM CONFLITO EXTERNO:
___

OBSERVAÇÕES GERAIS:
___
___
___

FICHA DE PERSONAGEM

NOME:
_____

PAPEL NA HISTÓRIA:
_____

CONEXÃO COM O PROTAGONISTA:
_____

DATA DE NASCIMENTO E/OU MORTE:
_____

OCUPAÇÃO:
_____

DESCRIÇÃO FÍSICA:
_____

HÁBITOS E VÍCIOS:
_____

EM MUDANÇA?
( ) SIM
( ) NÃO
( ) A DEFINIR
EXPLIQUE:
_____

CARACTERÍSTICAS GERAIS (PERSONALIDADE):
_____

DÊ UM BREVE HISTÓRICO:
no começo do casamento, ainda perguntava (horários, pessoas, coisas que não faziam sentido), a que o marido respondia "cê tá louca". Ao se divorciar, voltou para Brasília, sua terra natal. Foi embora três anos depois. A verdade é que se perdeu, ficou caminhando por duas semanas seguidas, foi assaltada, morreu e, como demoraram a encontrar o corpo, outra família a identificou como um familiar. Ou isso. Ou a Irlanda

COMO ESTAS CARACTERÍSTICAS SE LIGAM A UMA LÓGICA INTERNA:
_____

DEFINA SUA AGÊNCIA (OU TENTATIVAS DE):
_____

DEFINA SUA MOTIVAÇÃO:
_____

COMO ISSO SE LIGA A UM CONFLITO INTERNO:
_____

COMO ISSO SE LIGA A UM CONFLITO EXTERNO:
_____

OBSERVAÇÕES GERAIS:
Caio nunca desistiu totalmente da mãe

FICHA DE PERSONAGEM

NOME:
_____

PAPEL NA HISTÓRIA:
_____

CONEXÃO COM O PROTAGONISTA:
_____

DATA DE NASCIMENTO E/OU MORTE:
_____

OCUPAÇÃO:
_____

DESCRIÇÃO FÍSICA:
_____

HÁBITOS E VÍCIOS:
com as transferências do marido, se tornou uma pessoa calada, em especial por se sentir errada em relação a sotaques

EM MUDANÇA?
( ) SIM
( ) NÃO
( ) A DEFINIR
EXPLIQUE:
_____

CARACTERÍSTICAS GERAIS (PERSONALIDADE):
_____

DÊ UM BREVE HISTÓRICO:

_____
_____
_____
_____

COMO ESTAS CARACTERÍSTICAS SE LIGAM A UMA LÓGICA INTERNA:

_____

DEFINA SUA AGÊNCIA (OU TENTATIVAS DE):

_____

DEFINA SUA MOTIVAÇÃO:

_____

COMO ISSO SE LIGA A UM CONFLITO INTERNO:

_____

COMO ISSO SE LIGA A UM CONFLITO EXTERNO:

_____

OBSERVAÇÕES GERAIS:
quando conseguia terapia, era temporária, e teriam que se mudar em algum tempo. Usava isso como desculpa para não tentar mudar ou usar remédios. O momento histórico não ajudava muito. Uma vez, o marido sugeriu que lobotomia talvez fosse uma boa solução

FICHA DE PERSONAGEM

NOME:
___

PAPEL NA HISTÓRIA:
___

CONEXÃO COM O PROTAGONISTA:
___

DATA DE NASCIMENTO E/OU MORTE:
___

OCUPAÇÃO:
___

DESCRIÇÃO FÍSICA:
___

HÁBITOS E VÍCIOS:
___

EM MUDANÇA?
( ) SIM
( ) NÃO
( ) A DEFINIR
EXPLIQUE:
___

CARACTERÍSTICAS GERAIS (PERSONALIDADE):
___

DÊ UM BREVE HISTÓRICO:
_____
_____
_____
_____

COMO ESTAS CARACTERÍSTICAS SE LIGAM A UMA LÓGICA INTERNA:
_____

DEFINA SUA AGÊNCIA (OU TENTATIVAS DE):
_____

DEFINA SUA MOTIVAÇÃO:
_____

COMO ISSO SE LIGA A UM CONFLITO INTERNO:
_____

COMO ISSO SE LIGA A UM CONFLITO EXTERNO:
_____

OBSERVAÇÕES GERAIS:
na maior parte do tempo eu fingia que corria e chegava ao final de uma maratona e só tinha que me esforçar ao máximo até chegar a um limite, os últimos segundos dos quinze quilômetros, até alcançar o final. O final era a hora de dormir. Às vezes eu via televisão, às vezes bebia uma quantidade inesperada de café ou álcool, às vezes com um Benflogin ou Rivotril

FICHA DE PERSONAGEM

NOME:
Caio

PAPEL NA HISTÓRIA:
mano

CONEXÃO COM O PROTAGONISTA:
o Irmão

DATA DE NASCIMENTO E/OU MORTE:
08/08/83

OCUPAÇÃO:
___

DESCRIÇÃO FÍSICA:
espinhas adultas

HÁBITOS E VÍCIOS:
sorrir demais

EM MUDANÇA?
( ) SIM
( ) NÃO
( ) A DEFINIR
EXPLIQUE:
___

CARACTERÍSTICAS GERAIS (PERSONALIDADE):
esforçado, excelente na escola, sociável, faz esportes. Tende a achar que Maria Alice exagera e está "fora de si" (num eco do Pai). Não vê os problemas que Maria Alice vê

DÊ UM BREVE HISTÓRICO:
_____
_____
_____
_____

COMO ESTAS CARACTERÍSTICAS SE LIGAM A UMA LÓGICA INTERNA:
_____

DEFINA SUA AGÊNCIA (OU TENTATIVAS DE):
uma mistura funcional Pai + Mãe

DEFINA SUA MOTIVAÇÃO:
queria consertar tudo o tempo todo
quer que Lídia e Maria Alice voltem a se falar
quer que Maria Alice aceite que a mãe morreu

COMO ISSO SE LIGA A UM CONFLITO INTERNO:
a porra da família perfeitinha dele não pode ser perfeitinhaaaa

COMO ISSO SE LIGA A UM CONFLITO EXTERNO:
_____

OBSERVAÇÕES GERAIS:
mãe sumiu
com o sumiço da mãe, demorou dois anos até aceitar que estava morta
fez o que podia, conversou com detetives, organizações, ONGs, governo etc. Mas em 2009 aceitou e pronto

FICHA DE PERSONAGEM

NOME:
___

PAPEL NA HISTÓRIA:
___

CONEXÃO COM O PROTAGONISTA:
___

DATA DE NASCIMENTO E/OU MORTE:
___

OCUPAÇÃO:
___

DESCRIÇÃO FÍSICA:
___

HÁBITOS E VÍCIOS:
___

EM MUDANÇA?
( ) SIM
( ) NÃO
( ) A DEFINIR
EXPLIQUE:
___

CARACTERÍSTICAS GERAIS (PERSONALIDADE):
___

DÊ UM BREVE HISTÓRICO:
Esposa (Maria Eduarda, dois anos mais velha)
Filho (Miguel, nascido em 2013)

COMO ESTAS CARACTERÍSTICAS SE LIGAM A UMA LÓGICA INTERNA:
___

DEFINA SUA AGÊNCIA (OU TENTATIVAS DE):
___

DEFINA SUA MOTIVAÇÃO:
___

COMO ISSO SE LIGA A UM CONFLITO INTERNO:
___

COMO ISSO SE LIGA A UM CONFLITO EXTERNO:
___

OBSERVAÇÕES GERAIS:
___
___
___

FICHA DE PERSONAGEM

NOME:
___

PAPEL NA HISTÓRIA:
___

CONEXÃO COM O PROTAGONISTA:
___

DATA DE NASCIMENTO E/OU MORTE:
___

OCUPAÇÃO:
___

DESCRIÇÃO FÍSICA:
___

HÁBITOS E VÍCIOS:
___

EM MUDANÇA?
( ) SIM
( ) NÃO
( ) A DEFINIR
EXPLIQUE:
___

CARACTERÍSTICAS GERAIS (PERSONALIDADE):
___

DÊ UM BREVE HISTÓRICO:
eu andava sumindo, e a ideia não parecia ruim

COMO ESTAS CARACTERÍSTICAS SE LIGAM A UMA LÓGICA INTERNA:

DEFINA SUA AGÊNCIA (OU TENTATIVAS DE):

DEFINA SUA MOTIVAÇÃO:

COMO ISSO SE LIGA A UM CONFLITO INTERNO:

COMO ISSO SE LIGA A UM CONFLITO EXTERNO:

OBSERVAÇÕES GERAIS:
esta é a história de Maria Alice, que enlouqueceu a própria mãe

FICHA DE PERSONAGEM

NOME:
Maria Alice

PAPEL NA HISTÓRIA:
a Filha

CONEXÃO COM O PROTAGONISTA:
a Filha

DATA DE NASCIMENTO E/OU MORTE:
nascida

OCUPAÇÃO:
___

DESCRIÇÃO FÍSICA:
___

HÁBITOS E VÍCIOS:
___

EM MUDANÇA?
( ) SIM
( ) NÃO
( ) A DEFINIR
EXPLIQUE:
___

CARACTERÍSTICAS GERAIS (PERSONALIDADE):
___

DÊ UM BREVE HISTÓRICO:
após um divórcio e o sumiço da mãe, Maria Alice se torna obcecada com um blog de lugares abandonados e se convence de que a mãe o escrevia para ela. Ao longo da narrativa, Maria Alice parte para a Irlanda, onde um dos posts do blog anunciava que a autora estaria fotografando algo. Mora com estudantes por falta de dinheiro, mudando ocasionalmente de apartamento, o que também causa pequenos dramas

COMO ESTAS CARACTERÍSTICAS SE LIGAM A UMA LÓGICA INTERNA:
___

DEFINA SUA AGÊNCIA (OU TENTATIVAS DE):
___

DEFINA SUA MOTIVAÇÃO:
___

COMO ISSO SE LIGA A UM CONFLITO INTERNO:
___

COMO ISSO SE LIGA A UM CONFLITO EXTERNO:
___

OBSERVAÇÕES GERAIS:
abstratamente, Maria Alice quer encontrar a si mesma, quer encontrar um espelho através da busca pela mãe
concretamente, quer encontrar a mãe. O que de fato a impede de encontrar a mãe é o fato de que Lídia não está presente, a mãe não deixou indícios de como ser encontrada etc.

FICHA DE PERSONAGEM

NOME:
___

PAPEL NA HISTÓRIA:
___

CONEXÃO COM O PROTAGONISTA:
___

DATA DE NASCIMENTO E/OU MORTE:
___

OCUPAÇÃO:
___

DESCRIÇÃO FÍSICA:
___

HÁBITOS E VÍCIOS:
___

EM MUDANÇA?
( ) SIM
( ) NÃO
( ) A DEFINIR
EXPLIQUE:
___

CARACTERÍSTICAS GERAIS (PERSONALIDADE):
___

DÊ UM BREVE HISTÓRICO:
formada em engenharia de software, trabalha com tecnologia da informação, algo meio programação/desenvolvimento de software/desenvolvimento de aplicativos para acessibilidade de cegos etc. O emprego — apesar dos treinamentos motivacionais, conversas sobre proatividade, janelas com vista pra árvores, salário e benefícios muito acima do mercado, baixa taxa de rotatividade — é um emprego numa empresa para desenvolvimento de software

COMO ESTAS CARACTERÍSTICAS SE LIGAM A UMA LÓGICA INTERNA:
___

DEFINA SUA AGÊNCIA (OU TENTATIVAS DE):
___

DEFINA SUA MOTIVAÇÃO:
___

COMO ISSO SE LIGA A UM CONFLITO INTERNO:
___

COMO ISSO SE LIGA A UM CONFLITO EXTERNO:
___

OBSERVAÇÕES GERAIS:
começou a escrever durante a primeira briga do casamento, quando o marido disse que ela precisaria arranjar um hobby. Num surto de raiva, começou a escrever uma mensagem grande para uma amiga via e-mail e, ao terminar, percebeu que não queria enviar a mensagem. Salvou o arquivo

FICHA DE PERSONAGEM

NOME:
___

PAPEL NA HISTÓRIA:
___

CONEXÃO COM O PROTAGONISTA:
___

DATA DE NASCIMENTO E/OU MORTE:
___

OCUPAÇÃO:
___

DESCRIÇÃO FÍSICA:
nasceu com retinopatia da prematuridade, somada a uma série de deficiências visuais progressivas. Apesar de o progresso da miopia e do astigmatismo estar sob controle, a visão ainda é muito limitada, o que gerou interesse em trabalhar com acessibilidade

HÁBITOS E VÍCIOS:
___

EM MUDANÇA?
( ) SIM
(x) NÃO
( ) A DEFINIR

EXPLIQUE:
ao longo do livro, vai enxergando cada vez menos

CARACTERÍSTICAS GERAIS (PERSONALIDADE):
___

DÊ UM BREVE HISTÓRICO:
usa algumas ferramentas de ajuda (como lupas, bengala branca, braille etc.), mas gosta de se sentir não cega

COMO ESTAS CARACTERÍSTICAS SE LIGAM A UMA LÓGICA INTERNA:
___

DEFINA SUA AGÊNCIA (OU TENTATIVAS DE):
___

DEFINA SUA MOTIVAÇÃO:
___

COMO ISSO SE LIGA A UM CONFLITO INTERNO:
___

COMO ISSO SE LIGA A UM CONFLITO EXTERNO:
___

OBSERVAÇÕES GERAIS:
gosta muito de parques de diversões, em especial de montanhas-russas

FICHA DE PERSONAGEM

NOME:
___

PAPEL NA HISTÓRIA:
___

CONEXÃO COM O PROTAGONISTA:
___

DATA DE NASCIMENTO E/OU MORTE:
___

OCUPAÇÃO:
___

DESCRIÇÃO FÍSICA:
___

HÁBITOS E VÍCIOS:
___

EM MUDANÇA?
( ) SIM
( ) NÃO
( ) A DEFINIR
EXPLIQUE:
___

CARACTERÍSTICAS GERAIS (PERSONALIDADE):
___

DÊ UM BREVE HISTÓRICO:
gosta de estudar idiomas, fala inglês e espanhol fluentes. Quer aprender japonês. Às vezes joga pôquer on-line, ganha algum dinheiro. É boa com jogos de cartas no geral. Aposta bem

COMO ESTAS CARACTERÍSTICAS SE LIGAM A UMA LÓGICA INTERNA:
___

DEFINA SUA AGÊNCIA (OU TENTATIVAS DE):
___

DEFINA SUA MOTIVAÇÃO:
___

COMO ISSO SE LIGA A UM CONFLITO INTERNO:
___

COMO ISSO SE LIGA A UM CONFLITO EXTERNO:
___

OBSERVAÇÕES GERAIS:
___
___
___

FICHA DE PERSONAGEM

NOME:
___

PAPEL NA HISTÓRIA:
___

CONEXÃO COM O PROTAGONISTA:
___

DATA DE NASCIMENTO E/OU MORTE:
___

OCUPAÇÃO:
___

DESCRIÇÃO FÍSICA:
___

HÁBITOS E VÍCIOS:
___

EM MUDANÇA?
( ) SIM
( ) NÃO
( ) A DEFINIR
EXPLIQUE:
___

CARACTERÍSTICAS GERAIS (PERSONALIDADE):
___

DÊ UM BREVE HISTÓRICO:
_____
_____
_____
_____

COMO ESTAS CARACTERÍSTICAS SE LIGAM A UMA LÓGICA INTERNA:
_____

DEFINA SUA AGÊNCIA (OU TENTATIVAS DE):
_____

DEFINA SUA MOTIVAÇÃO:
_____

COMO ISSO SE LIGA A UM CONFLITO INTERNO:
_____

COMO ISSO SE LIGA A UM CONFLITO EXTERNO:
_____

OBSERVAÇÕES GERAIS:
_____
_____
_____

Capítulo oito: Introdução à segunda parte!

Você tem uma ideia de romance. Você tem uma ideia de história, um plano, e determinou seus personagens. Você conhece o seu final. Você sabe aonde está indo.

A seguir, vou lhe apresentar a diversos desafios de escrita — os convites.

É hora da diversão!

Como brinquei no capítulo introdutório, se você escrever uma página por dia, em um ano, terá 366 páginas do seu livro. Seja o livro que for sobre o que for. Crie uma rotina, um horário específico, um momento para a escrita, e dê um ano para seu livro, para vê-lo florescer.

Vá e explore. Não há compromissos nesta seção, e nada precisa estar terminado ou perfeito. "Feito" é melhor que "perfeito". O objetivo é explorar o máximo de espaços possíveis, despertar a curiosidade em si.

Se ainda quer pensar em um livro: agora vai conseguir. Depois de alguns exercícios, convites, de escrita, volte à parte um! Observe que personagens reaparecem, que vozes agradam mais. Preencha as duas partes lado a lado.

Se você já tem uma noção, seja grande ou pequena, de sua história: agora tudo termina. Agora você define pequenas cenas, detalhes. Aqui você pode explorar como mostrar em vez de contar. Você pode se aprofundar em seus personagens. Qual é o momento mais feliz da infância de seu protagonista? Você chegou a pensar nisso? Aposto que não. Escreva, e o que lhe for útil pode ser aproveitado. Nem tudo que você escreve precisa ser útil e voltado ao objetivo da história. Mas pode ser.

1
Quanto estresse você tem?

— Maicou, você precisa de uma carteira de identidade nova — o atendente da Polícia Federal decretou.
— Como assim?
Por ter medo da hora marcada. Eu já estava ali fazia duas horas. Corri quando chamaram meu nome. Calor.
— Ela se abre aqui, olha. — Ele apontou os cantos rasgados do RG, ainda com o modelo antigo. — E tem mais de dez anos.
Fazia calor demais para explicar que o site não dizia nada. Tinha diversos tutoriais de como imprimir boletos, mas nada sobre a idade da documentação. Ele tinha uma tatuagem de um cocker spaniel sentado. Preenchia o antebraço todo. Eu deveria falar de cachorros.
— Cara. — Mostrei minha carteira de motorista. — Por favor.
— Só... — ele me devolveu a identidade, rindo. — Só faz uma identidade nova amanhã. Sei lá.
Fiz que sim com a cabeça. Ele me direcionava mais para a esquerda para a foto.
— Pode sorrir? — perguntei coberto de suor, ajeitando a camiseta social que minha mãe mandou usar pra causar boa impressão no aeroporto. As orelhas soltavam pelo. O olhar arregalado de quem ia tirar o primeiro passaporte. Ainda tinha o comprovante de quitação militar no colo. Era claro que eu era eu.

* * *

2
Qual o melhor conselho que você já ouviu?

* * *

3
O que você recomendaria a alguém que acabou de começar um namoro? Use exemplos em forma de cena.

No início as caminhadas não duravam mais que trinta ou quarenta minutos. Começavam pelos arredores do hostel. Eu nunca ficava assustada.

Alguém brinca comigo sobre uma fábrica abandonada nos arredores de Dame Street. Quando pego o Luas rumo a Tallaght, sei que deve ter alguns lugares abandonados por ali. Aquela zona inteira é meio shithole, meio random stabbings, umas pessoas sendo esfaqueadas aqui e ali. Mas Maria Alice é brasileira: it takes more to stab me. Uma vez peguei o ônibus 27 rumo a Tallaght e vi um edifício próximo ao Youth Reach de Tallaght, com janelas e portas cerradas por completo com tapumes e tudo o mais. Talvez fosse um lugar para começar.

Alguém me diz na fila do café da manhã do hostel que tenho que conferir Ballymount. Em algum momento na história, tinha sido o maior terreno industrial da Europa Ocidental, me dizem. Posso começar pelo Ballymount Castle. A região toda, me indicam, é perto de Bluebell e Clondalkin. Finjo que sei, e só depois descubro que são basicamente outros dois subúrbios deprimentes que se podiam atravessar de ônibus em Dublin.

Quando você chega aos quilômetros industriais, fábricas e depósitos, tudo desativado, lá você está. E é lá que o itinerário do ônibus acaba. Entre essas construções, ruas industriais sem calçada, asfalto ou cinza, mas muito silêncio. Muito silêncio. Eu poderia estar no Brasil. Poderia estar em qualquer lugar. Estava na Nação da Zona Industrial. Restos de metal cercam o gradeamento e proteções de mais metal, pedras, engenhocas, pedras, concreto, partes mecânicas, madeira, pedras, cerâmica, pedras, vidro, pedras, polímeros, pedras, pneus e metal. Por um instante, tenho a certeza de que, se coletasse todo aquele lixo, eu conseguiria construir um carro.

Em meio a isso, descubro áreas suburbanas tão shithole quanto Bluebell e Clondalkin, cidades industriais da Nação da Zona Industrial. Elas não têm características especiais, algumas casas começando a ser contaminadas pelos quadrados modernistas, outras pelos

Irish Troubles, pelo IRA, algumas inspiradas pelo começo do boom econômico dos anos 2000 — uma tentativa de vidros e altura — e outras refletindo o seu término ainda em processo — vidros e altura pendentes. Um parque sombrio, mas sem qualquer risco.

A única trilha é meu interesse. E meu interesse me leva de volta à Nação da Zona Industrial.

Talvez eu tenha nascido para exploração urbana menos ambiciosa. Tipo subir em um telhado, ficar olhando o céu, deitar no chão, fumar um beque, falar de dinossauros e ir para casa. Não é exatamente fazer estrelinhas na beirada de uma ponte abandonada ou explorar usinas nucleares desativadas na Bielorrússia. É? Por outro lado, não mereço morrer por ter uma imaginação ruim.

Descubro que Ballymount Castle mais é uma torre com um monte de trepadeiras. Os irlandeses parecem gostar de chamar tudo que é medieval de *castle*, castelo. Nunca chego a passar a mureta, também coberta de trepadeiras. Mas vejo uma pichação com a foice e o martelo.

A zona interminável de ventos e lixo me anima. Há dias em que passo de duas a seis horas a vagar, longe do contato humano. Sempre que vejo vultos resolvendo alguma questão, mostrando uma propriedade, carregando ou descarregando caminhões, tomo o sentido contrário. A rota é meu interesse. Estou me ressocializando. Estou tirando meu visto de moradia na Nação da Zona Industrial. Cada vez mais, evito fábricas com vestígios de ruído humano, um barulho de carro sequer. Não entro. Quando acho o lugar apropriado, sento na grama ao lado da cerca e olho para a placa de KEEP OUT que já enferruja. Gosto de me perder. Quando o sol começar a se pôr, eu tentarei repetir o rumo para o ponto de ônibus e me perder.

* * *

4
Como é sua família?

Fazer sombras com as mãos, com os dedos, coelhos, lobos. Fazer um cachorro e um coelho brigando. Dar um soco na própria cara.

* * *

5
Quais eram seus personagens favoritos na infância?

Alguém tinha me dito que se ganha em euro. O que era verdade. Alguém tinha me dito que se vê neve. O que era verdade, mas muito de vez em quando. Alguém tinha me dito que se consegue um visto de estudante com facilidade. Havia escolas de inglês só pra isso. Eu era informado. Alguém tinha me dito. E estudantes podiam trabalhar. O que era verdade. Precisavam de mão de obra. Depois dos Estados Unidos. O grande lugar pra imigrantes era a Irlanda. Alguém tinha me dito que não tinha criminalidade. O que era quase verdade. Era tão. Tão. Tão fácil.

* * *

6
De quais ritos de passagem você participou?

* * *

7
Descreva uma pessoa que marcou sua vida de uma maneira que ela nem sabe como.

* * *

8
Narre a briga mais importante que você já teve com o mínimo de palavras possível. Explore os personagens possíveis.

Sempre discutiram a respeito do termostato na parede. Matildo queria economizar eletricidade. Caetano achava que não tinha que tremer de noite. Que comprasse um cobertor. Caetano jogou dinheiro na cara de Matildo. Matildo disse que ia usar para pagar a parte do aluguel de Caetano, que sempre estava atrasado. Um dia a capinha do termostato caiu. Ele não estava conectado a nada.

* * *

9
Que desafios você estabeleceu para si mesmo?
Você faz algo para chegar lá?

A agência de viagens em que contratei o curso da escola mais barata me informou. E eu poderia ficar em casa de família por um mês. Um mês. Em que eu precisaria arranjar onde ficar pelos próximos seis. Com sorte. Eu poderia viajar por um mês depois. E voltar pra casa. Com dinheiro. O visto dura seis meses a mais. E aí recuperaria minha Honda Biz. Meu laptop. Minha câmera digital. Meu celular. Os únicos dois livros que tinha. Comprados no primeiro semestre de faculdade, achando que eu realmente usaria. A mochila da ADMINISTRAÇÃO FINAC eu talvez ganhasse de volta. A pessoa que pagou quinze reais por ela. Visivelmente só pagou quinze reais por ela porque era o brechó. Que minha ex-namorada organizou pra viagem. Eu iria viver na Irlanda. Morar em casa de família. Dividir apartamento com imigrantes gente fina. Aprender inglês. Tirar fotos. E criar um álbum no Orkut. Falar inglês bem pra caralho. Conhecer o mundo. Ia voltar. E ainda ia comprar minha mochila de volta.

* * *

10
Você tem se cobrado mais ultimamente? Ou menos? Por quê?
Você acha que é uma boa tendência? Explique com uma cena.

Eu nunca tinha andado de avião.
— Chicken or pasta?
Encarei a aeromoça. Eu nunca tinha andado de avião. Ela me encarou de volta. Ela devia me achar burro. Era evidente pra ela. Pra moça que roncava ao meu lado. Pro homem que assistia filmes no

laptop. Pro piloto. E pro aeroporto de Guarulhos inteiro que tínhamos deixado. Que eu nunca tinha andado de avião. Que eu nem sabia o que estava acontecendo. A aeromoça falava um português que me pareceu impecável:

— Frango ou macarrão?

* * *

11
Pense em alguém que você conhece e descreva três de suas características. Faça uma cena com uma pessoa de idade e gênero diferentes da inicial, mas com as mesmas três características.

Entrei no chuveiro. Deixei a água correr pelo cabelo. Oleoso de viagem de quase vinte horas. Ar pra dentro. Ar pra fora. Água quente. Como o corintiano tinha dito que seria. Tinha dado a dica que era bom não esquentar demais. Porque a água demorava a esfriar depois. Perguntei se ele sabia se se eu mandasse um SMS daqui ia chegar ao Brasil. Ele disse que não sabia. Uma velha com pernas varicosas disse que emprestava o laptop depois pra eu mandar e-mails. Descobrir as linhas de ônibus. Dar uma olhada em apartamentos.

Ver o Orkut. Twitter. Eu já tinha Facebook? Facebook tinha todas as pessoas, do mundo inteiro. Me diziam. Não só brasileiro e indiano.

Eu não tinha trazido sabonete ou xampu. Nem pro banheiro nem na mala. Era tão bom tirar o suor do corpo.

Alguém bateu na porta. A dona da casa de família onde eu estava. Casa de uma grande família composta por três brasileiros. Dois gregos. Um americano. E o marido dela. As filhas gêmeas de onze anos. Ela falou qualquer coisa que não entendi. Mas envolvia twenty minutes e five minutes. Entendi, naquele sotaque que só poderia existir por crueldade, que eu deveria sair. E quando atravessei a porta do banheiro, ela estava parada no corredor. Voltou a falar. Por sorte, eu realmente não entendia nada.

* * *

12
O que você faria se hoje fosse seu aniversário?

Em qualquer comunidade no Orkut. Grupo de discussão. As pessoas falavam do abuso de imigrantes. Em qualquer matéria tosca na televisão pra encher linguiça. E queriam te convencer de que você tinha que continuar na mesma vida de sempre. Falavam de lavar louça. Todo mundo lavava louça. Todo mundo lavava chão. Todo mundo mimimi. Preconceito mimimi. Falar inglês. Nunca falavam do fato de que tem brasileiros. Que mandavam nisso. Tipo aqueles índios que eram auxiliares dos colonizadores. Como se chama aquilo? Nunca te falavam da vez que te chamavam pra cobrir o turno. De um cara pra ser placa. Ramo de placas. Ele ficou doente um dia. Um teste, disse o imigrante das ilhas Maurício que provavelmente coordenava as coisas. Você se enturmou e tudo com todo mundo das ilhas Maurício. Eles que mandavam. E nunca te falavam daquele garoto loirinho-loirinho com cara de bem-educado. E que provavelmente estudou uns três semestres de engenharia. Que te mostra um canivete suíço. Claramente comprado na Suíça. E fala pra você:

— Tu sabe que o Fernando tem dois filhos aqui, né.
— Sei sim.
— Tu sabe que ele tem família aqui e tudo.
— Sei sim.

E ele te mostrou o canivete rápido de novo. Você sabia que tinha uma ponta. E o loirinho-loirinho olhou pra você. E falou:

— Então seria uma pena se ele não pudesse vir amanhã.

Sendo que foi o próprio cara das ilhas Maurício que chamou você. <u>Viu você</u> sendo uma placa ambulante. E disse que o Fernando faltava pra caralho. Como é que se chamava quando a pessoa é uma placa? Um sign worker? Bom. O cara das ilhas Maurício achou que você era um garoto que corria bem. Mas você disse:

— Sei sim.

* * *

13
Você gostaria de ter um botão de rebobinar ou pausar para a vida? Explique com um diálogo de apenas dez linhas.

Montei um currículo. Os melhores hotéis que conhecia de São Paulo. Hilton. Hyatt. Grand Plaza. Ninguém conheceria as empresas Ambev, Gerdau, pelo menos não onde a gente ia procurar. Pedi pro corintiano conferir. Ele olhou o documento do Word. Na segunda linha, clicou e começou a apagar algo:
— Não coloca que é brasa assim de cara.
Terminou de apagar o Brazilian com B maiúsculo.

* * *

14
Você está tentando pegar no sono. Você sente seu corpo escorregar para uma nuvem de sonho, só que acorda com o impacto de uma memória indesejada de um momento vergonhoso de seu passado. Qual é ele?

Contêiner de lixo daqueles que caminhões buscam. Um desses cor de laranja. Um azul. Um menor e marrom e com umas pichações. O corintiano me disse que os apartamentos mais caros e as zonas mais nobres ficavam perto da Grafton Street ou da O2 Arena. Ou na altura da Trinity College. No caso, isso era do Temple Bar pra cima. Também era caro. A O'Connell era perpendicular ao Liffey. Quer dizer. Acabava no Liffey. Mas eu precisava saber que pra cima da O'Connell e do Temple Bar era zona mais nobre. Isso e a Trinity College.
— Se perdeu? — ele riu.
— Mais ou menos.
Ele riu mais. Sabendo onde ficava a O'Connell, o Liffey e a Trinity. Eu dificilmente me perderia. Era só achar o rio. No centro. Quer dizer. Os bons pubs ficavam entre Dublin 1 e 2. O bom era entrar e ficar circulando. Se alguém notasse que não estávamos bebendo, mudávamos de lugar. Tínhamos que nos mexer. Ser homem era uma merda. Ninguém nos pagava nada. Muitas pontes. Pra lá fica Dublin 2. Um museu de escritores. Que escritor que era da Irlanda?

Temple Bar pra baixo era um pouco mais em conta. Quanto maior o número, mais longe do centro fica. E mais barato também. Ele já tinha dito isso?

— Cê vai pegar o jeito bem rápido.

Prédio velho. Prédio velho. Prédio velho que era um mercado no primeiro andar e residencial em cima. Pub vermelho com bandeiras de países. Uma bandeira do Brasil. Mesa na rua. Barris decorativos. Prédio quadrado branco. Estacionamento. Uma senhora de turbante. Fazia frio. Não devia ser verão? Ele riu. Uns pingos de chuva que prometia engrossar. Sempre use impermeáveis na Irlanda. Nunca guarda-chuva. Só amadores usavam guarda-chuva. Ia ventar. Ventava muito. Cidade portuária. Vai quebrar. Isso um amigo dele avisou. Colega de aula. Ah. E não tinham aqueles caras vendendo guarda-chuva por dez reais na esquina. Ia pagar em euro o mesmo bagulho chinês que vai quebrar. Que comprasse um casaco impermeável. Notei. Uma fachada verde-água. Uma porta azul-marinho. Estávamos numa ponte. De novo. Monumentos. Estátuas. Gente fazendo música pedindo dinheiro. O Spire of Dublin. O próprio rio Liffey cortava a cidade no meio como uma espécie de BR de uma cidade tosca.

* * *

15
O que você mudaria em sua cidade?

Tinha algo muito errado em um edifício de arquitetura vitoriana com um McDonald's no primeiro andar. Do outro lado da rua, uma torre medieval com uma redoma de vidro moderna em volta. E, dessa redoma, um acesso de vidro para dentro de uma igreja que também parecia vitoriana. A mina do corintiano estudava arquitetura e explicou pra ele o que é vitoriano. Era alemã. Parecia. A mina. E o que não era. Século XIX. Na dúvida, era pra chutar que era vitoriano ou georgiano. A estátua do Henry Grattan era vitoriana. E as portas? As portas eram de antes. Georgianas. Dublin doors. A única coisa que você precisa saber sobre Dublin e arquitetura. Eram as portas. As portas eram da reconstrução de Dublin. Eu sabia da reconstrução? Não. A reconstrução era em maioria georgiana. E era eclético mesmo.

Paramos em frente ao McDonald's vitoriano. Organizando a pilha de papéis que tínhamos nas mãos. Impressos na casa de família durante a noite para ninguém ver que estávamos imprimindo cem cópias de nossos currículos.

— O grande lance de Dublin — ele disse — é que a cidade nada mais é que um golpe bem pensado. Nos convenceram que é uma cidade charmosa com muitos pubs descolados, só que não é. Mas quando é hora de notar, todo mundo já tá meio bêbado demais. E ninguém nota. Tipo Paris e cafés. Mas café é estimulante, né. Em Dublin é a cerveja. Aí você se embebeda. Mas na maior parte do tempo é uma ilhota triste no cu do mundo. E chove demais.

Ele já tinha morado ali dois anos antes. Ficou sem dinheiro. Pediu empréstimo pra um cara meio sinistro que ficou com o passaporte dele. Nunca pegue empréstimo de gente que fica com seu passaporte. Ficou seis meses sem passaporte. Trancado em casa. Trabalhava e voltava. Nunca. Fique. Sem. Passaporte. Quando conseguiu o passaporte de volta, o visto tinha vencido. Eita. Eita. Fez uma cagada na hora de renovar. Foi deportado. Agora ele voltou pra essa merda. Por que voltar?

— E por que não voltar? — Ele me passou a pilha dos meus currículos.

Eu começaria pelo lado do McDonald's da rua. Ele ia pelo outro lado, pelo lado da Toymaster. O logo com imagens de bonecos de Toy Story parecia promissor. Depois a gente trocaria.

* * *

16
Escreva uma história cujo primeiro erro dos personagens foi acender a luz.

* * *

17
O que determina que a ação de alguém é boa ou cruel? Quem decide isso? Os fins justificam os meios? Faça dois personagens que discordam.

O intervalo durava dez minutos. O corintiano tentava dar em cima de uma aluna nova que já parecia furiosa com alguma coisa. Parecia estar furiosa com o fato de que tinha que comer peras de um potinho. Com o fato de que estava ali conversando com o corintiano. Com o fato de que era linda. Com o fato de que parecia mais perdida que nós. Estava no preparatório pra testes de proficiência. Não falava muito e comia uma pera picada de dentro de um potinho. Até que o corintiano começou a falar da nova professora. Sentia falta do professor anterior. Tinha uma atitude mais masculina. Sabe como é. Ela parou de comer a pera:

— Sei que isso é machismo. Eu preciso deixar claro que não tolero isso — ela disse. — Já aviso: sou feminista.

A predisposição pra fúria se justificou. Falou de preconceito estrutural. Falou de padrões duplos. Se um professor homem fizesse piada com mulher, todo mundo acharia bonito. Mas a mulher não é só uma profissional. Ela também é um objeto. Ela se chamava Bruna. Era tão bonita que precisei fazer força para prestar atenção.

— Sabe como você sabe que uma mulher é feminista? — o corintiano disse pra mim. — Não se preocupa, ela vai te contar.

Ela deu um tapa na nuca do corintiano.

— **Eu** conto. — Ela me olhava feio. Pronta pra me dar um tapa se precisasse. — Eu não sou todas as feministas da face da Terra.

* * *

18
Se você tivesse de escolher entre nunca entrar em casa de novo ou nunca sair, qual escolheria?

Estávamos na linha verde num Luas. Southbound. Bruna tinha pagado com o Smartcard. Eu pagava com a ansiedade constante de que um fiscal não passasse. Não ia passar. Nunca passava. Sem catraca.

Só o motorista. Nunca. Nunca. O bondinho. Nunca. Luas é gaélico pra velocidade, sabia? Eu achava bonito. Até porque a gente pensa em várias luas. Nunca. Nunca passava.

— Que bom que cê tá indo comigo. Vai ficar um pouco mais rápido, tirar o lixo e tal — ela disse. Eu sorri. Ela sorriu. — Cê vai adorar o Trousers. — Ela fez carinho no meu braço. — Te pago um pint depois.

Fiz questão de dissecar todas as interpretações. Valores. Pesos. Significâncias. Daquele carinho no meu braço. Durante a viagem toda.

* * *
19
Escreva a respeito de quando você fez algo ruim e se safou com o erro.

Duas meninas do curso de inglês eram au pairs. O host era dono de uma loja de cristais com filiais em Galway, Limerick e Cork. Cork ficava a duas horas e meia de trem, quatro de ônibus. Mas era o paraíso pra brasileiros. Tinha brasileiro demais em Dublin: em Cork, você era só mais um estrangeiro. Melhor ser só estrangeiro que brasileiro. Ganhando toda a fama de uma nação.

Cork era fria. Mais fria. Mais úmida. Mais irlandesa. Só faltavam leprechauns correndo pela rua. Fui entrevistado na parte mais fria. E mais úmida de toda a Cork. A sala de trás da loja de cristais. A menina au pair aceitou ficar do meu lado na minha primeira entrevista de emprego. Em inglês. Ele perguntou algo. Não entendi. Maria Eduarda. Obrigada, Duda. Maria Eduarda repetiu o que ele disse em inglês lento. Não entendi. Ela repetiu as palavras-chave. Work. Experience. E um tom de pergunta.

— Ah! — eu disse. — Ele quer saber se tenho experiência de trabalho com o público?

Ela fez um falso sim com a cabeça. É. Mais ou menos. O olhar assustado.

— Então, explica pra ele que eu tenho experiência nessas empresas aqui no currículo.

Apontei meu currículo. Estúpido. Ele precisava me entender. Eu não precisava entendê-lo. Ela traduziu. Deixou algumas frases pela metade. Completei.

— I have also worked with... — ela sussurrou bem devagar. E me olhou. O olhar assustado. — With...

* * *

20
Como você aborda gratidão? O que faria se tivesse que expressar sua gratidão por políticos corruptos, motoristas ruins, clientes grosseiros e ditadores cruéis? E se tivesse de ser honesto?

Eram Vladmir e Anton. A única coisa que conseguia pensar a respeito deles era que eram russos. Muito russos. Bebiam vodca. Sempre que estavam em casa. Falavam com sotaque. Começavam a discutir em russo. Metiam pão em fatias num jarro d'água com sal e açúcar. O carioca da casa de família me ajudou a negociar o apartamento. Conhecia os dois. Disse que eram assim mesmo. Mas cobraram pouco. Até que começaram a tirar dinheiro da minha mochila. Gritavam algo na minha frente em um inglês mais difícil que o normal. E se eu não dava dinheiro, eles pegavam. Apontavam alguma coisa na cozinha. No quarto. No banheiro. Eram maiores. Eram russos. Uma vez gritaram sobre algum problema, segurando um cutelo. Na minha frente. Falaram, falaram. Não sei se de propósito. Começamos a nos entender quando começaram a escrever. Fix. Sink. Fiquei lá por tempo suficiente pra entender que o pão em jarras era pra tomar. Bebiam água dos picles em conserva quando tinham ressaca. Fermenta por quase duas semanas. Tiram os fungos de cima. Tomavam. Kvas. Quis escrever uma carta com o dicionário. Mas antes que acabasse todo meu dinheiro, precisei ir embora.

* * *

21
Qual seu animal exótico favorito? Use-o como uma analogia.

    Pedi pra deixar as malas na casa do carioca. Ele olhou pro chão. Disse que não era uma boa ideia. Valeu de qualquer jeito. Valeu. Liguei pro corintiano no caminho. Fui a pé até a casa de família. Puxando a mala. Da minha Dublin 10 até Dublin 13. E com a mochila nas costas. Já eram sete da noite. Pedi pra falar com o corintiano sem avisar a dona da casa. Ela certamente cobraria pra guardar uma mala. O corintiano não morava mais ali. Peguei o endereço novo. De Dublin 13 pra Dublin 8. Troquei a viagem de ônibus por uma janta no McCafé. McDonald's é barato na Europa. Apesar de qualquer euro ser quatro reais. Parecia que um euro era um real. Uma passagem de ônibus era uns dois euros. Dava quase sete. Mas dois euros era barato pra europeus. Sete reais não. Por dois euros. Um sanduíche e um expresso pequeno. Liguei pro corintiano. Peguei um Luas sem pagar.
    Sem fiscal, por favor.
    Sem fiscal. Linha verde pra Saint Stephen's Green. Sandyford bound. Eu aprendia.
    Diziam que 90% das pessoas pagavam pelo Luas. Sem o cobrador. Mas tinha a propaganda. O que as pessoas pensavam de quem não pagava. Freeloader, diz o cartaz, a pesquisa respondia. Tipo sanguessuga. Aproveitador. Explicou o corintiano.
    Em Dublin 8. Achei outro McDonald's vitoriano. Entrei com a mala e a mochila. Peguei qualquer coisa de um euro. Open 24/7. God bless. Eu já fedia. Liguei. Já era tarde. Fiquei a noite inteira sentado esperando. Liguei. Umas oito da manhã deve ser um horário digno de se pedir abrigo. Fui até a Clanbrassil Street. No edifício branco de porta verde-musgo. Achei o apartamento. Bati na porta.

* * *

22
Escreva um poema a respeito de uma primeira experiência, encontro, romântico ou sexual. Explore o significado de primeira vez. Explore o significado de encontro romântico.

— Tá. Chega. Deixa que eu falo — o corintiano me interrompeu. Depois de me hospedar por quase um mês, eu sabia. Já tinha gastado toda a lábia enrolando os colegas de apartamento. Ele tinha pressa. Apesar de meu inglês estar melhorando. — Essa conversa tá demorando três dias já.

O corintiano o conhecia. Eram mais íntimos em outros tempos. Ele chamou de "um momento esquisito em Dublin". O landlord era um careca que parecia tentar compensar a falta de cabelo com uma imensa barba. Ruiva e desgrenhada. A barba cheirava a cerveja choca. Eu esperava que fosse a barba. Nunca consegui desvendar se estava irritado. Ou se só era o sotaque. Estar perto dele fazia com que eu me desculpasse. E agradecesse constantemente. Isso. E o fato de que ele me deixaria morar num dos apartamentos mais ruinzinhos por uma semana. Em troca de pagar de volta na semana seguinte. Uma limpeza no apartamento dele. No edifício inteiro. Na fachada. No terraço...

— ... e boquete quando ele quiser.
— Cê tá falando sério?
— Pergunta pra ele — o corintiano me olhava —, ué.

Era um pouco cansativo que as coisas custassem dinheiro.

* * *

23
Quais são suas memórias mais antigas a respeito de fé, religião ou espiritualidade? O que você pensava a respeito de Deus?

Um aspirador de pó fazia muito barulho. E honestamente. Era melhor do que lavar janelas. As pessoas às vezes vomitavam pra fora da janela. Caía nos outros andares. Então melhor o aspirador. Não tinha cheiro de produto de limpeza. Sempre que você desligava. Conseguia ouvir uma conversa. Um telefonema. Uma televisão ligada. Uma música de alguém em algum lugar. Pisava no carpete velho e fofo. Descia um degrau. Subia outro. O barulho do aspirador subindo. O landlord às vezes vinha conferir você. Ele aprendeu a dizer "assim tá bom" com o corintiano. Ah si ta bo. Você conseguia falar com alguém. Good day. Top of the morning, se quisesse usar a expressão nova. Davam uma risadinha. Achavam que você não morava aqui. Mas era assim que as pessoas falavam.

* * *

24
Quais são suas palavras favoritas? E a que mais detesta? Há alguma combinação possível entre elas?

— You're hired.
A primeira frase na língua inglesa que me fez sorrir. Não só por estar contratado. Mas porque entendi. You are hired.
Você. Está. Eu traduzi na minha cabeça.
Hired precisei dar uma pensada.
O risquinho azul embaixo do "you are". Cheiro de caneta pra quadro branco. Contraction.
E agora. You're hired.

* * *

25
Que palavras ou expressões você acha que se usam em excesso? Qual o sentido original para você?

— Maicou, você é a melhor pessoa — Bruna disse.
Eu tinha largado a mala maior para destrancar a porta da frente. Por um instante. Tive o instinto de pegar Bruna no colo. E entrar com a perna direita enquanto nos beijávamos. Mas ela fedia a suor. E estava de costas pra mim. E carregava uma mochila nas costas. E puxava uma mala sem rodinhas. Pela escada. Cada degrau uma paulada. E uma grande sacola da H&M em cima da mala. Outra do Tesco sob o braço. E fedia a suor. Ela não queria ser carregada. Ou beijada. O cabelo preso. Um hashi decorado prendendo o cabelo. A nuca aparecendo. Uma camiseta larga demais de um congresso.

— Melhor pessoa — ela terminou de puxar a mala.

Caiu a sacola da H&M. Bruna correu para e de volta. To and Fro. Aprendi. Entramos. O apartamento parecia maior com ela ali.

— Melhor pessoa mesmo, sabe? — Ela ainda puxava a mala com a sacola da H&M. Agora rasgada. Atravessou o apartamento em três passos. Olhou os dois quartos. Os colchões e as camas em um. Um pôster antigo de Guinness. Um tucano gasto dos lados. E no meu quarto uma calça jeans jogada. Cópias do meu currículo no chão eram a única mobília. Uns travesseiros revirados. Uma tesoura. Isso. E minhas malas.

— Bom, eu não tô fazendo por caridade — falei. — Só pareceu prático... Você tinha que se mudar...

— Você é a melhor pessoa da face da Terra.

— Bom, como eu comentei, dividido em dois o aluguel fica — parei. Ela tinha largado a mala. E a sacola. No meu quarto. Ela pegou as outras malas que eu tinha deixado na sala. — Fica... uns trezentos euros.

Ela me olhou ao terminar com meu quarto. Claramente meu. Ela me abraçou.

— Melhor — ela pausou. — Pessoa. — E me beijou.

* * *

26
Por que tantas pessoas dizem "há..." o tempo inteiro? Substitua uma palavra no vocabulário de um personagem por "há..." por um diálogo inteiro.

Quando dormia sozinho. Dormia na diagonal. Os pés no canto direito inferior da cama. A cabeça no canto esquerdo superior. E dormia com os dois travesseiros empilhados. Chovia na rua.

Eu tinha passado cinquenta e oito minutos tendo um diálogo imaginário. Com Bruna. Eu perguntava. Por que ela me dava menos do aluguel por semana. Tinha uma resposta engraçada pra como ela mudava de quarto. Se ela fosse dormir comigo. Eu iria alugar o outro quarto. Ué. Na minha imaginação, eu não dizia "aqui não é hotel". Soava meio tosco. Mas não era hotel.

Em algumas noites. Bruna dormia no meu quarto. Comigo. Abraçada. Gostava de ser a concha maior. Ela chamava de colher. Dormir de colherinha. Na minha imaginação eu não deixava evidente que o que realmente incomodava. Era não saber se podia ficar na diagonal.

Levantei.

Eu ia ser razoável. Ia comentar do dinheiro irregular.

Bruna reinava sobre o sofá. O laptop no colo. O barulho da chuva não me incomodava mais.

— O que você tá assistindo? — perguntei. Ela manteve os olhos na tela.

— Uma série nova — ela disse. Apoiei os cotovelos no encosto do sofá atrás dela. — Chama *Breaking Bad*.

— É boa?

Ela tinha que escolher um quarto. Coisa e tal. Orgânico. Sabe como é. Era foda se eu não pagasse o landlord, né? Quase literalmente. Íamos rir. Eu ia fazer mais uma piada.

— O ator principal é bem bom.

— Olha só — eu disse. Orgânico. — Se você não se importa, vou alugar aquelas duas camas ali do quarto. Tem duas pessoas interessadas, e já que cê dorme comigo...

Ela pausou a série.

— Aham. — Ela levantou os olhos, mas não a cabeça: — Pode crer.

* * *

27
Quanto você usa de palavrões? Qual o seu favorito? Tem algum que você não tolera que usem? Por quê?

— Cê pega lá? — Bruna bateu a porta do edifício. Caetano correu em resposta. Subiu o primeiro lance de escadas. Puxou o colchão toscamente enrolado. Num lençol. Bruna o empurrava do térreo. Quando abriram a porta do apartamento, ele disse:

— Bom que ele negociou pra vinte.

Ela se atirou no sofá. Arfava. O peso do colchão trazido de ônibus desde Dublin 1. Direto da casa do dono anterior. Ele limpou suor da testa.

— O Maicou tá sabendo disso?

Ela negou com um resmungo.

Minha sorte era que tinha sido bem no momento. Em que desliguei o aspirador de pó.

* * *

28
Quanto de gíria você usa? Quais suas gírias (que não são palavrões) favoritas?

O presente era pra uma girl. Podia ser pra girl, boy ou birthday. Gãl, bói, ou bôi, báfdei. Ou variáveis disso com os sotaques que mudavam de bairro pra bairro. Mais fortes se fossem do sul de Dublin. Um pessoal mais privilegiado. Quer falar que nem a rainha. E do norte, o resto. Eu aprendia. Mas foco nessas. Qualquer outra palavra não importava. Porque só tem três tipos de papel. Virei a caixa de boneca da Dora Exploradora. Não era aventureira em português? A frente era pra baixo.

O celular tocou. Landlord. Eu já vou atender.

Dora the Explorer Link Doll. Link doll soava tão esquisito. Mas era uma boneca bonita. Passei durex. Double-sided tape. Pra que ninguém visse o durex do lado de fora. Padrão de qualidade. Padrão de qualidade. Botei double-sided tape no papel. Double-sided tape era fita dupla-face. Porque tem dois sides. Lados.

O celular tocou. Landlord. Só me deixa fold it over. Então não precisava botar durex do lado de fora. Tape. Tape só podia aparecer se fosse decorativa. Se não fosse, quanto menos, melhor. A menina que me treinou era brasileira. Amanda, o nome. Amanda era quem atendia as pessoas. A Amanda tinha cabelo castanho. Tinha sardas. Falava inglês bem e sorria muito. Se não me engano, fazia um doutorado na TCD. TCD é Trinity College Dublin. Aprendi também.

Isso e varrer. Parecia que eu tinha vindo pra Irlanda pra limpar tudo que os irlandeses deixavam. Varrer o tempo inteiro. E ouvir ordens. E achar outros brasileiros. Pra isso que vim pra Irlanda. Pra isso que estava em Dublin.

O gosto do iogurte que Caetano tinha "comprado pra casa" ainda na minha boca.

Pus o adesivo festivo final da loja no presente de Dora Exploradora/Aventureira. Alcancei para Amanda. Amanda conferia o pacote ao pegar. Os clientes não sabiam. Mas eu sabia. Um olhar. Uma avaliação. Tchuf. Ela às vezes devolvia. E me olhava feio. Não era esse o caso. A Amanda colocou o presente numa sacola da loja. Sorriu grande. Falou inglês bonito.

Atendi o telefone. O que era agora? Quem tem um vazamento? Quando o alarme de incêndio ia explodir? Quando íamos todos morar na rua? O cu na mão. Sempre que falava com ele.

O landlord parecia puto. O landlord estava puto. A Amanda cheirava a um perfume que tinha comprado naquele dia. E ainda me mostrou. O landlord falava mais rápido ainda quando tava puto.

— Calm — eu disse. — Calm.

Palavras soltas. Entendi little pretty girl. Stairs. Guests. Noise. Não sabia descrever a estampa nos embrulhos de presente. Mas sabia xingar. E sabia quando me xingavam. Ele me chamava de gobshite. Góbshai. Metrês. Ele repetiu metrês até que entendi que é um mattress-colchão.

— Calm — repeti. A Amanda sorriu pra mim. A Amanda entendia.

— Stay calm — ela disse pra mim. — *Stay* calm.

— Stay calm — eu disse no telefone. A Amanda me dava as costas. Pra atender um cliente com um boneco do Transformers. — Stay calm. I am at work. We talk later.

* * *

29
Você se esconde atrás de piadas às vezes? Por exemplo, você diz algo verdadeiro em tom sarcástico? Revele isso em uma interação de dois personagens.

Em Belfast. Na cozinha. Mascando chiclete de menta. Enfiei o cadarço no último passador. Eu tinha um navio a construir. Um dia. Um museu a respeito do navio. Pareceria um iceberg. Mas hoje a luz estava apagada. Não ia ser o pau no cu que acende a luz. Antes de todo mundo acordar. Peguei um dos iogurtes do Caetano. Uma dieta saudável de pular refeições. Cartazes que eu decorava. Eu usava para decorar o caminho. Stand back Redmond. Esquerda. Protestantes adormecidos na rua. Your bill may pass parliament but it will not pass Ulster. E ir a pé pro trabalho. Mas em Belfast. Se constroem navios. Muitos navios. Um pórtico gigante de metal. They build ships here, fazem navios aqui. Amarrei um cadarço em torno do cós da calça. Um cartaz em algum lugar. England is Ireland's enemy. A Inglaterra é inimiga da Irlanda. Gruas. Precisava. Comprar um cinto. Ulster will fight & Ulster will be right, Ulster vai lutar e Ulster vai acertar. Cinco libras. Três, se usado. Barulho de carros. Nunca usei cinto. Tanta gente indo embora. Steamship Agency. International Mercantile Marine Lines. American. Atlantic Transport. Red Star. White Star. White Star-Dominion. Nova York. Boston. Nos navios que eu. Construía. Se eu deixasse de pegar o ônibus três vezes. Já comprava um cinto. Um puta cinto. Um pórtico de metal construído com fogo e guindastes com barras de ferro. Cheiro de café na casa. Quando fechei a porta. Alguma coisa ia acontecer.

* * *

30
Quem é seu ser vivo (criatura, ser humano, ser extraterrestre, vegetação, molécula) favorito no universo inteiro?

O apartamento estava vazio quando entrei. Ainda no escuro. Deslizei para o chão. Sentei. Apoiei as costas na parede. Nada disso importava muito. Mas se eu pensasse em qualquer outra coisa mais abstrata. Desamarrei um cadarço. Dois cadarços. Tirei as botas pesadas. Chulé de suor e umidade. Aquele momento. Só aquele momento.

Respirei. Pra dentro. Pra fora. Pra dentro. Um. Dois. Três. Quatro. Cinco. Seis. Sete. Oito. Nove. Dez. Pra fora. Eu me levantei. Aquele momento. Acendi a luz do corredor. Uma mala. No corredor. Mas que porra era aquilo?

Dei dois passos. Carreguei o peso das botas. Estava no meu quarto de bosta. Bruna dormia. Ocupava apenas um terço da cama. Se encolhia. Pequena.

Quando saí do banho. Ela ainda estava lá. Mais encolhida. Menor. Eu me deitei ao lado dela. Torci pra que não sentisse o chulé. Não sei se ela seguiu dormindo. Ou se estava bem. Ela parecia bem. Eu me aproximei do corpo dela. O calor. Ela passou a mão na minha cintura. Cada vez mais feminina. Desceu a mão. Afastei.

— Não tá dando, não.

Ela não abriu os olhos ainda. Me deu um beijo na nuca. Estalou. Eu me virei. Ela me abraçou. Calor.

* * *

31
Você já aprendeu algo com jogos de video game?

O corintiano me ligou. A namorada dele tinha conseguido um emprego em Viena.

— Que namorada?

Iam se mudar na semana que vem. Perguntei se precisavam de ajuda. Alguma coisa pra ir pro aeroporto. Alguma caixa. Quem sabe eu poderia ir me despedir no aeroporto. Me ofereci.

— Isso seria muito gay — ele riu.

— Eu não te devo dinheiro, não?

Ele disse que não. Eu tinha bastante certeza de que sim. Conversamos sobre qualquer coisa. Ele achava que Viena era na Alemanha. Mas falavam alemão igual. Era mais barato que Dublin. O custo de vida.

— Tem que ir visitar a gente — ele disse.

— Vou certo.

A ligação já tinha chegado no tom em que já se falou o que precisava. Aquele tom *vou deixar vocês terminarem, é isso aí* e *enfim*.

— Eu não sei nem como agradecer — eu disse.

Ele disse aquelas bostas. Eu faria o mesmo por ele. Eu devia ajudar um brasileiro na próxima. Eu me sentia constrangido. Disse o que precisava. Sério mesmo. Ele riu mais.

— Cê já passou por coisa suficiente.

Mas disse pra ir visitar. Mesmo. Sem caô. Tirei sarro porque ninguém mais fala caô.

* * *

32
Qual o maior motivo de brigas fraternas?

* * *

33
Você é introvertido ou extrovertido?

Eu me sentia num episódio desses seriados de comédia. Tipo *Eu, a patroa e as crianças*. Um desses programas que as pessoas só saíam e iam pro trabalho. O trabalho. Um lugar imaginário. E voltavam pra casa. A casa. Outro lugar imaginário. E todo mundo tava no apartamento. E tinha um conflito no apartamento.

Que nem eu subindo as escadas pro apartamento e ouvindo a voz da Bruna cantando "Wonderwall". Today is gonna be the day but they'll nene nana nanu.

Tipo *Friends* também. *Friends* também tinha uns troços meio assim. Meio apartamento, conflito. Todo mundo. Meio que o único adulto responsável entrar às dez da noite em casa e encontrar Caetano e Bruna. Um gringo que já tinha estado ali. Uma gringa. Uma das meninas que morava ali até mês passado. E uma TV. O equipamento. As guitarras plásticas com botões coloridos. Um microfone. Jogando Rock Band alto pra caralho.

Tipo Chaves.

Isso.

Eu me sentia num episódio de *Chaves*.

Tanto me sentia assim que lá estava o porra do Caetano. No apartamento que eu dava o cu pra manter. E eu era o Sr. Barriga. E ninguém me levava a sério. Porque eu queria que pagassem o aluguel. E ninguém pagava o aluguel.

Parei na frente do video game. Porque eu era uma mãe. Porque eu tinha que fazer isso. Porque era contra a lei fazer barulho depois do horário. Seus retardados. Porque... quem era esse povo? Porque... de onde tinha vindo esse video game?

O gringo que já tinha estado ali começou a juntar as coisas do video game. Em caixas revestidas de espuma. Porque eu não sabia me divertir. Porque não podia me divertir. Porque a multa viria no nome de quem?

— Caetano — eu disse pra um Caetano que tava ajudando com as caixas de espuma. — A gente precisa conversar. Se cê vai morar aqui.

— Vou sim, cara. Quanto cê precisa pro aluguel?

— Quatrocentos euros — chutei pra cima.

— Pode crer. Saco amanhã e entrego pra você.

— Beleza. Cê precisa de alguma coisa?

— Tudo certo.

Eu tinha dividido o aluguel que pagava no meio. Se todo mundo me pagasse. Eu teria uns trezentos euros de sobra. Justo.

* * *

34
Quais foram os melhores filmes que você viu no último ano? Você viu algum no cinema?

Não que a Amanda. E eu. Fôssemos amigos. Mas ela fazia piadas sobre bonecas da Dora Exploradora/Turista. Eu fazia uma análise do perfume dela. Chanel nº 5 pra trabalhar. E ela ria das minhas piadas imitando o sotaque dos irlandeses. Suponho que mais pelo humor involuntário. Não que fôssemos amigos.

Depois que terminamos de guardar os papéis de presente. E ela me ajudou a varrer. Como fazia sempre. Porque já tinha tido aquele cargo. Ela ficou parada me olhando varrer. O perfume dela. Era bom hoje.

— Vou te dar tchau agora porque não sei se te vejo de novo.

— Cê vai mudar de emprego?

— Vou voltar pra casa.

— O que houve?

— Minha cabeça tá totalmente no Brasil.

— O peso de casa.

— O peso de casa — ela riu. E ajeitou o cabelo.
— Mas e o seu doutorado?
— Eu não tô conseguindo ficar aqui. Tá foda aqui e lá. Tipo... O marido da irmã da minha melhor amiga matou a mãe dela.
— Ex-marido.
— Marido.
Parei. Segurava a vassoura. Olhei pro chão. Sabia que a Amanda ia implicar. Com o jeito que eu tinha varrido. Se ela não estivesse se despedindo.
— Mas cê tem que voltar?
— Eu tô trabalhando aqui nesta bosta... meu doutorado é uma bosta... E as pessoas que precisam de mim tão mais na bosta ainda sem mim.
— Sempre achei que você era uma dessas pessoas que vêm fazer o que quer.
— Oi?
Ela sorriu pra mim. Sorriu o que ela não sorria pros clientes. Sorriu a versão honesta.
— Dessas que vêm e viajam. Dessas que pegam promoção da Ryanair e parecem sempre felizes no exterior. — Coloquei a vassoura de lado finalmente. — Mas aí cê me diz que tá foda aqui. Se tá foda aqui pra você.
— Tá foda lá também.

* * *

35
Quem é sua estrela de cinema favorita? Use um similar em uma cena em que ela conhece um personagem seu.

O italiano estava na Irlanda. Fazia algo que explicou tantas vezes. Fiquei constrangido de pedir que explicasse de novo. Fizemos uma entrevista num McCafé. Eu tinha feito um questionário escrito por e-mail. Nascido em 1963. Não fumante. Bebia moderadamente. Dormia cedo. Acordava cedo. Emprego fixo na Itália. Formado na Itália. Não gostava muito de festas. Preferia ficar em casa e dormir. Viajava bastante. Queria conhecer a Irlanda. Seu maior defeito era perfeccionismo. Disposto a rachar todas as contas. Passaporte europeu. Não tinha possibilidade de nenhum visitante em breve. Nenhuma restrição alimentar. Ficaria por três meses. Pagou o deposit em cash na minha frente. As notinhas me olhando, cheirando a novas. Depois da entrevista. Só precisava de uma cama. As coisas iam melhorar.

* * *

36
Invente uma situação futurística, em que livros podem ser 3-D. Como são essas invenções?

    Maria Eduarda não tinha como voltar pra Cork a essa hora da noite. Me ligou. Podia dormir aqui, claro. Ao entrar, cumprimentou um Alessandro que editava fotos em um MacBook Pro. Uma viagem aos Cliffs of Moher. Se apenas pudesse ir a um lugar. Que fosse aos Cliffs of Moher, ele tinha dito. Olhei as fotos por cima do iogurte de Caetano.
    Quando Maria Eduarda pegou no sono no sofá. Fui ajeitar a posição do corpo dela. Alessandro se aproximou. Tirei os sapatos dela. Cheiro de amaciante. A alça ainda estava em volta do corpo. Tirei a bolsa. Coloquei no chão. Cheiro de couro.
    — Duda? — chamei em voz baixa. — Duda, cê tá bem?
    — Aham — ela respondeu. Um risco de baba escorria. — Me deixa.
    Virei o corpo dela levemente de lado. Não tinha um monte de gente que se afoga com o próprio vômito? Mas ninguém ia morrer no meu apartamento. Ah. Não ia mesmo. Ajeitei uma almofada atrás do pescoço. Alessandro se inclinou sobre o sofá.
    — *Bella* — ele disse. Pra nós. Italiano. Espanhol. Qualquer coisa. Funcionava melhor que inglês.
    — Bela, mas tem dezessete anos — eu ri. Coloquei as pernas dela no sofá. Alessandro fez carinho em seu cabelo.
    — *Diciassette?* — ele parou. — Seventeen? — Fiz que sim com a cabeça. Ele sorriu.
    — Será que é crime aqui também? — falei brincando. Eu ainda ria. — *Illegale?*

— Bene, ella... ha... tiene seventeen, ma lei è brasiliana. — Ele sorriu mais ainda. Parei de rir. Sentei no chão ao lado dela. Ela parecia adormecida. Alessandro não tinha tirado a mão do cabelo dela. Olhei pra ele. Ele olhou pra mim.

Queria buscar um cobertor pra ela. Mas fiquei.

Alessandro pegou o laptop e foi editar fotos no corredor do edifício.

Chamei por Maria Eduarda de novo. Perguntei se ela estava bem.

— Vai se foder, Matildo — ela alucinou. Busquei o cobertor.

* * *

37
Quais foram seus livros ilustrados favoritos quando você era pequeno?

Caetano e Bruna abraçavam Maria Eduarda. Gritavam em comemoração. Duda! Dudalina! Duderosa! Eu bebia cerveja em um copo plástico. Com o dinheiro extra das duas noites por semana. Dava pra abrir uma exceção. Exceçãozinha.

— Olha — disse uma menina au pair que era minha colega de aula. — Você fez o *Maicou* beber!

— O senhor fotos preto e branco no Orkut — Bruna soltou Maria Eduarda. Fui abraçar as costas de Bruna. Ou ela escapou muito bem. Ou não me viu. Ela falava cada vez mais alto. E eu não me importava. — O senhor avatar preto e branco, comida, ruas, álbuns inteiros de fotos com pessoas, tudo em preto e branco. E tá bebendo por sua causa!

Eu ri. Em pé na cozinha. Maria Eduarda riu também. Se aproximou da minha roda de conversa. Eu. Caetano e um colega da Bruna. E um mexicano. E dois segundos depois. Alessandro.

Alessandro queria comer Maria Eduarda. Nas conversas em que ela estava. Ele estava. Das piadas que ela ria. Ele ria. Sim, ele era não fumante. Sim, ele bebia moderadamente. Dormia cedo. Acordava cedo. Emprego fixo na Itália. Formado na Itália. Queria conhecer a Irlanda. Passaporte europeu. Era o que mais mantinha ordem na casa. E era a pessoa mais bonita num raio de trinta quilômetros. E sim. Quem manda na Maria Eduarda é a Maria Eduarda. Mas eu não queria que Alessandro comesse a Maria Eduarda.

* * *

38
Se você pudesse juntar dois artistas, forçando-os a cantar uma canção juntos, que dupla você formaria?

Quando ela finalmente foi ao banheiro. Eu me virei pro colega da Bruna. Ele podia muito bem ser fumante. Beber muito. Não ser perfeccionista. Nem como defeito. Mas não era o Alessandro. Eu disse:

— Você tem namorada? — Tomei um gole de cerveja. Quente. E amarga.

— Não? — ele franziu a testa. — Por quê?

— Uma amiga minha queria saber... — Olhei para Maria Eduarda. Ela voltando. Se juntava a outro grupo de conversa. — Vai saber, né?

Enquanto olhávamos Duda.

* * *

39
Se você tivesse de fundar uma religião, como seria seu sistema de crenças?

Eu já estava dormindo quando chegaram. Caetano. E Bruna. E mais gente que desconhecia. Bateção de panelas.

— Pelamordedeus — gritei.

Eles seguiram com as panelas. Riam muito. Barulhos de sacolas. Riam mais. Eles riam como quem pode acordar tarde. Se quisessem. Podiam faltar no trabalho. Se quisessem. Podiam ligar. E dizer que estavam doentes. E saberiam explicar suas doenças e sintomas. E eu faria tudo isso no Brasil. Não faria? Não fiz?

Bruna entrou no quarto. Me deu um beijo na testa. O cabelo caiu em mim. O rosto gelado da rua. Um pouco úmido. Cheiro de cerveja. E maconha. Não se sentou na cama.

— A gente comprou leite condensado. — Ela me fez carinho na testa.

— Foram até a Made in Brazil essa hora?

— Rachamos um táxi até a Quitanda.

— Que magnatas. — Eu ri. Ela riu. Ela tinha mãos secas. Quentes das luvas. Mas secas. Ela seguia em pé.

— Tem Nescau também.

— Cê sabe que prefiro Toddy.

Eu ri. Ela riu. Me fez mais carinho na testa. Tentei puxar pra cama. Ela fez força. E ficou em pé.

— Se você quiser brigonha, vai ficar pronto daqui uns dez minutos.

— Porra — abri os olhos. Fechei os olhos. — Bruna. — Procurei. Ela estava quase na porta. — Vai ficar um fedorão na casa. — Depois o landlord ia me ligar no trabalho. Ia me procurar no meio da madrugada. Ia me olhar com aquela cara.

Me sentei na cama. Bruna tinha voltado pra perto. Bem perto. Os peitos no nível dos meus olhos. Com carinhos, ela me impediu de levantar mais. Ela me abraçou. As pernas ainda no chão.

— Vai dormir — ela disse. Eu me deixando ser embrulhado nas cobertas por ela. — Vou guardar brigonha pra você.

* * *

40
Você acredita que pessoas tenham auras com cores que simbolizam algo? Qual é a cor de sua aura?

Acordei. Me vesti. Ajustei meu cinto. Abri a porta.

Tinha, sim, ficado o fedorão.

E tinham, sim, guardado doce pra mim. Numa panela. Um gringo de barba branca dormia abraçado nessa panela. Tinha estado tantas vezes ali que aprendi o nome. James. Ocupava um sofá inteiro da sala.

Caetano e uma gringa dormiam sentados no outro sofá. Bruna dormia em seu colchão vagabundo. A porta do outro quarto estava fechada. Latas de leite condensado *importado do Brasil* abertas na pia.

O gringo já tinha discutido comigo, porque tinha morado em Zurique. E tinha dito as coisas mais desprezíveis sobre a Irlanda. Que fosse dar aulinha de inglês na casa do caralho. Estava publicando um livro. Apesar de brigar com o editor. Chamava *Dubliners*. Agora me digam que tipo de imbecil chama um livro de "pessoas da cidade X". O que é ser irlandês, de qualquer forma? Havia conflitos maiores no mundo. Nunca senti tanto medo. James era um nacionalista idiota. E agora sujava meu sofá com brigadeiro. O sofá sujo de doce de chocolate. O gringo barbado sujo de chocolate. O gringo que falava tanto palavrão que me dava asco. Da cara à ponta dos dedos.

Driblei o pó de chocolate no chão. Com cuidado. Uma lata caída. Iniciava a pilha de sujeira terrosa que ocupava toda a cozinha e sala. Sobre a mesa, pacotes rasgados de bolachas do Brasil. Farelo de bolacha. O triplo de uma local custava a metade do preço. Menos até. Abri uma fresta da janela. Vento gelado ainda noturno. Abri outra. Luz de um poste. Resmungos sobre o frio.

— Ah, tomar no cu — disse baixo o suficiente para não acordar ninguém.

Tropecei em Bruna no caminho do banheiro. Ela dormia.

* * *

41
Você já sentiu vergonha por gostar de algo (ou alguém) no passado, e agora perceber que era meio tolo? E suas paixões infantis?

— Você é a Larissa, não é? — respondi depois que ela me chamou pelo nome.

Eu sabia que era Larissa. E precisava de um esquema parecido com o da Maria Eduarda. Um lugar pra dormir duas noites por semana. No fim de semana. Quando estivesse de porre. Tinha problema se fumasse maconha?

— Se tivesse — disse com mais honestidade do que gostaria —, ninguém moraria lá.

Ela riu. Ia precisar de entrevista? Algo assim? Ela podia pegar cartas de referência com a família dela. Ela só queria que não fosse muito caro mesmo. Tinha como?

— Entrevista é pra amador — eu disse. — Só não posso dar chave pra você porque o landlord me mata. Fora isso, é de boa.

Passei meu telefone. E o da Bruna. Mas a gente tava sempre aqui na escola, né? Mais risos. Se precisasse levar alguma coisa. Que me avisasse. E, nesse intervalo do intervalo, consegui cem euros a mais por mês. Se a Bruna parasse de inventar moda com o colchão.

* * *

42
Você gostaria de poder voltar a momentos
em seu passado? Reescreva um.

Eu estava deitado na cama. Bruna cheirava a um xampu da L'Occitane de vinte euros. Eu sabia porque ela tinha me contado com alegria na voz. Do xampu. E do preço. E dos efeitos. E da loja.

Eu queria abraçar Bruna. Ela não queria ser abraçada. Ela queria pegar o trem das 20h50 saído da Connolly Station de Dublin rumo à Belfast Central Train Station. Ela, Maria Eduarda, Caetano e um cara que ela tava pegando. Mas não significava nada.

E Bruna não queria ser abraçada.

— Tem certeza que não quer ir? — Ela jogou uma mochila sobre a cama. — Deve ter uma passagem de última hora.

— Deve ser baratíssima. — Deitado, eu olhava pra ela. — Seus magnatas.

— Como cê fica inventando desculpa pra não curtir as coisas.

Expliquei que ela sabia tão bem quanto eu que com duas chaves na casa. Uma comigo e uma rotatória. Nessa semana, com a Bruna. Eu não podia viajar junto. E deixar o Alessandro trancado do lado de fora. Sem um mínimo de planejamento. Ela terminou de enfiar calcinhas na mochila. Terminei de falar. Fiquei em silêncio.

— Tá bem — ela disse. — Você não quer ir. Beleza.

* * *

43
O que você conseguiu com a ajuda de sua família?
Vocês conquistaram alguma coisa juntos?

Uma menina nova substituiu a Amanda. No emprego de sorrir pros clientes. E conferir o meu trabalho. Verônica. De Minas. Fiz questão de saber tudo de Verônica. Se era uma pessoa dessas que vinham e viajavam. Dessas que pegavam promoção da Ryanair. E sempre pareciam felizes no exterior.

— Por que você veio pra cá? — perguntei num horário de almoço.
— Porque meu namorado me traía.
— Só por isso?
— É. Só por isso. — Ela tirou de uma sacola um döner kebab. Comprado na carrocinha na frente da loja. Os outros brasileiros diziam que era bom.

Olhei pra ela. Ela não parecia se importar com dizer "traía". Não parecia se importar com parecer oversharer. Nem nada assim.

— Aí vou arranjar um ruivão pra mim. E pegar barriga. Depois, pegar visto. Todos os problemas resolvidos! — Ela terminava de desembrulhar seu kebab do pacote de papel.

Em algum momento. Comecei a aprender que os relacionamentos aqui não podiam ter ritmos normais. Ou até podiam. Só que daí todo mundo ia embora. E fim. Porque ninguém era de Dublin. E todo mundo voltava. Mas Verônica parecia ter entendido isso. Sem sequer sair do continente. Verônica falava de querer um visto. E pronto.

— Eu sei que soa meio interesseiro... — Ela tinha pegado uma coca-cola. — Mas é isso que eu quero. Todo mundo quer alguma coisa interesseira. Né?

Ela limpou a lata com a camiseta. Abriu a coca-cola com um squish. Colocou um canudinho. Bebeu. Me olhando. Como um hipopótamo. Que é uma fofura. Mas pode te matar.

— O que cê quer da Irlanda?
— Eu? — abri um sanduíche que trouxe de casa. — Quero nada, ué.
— Nem aprender inglês?
— Nem aprender inglês — respondi. Ela falava de boca cheia:

— Nem ganhar uns trocados?

— Nada.

Ela fechou a boca pra mastigar. Quebrou o contato visual. Finalmente. Maionese no canto da boca. Limpou. Lambeu o dedo.

— Então só sobra uma saída pra você — ela disse. — Cê tá fugindo de algo.

— Se fosse pra fugir, é uma fuga meio cara, não é? — eu disse pra Menina Hipopótamo. — Meio playboy magnata cheio de grana que vai desopilar na Europa.

— Vontade de fugir não é um luxo. É uma vontade. Só.

Mastigar mais devagar. Ela bebeu a coca-cola. Conteve um arroto. Mexeu na comida. Organizou o lixo enquanto mastigava. Juntou a sacola. E os papéis. E os guardanapos. Eu ia me levantar. Ela olhou pra mim como hipopótamo de novo:

— Não fala tão mal assim de você mesmo. — Eu me sentei de novo. Ela brincava com a bolota de lixo que tinha feito: — Eu aqui falando que meu namorado comia minhas amigas e mais meio mundo e só me falou porque pegou sífilis e você aí todo "Vim pra Irlanda porque sim". Você não é playboy. E se fosse, o problema ia ser seu.

Eu me ajeitei no assento. Coloquei os cotovelos na mesa da área de funcionários. Ela tomava seu refrigerante. Não parecia tanto com um hipopótamo. Talvez um filhote. Suspirei. Por algum motivo. Peguei minha própria coca-cola na máquina. Não que eu tivesse um euro pra gastar do nada assim. Dizem que tem um negócio de gatilhos, não tem? Ouvir a coca-cola abrir. Dá vontade de tomar. Pode ser isso. Gatilhos.

— Não gosto da ideia de fugir das coisas. Eu não fugi de nada. — Eu me sentei pelo que parecia a ducentésima vez. Tomei minha coca. Fiquei olhando pra Verônica. Esperei alguma reação. Ela me ouvia. Não disse que todo mundo passa por barra. Não disse que grande bobagem tudo isso.

— E é isso — eu disse.

— Cê tem namorada?

— Tinha.

— E como ela ficou nessa história?

— Ficou… normal.

— Normal.

— Normal — bebi minha coca-cola. Arrotei demoradamente. Ela riu. Eu ri. Continuei: — Tava tudo certo. Normal, sabe? Eu tava numa faculdade massa, aluno Prouni e tal, uma namorada massa. Eu realmente não tinha motivo pra fugir. Eu acho. Ganhar dinheiro soava uma boa, mas... olhando agora, eu não tenho economizado muito não.

Eu ri. Ela riu. Ela bebia refrigerante demoradissimamente. Arrotou por mais tempo que eu. Nós rimos mais.

* * *
44
Como seria sua vida se ela fosse um conto de fadas?

* * *
45
Escolha uma parte do corpo e escreva uma história em que ela tenha sido essencial. Se quiser, experimente escrever do ponto de vista dessa parte do corpo. Evite a associação entre sexo e romance, por ser um clichê bastante usado.

— Ué — olhei pra ele. Ele se chamava Augusto ou Gustavo. — Cadê a Verônica?

— Foi demitida — ele disse. Começou a falar cantado: — Tu tá aqui há bastante tempo?

— Demitida por quê, gaúcho?

O Gaúcho suspirou. Só faltava ter um chimarrão a tiracolo.

— Acho que discutiu com um cliente. Algo assim.

Fiz uma expressão de compaixão preocupada. Pelo menos. Quis que fosse.

— Parece que o cliente falou mal de muçulmanos. Achou que ela era da Irlanda do Norte. Aí ela começou a xingar o cara.

— É óbvio que xingou — comentei. Ele riu. Eu ri.

Ele se apoiou na bancada esperando algum cliente. Olhei minha estação de trabalho vazia. Bruna me mandou um SMS. Que horas eu chegava em casa? Eu não sabia. Mandou um ♥. Disse que estava com saudades. Eu disse. Meio brincando. Meio falando sério. Pra ir matar a saudade com o companheiro de viagem de Belfast. Ela disse que não tinha saudade dele. E que só queria matar a saudade de mim. Mandei um ♥.

* * *

46
Que conquista pessoal o encheu de orgulho?

— Não é estranho como a gente fica constante e continuamente numa conversa mental com a gente mesmo? — Bruna disse para ninguém específico. E tanto me sentia como ninguém específico que me apaixonei por ela.

Talvez tenha sido essa paixão. Que me fez postar uma foto nossa em preto e branco. Ou falta de tempo. Íamos brigar logo. Pela falta de tempo. Ou falta de uma unidade estética. Como a própria Bruna diria. Foi o que a Bruna disse. Falta de unidade estética. Ou algum tipo de distração. Descompromisso com quem eu sou. Dissociação. Talvez a relação não andasse como deveria. E por isso íamos terminar. Talvez tenha sido uma resposta à implicação. Talvez porque Alessandro estava indo embora. E Maria Eduarda estava namorando.

* * *

47
Que eventos o deixaram mais próximo de sua família? Houve algum que os afastou?

COZY ROOM TO RENT 240€ /MONTH
Glasnevin Hill, Glasnevin, Dublin 9

* 2 cozy bedrooms
* 1 bed available (Shared Room)
* Central Heating

* Washing Machine
* Microwave
* TV
* Wi-fi
* Cozy
15 min walking from Tesco and Lidl, 20 min from DCU
2 min to bus stops attended by the 83, 4 and 9 lines.
AVAILABLE NOW!!!!!!!!!!!!!!!!!!!!!!!!!!!!!!!!!!!

E, embaixo disso, escrito várias vezes: Maicou 08384813377, ROOM TO RENT. Um do lado do outro. Depois, deixei pré-cortado dos lados. Era só a pessoa arrancar um papelzinho. Essas tirinhas tinham sido dica da Bruna. Era importante também dizer "cozy". Europeus amavam "cozy". Não colocasse nada em português. Português espantava gringos e brasileiros novatos. E atraía brasileiros desempregados. Porque não falavam inglês. E colar por onde eu passasse.

* * *

48
Se você tivesse uma secretária, que tarefas encaminharia a ela?

* * *

49
O que faz com que uma cerimônia seja memorável? Você tem uma lembrança específica ou apenas ideias de como deveria ser?

Depois de passar o dia em Galway e chegar a Merlin Park, estou cansada. Não imaginei que a cidade seria tão grande, que me cansaria. Não imaginei que o sol na Irlanda poderia fazer minha pele arder ou poderia me encher de sede. Não imaginei que chegaria a algum lugar perto do Merlin Castle. Não sei exatamente onde estou, mas, na volta, consigo reconhecer a rota anterior. Porque não consigo chegar perto do Merlin Castle, olhar vestígios ou procurar por um corpo. Eu não estive ali.

Estou em uma loja chamada Galway Irish Crystal. A dona da loja corre em minha direção, achando que eu fosse uma pessoa living rough, pelo meu suor, pelo meu cabelo, pelo meu cansaço, porque eu só me sento. Ela pergunta:

— Are you o.k., dear? — Ela tem o sotaque do Oeste de quem quer que eu saia dali.

— Yes, I just need to run from this heat before I catch my train — resolvo mencionar o trem para que ficasse esclarecido que eu tinha um lugar a voltar.

Ela me oferece chá. Bebo chá com leite enquanto compartilhamos o ritual.

* * *

50
Com que frequência você sai da sua Zona de Conforto? Por quê?

Eu não faço ideia de absolutamente nada então, por favor, descreva com cuidado, obviedade e exatidão como você se sente, com riqueza de detalhes, ou estarei constantemente me preocupando a respeito de o quanto você me odeia.

* * *

51
Qual crime deveria ser legalizado?

Pessoa Esperta ouviu o bipe do telefone sem fio cuja bateria iria acabar. O bipe na verdade vinha da base do telefone, mas não se ouvia do telefone. O bipe seguia. E seguia. E bipava cada vez mais alto, antes de a bateria acabar. Pessoa Esperta viu uma banana e a colocou na base do telefone. Silêncio.

* * *

52
Qual é sua obra de arte favorita? Você já a viu em algum museu? Qual impacto você acha que ela tem na humanidade?

Vou aos Cliffs of Moher em um ônibus turístico da Paddywagon. O meu ponto de encontro é na O'Connell Street. O ônibus é verde, com um logo de leprechaun ruivo com um cachimbo. Dentro do ônibus, americanos, brasileiros, americanos, um casal japonês, americanos, italianos, americanos, um grupo de alemães e suecos e um grupo de amigas coreanas se acomodam em assentos. Descubro que as últimas são coreanas porque conversam comigo quando pedem que eu tire uma foto. No último ponto de encontro, entram alguns americanos e uma inglesa que parece furiosa por ter que fazer o tour do jeito mais caipira possível, em vez de ela e o namorado irem por conta própria. Pego no sono enquanto ela conversa com ele sobre isso. Durante a viagem, ecoam canções irlandesas e histórias que devem ser mentira.

Paramos em Kinvara, que o guia descreve como um "pequeno vilarejo pitoresco" e "famosa por ser um antigo vilarejo de pescadores". Tiram fotos. Por ainda ter sono, não comento que o vilarejo deve ser famoso por ser um pequeno vilarejo pitoresco turístico. Tiram fotos.

Atravessamos o país, de costa a costa. Subimos pela costa de Galway, pela Galway Bay. Já em Galway, eles chamam a rota de Wild Atlantic Way, uma rota à beira-mar de toda a costa oeste do país. Tiram fotos.

Chegamos ao Burren. Não acho nada de cético para dizer a respeito de uma série de montanhas de pedra, Limestone Rock, relevo cárstico sobre relevo cárstico sobre pedra sobre relevo cárstico sobre pedra sobre pedras moldadas pelo vento e, ao chegar à margem do oceano, pela água. Pedras que enfim seguem o ditado de água mole em pedra dura tanto bate até que forma marcas oceânicas que condizem com as marés. Tiramos fotos. Paramos em Doolin. Comemos. Chegamos aos Cliffs of Moher.

* * *

53
Todo mundo rouba alguma coisa. O que você rouba? Por quê?

* * *

54
Qual era sua posse de infância mais valiosa?

* * *

55
Que tipo de robô você gostaria de ser?

* * *

56
Qual é sua identidade racial e étnica?

* * *

57
Você gostaria de ser famoso?

* * *

58
Qual é seu maior medo?

Meu maior medo era que um dia meus filhos chorassem sozinhos à noite e eu não soubesse a respeito.

Meu maior medo era ter filhos, porque todos eles tinham que ter doze anos de idade em algum momento.

Meu maior medo foi ir embora.

Meu maior medo era ficar.

* * *

59
Que problemas locais você acha que deveriam ser prioridade de um prefeito?

Cada vez mais, as pessoas vinham descobrindo que eu só estive em cinco lugares e li oito livros em todos esses anos de existência. Ou iriam descobrir que cada ano de vida adulta me tirava uma certeza. Ou iriam descobrir que eu não tinha o propósito que disse ter. Ou iriam descobrir que eu não dizia nada com nada. E que seguia numa analogia de procurar alguém parado em uma foto, circulando numa cidade através do Google Street View sem de fato olhar para os lados — meu rosto já estava pixelado. Eu iria morrer com certezas negativas.

* * *

60
Como você gostaria de ajudar nosso mundo? Você tenta de fato?

Caio e eu estivemos na sala de espera do hospital. Dois dias antes, nosso pai saíra em uma viagem inesperada de trabalho, das que coincidiam com as marés baixas de Lídia. Caio tinha um moderno Game Boy Color verde e jogava Pokémon Yellow. A trilha sonora monofônica repetitiva de bipes e bipes e bipes ecoava pela sala de espera.

— Desliga — eu disse.

Ele resmungou como se eu tivesse pegado aquela merda e jogado longe, minha vontade inicial. Baixou o volume. Ecos monofônicos bipavam.

Quando já tínhamos alguma rebeldia e maturidade pra falar a respeito, eu e Caio começamos a chamar as fases da nossa mãe de maré alta e maré baixa. Ambas podiam matar você, especialmente se estivesse distraído. Eu me tornei a âncora de meu irmão — não sabia se ele tinha se tornado a minha.

Fui até o telefone público e liguei para minha tia, que estava em casa. Ela tinha ficado no hospital durante o turno da manhã e nós estávamos durante a tarde. Liguei por não ter o que fazer. A voz dela soava entediada, quase. Talvez os vinte anos a mais convivendo com aquilo. Eu gostava de falar com ela por conta dessa voz. Por mais que eu suplicasse por atenção, eu ficava confusa quando me mostravam um mínimo de atenção ou afeto.

Talvez a pergunta que eu começava a formar — onde começava a doença e onde era apenas má vontade de Lídia, maldade e teimosia? — minha tia já tivesse se feito. E já tivesse a resposta. Minha tia tinha saído da praia.

* * *

61
Escreva uma cena com um pai educando um filho sem dizer nada.

Claro que todo esse histórico familiar de viagens e sentimentos reprimidos (e gritos e acessos de fúria e respostas prontas e cobranças e falácias que me faziam sentido) tivera vantagens. Engarrafei meus sentimentos cada vez mais e deixei que envelhecessem e fermentassem por décadas a fio, como um vinho de qualidade.

Comecei a notar que o único instinto doméstico que meus pais lograram me passar foi a tendência de acumular múltiplas sacolas plásticas apesar de nunca precisar de tantas.

* * *

62
Que características as pessoas imaginam a respeito de você sem motivo algum?

Fora estranho — assustador, aterrorizante — para mim. O conceito — a ideia, a possibilidade, o quiçá — de que algum dia eu poderia conhecer alguém. Alguém que genuinamente — verdadeiramente, honestamente — quisesse passar o resto da vida comigo. O resto da vida apaixonado por mim. Nem eu queria — muito menos quero — passar o resto da minha vida comigo. Mas ele pediu.

* * *

63
Doce ou amargo?

Ela dissera
Não gosto dele
eu dissera
Por quê?
Quase bebeu uma garrafa de vinho sozinho falando nisso oi moço moço aqui isso você me traz mais uma Mãe a gente tomou três garrafas de vinho em quatro pessoas Isso querido aquele rosé que eu tomei antes se puder Mãe Isso mesmo perfeito obrigada viu Mãe Que é Maria Alice que saco Você ouviu o que eu disse Maria Alice o Caio me disse que essa história de tecnologia vai passar com o bug do milênio o quê o bug do milênio é uma coisa que Deixa pra lá Você não fala assim comigo mas o que o bug do milênio vai fazer as pessoas voltarem a pensar melhor nessas coisas de botar número em

qualquer máquina <u>Você tá falando assim comigo ué</u> o Caio me disse isso mesmo não fala assim comigo obrigada querido isso perfeito você me traz o menu de sobremesa sim eu sei isso mesmo eu pedi o creme brulée eu queria só conferir se vocês têm aquela opção de pâtisserie eu vi que tinha mas não sei se Maria Alice sabe o que eu vi esses tempos sushi doce aliás só pra retomar o que você disse você não fale assim comigo você vive insistindo pra eu me abrir com você que eu deveria falar mais abertamente sobre meus sentimentos e não ficar fazendo joguinhos eu nunca na minha vida inteira fiz um joguinho não me olha com essa cara nunca fiz joguinho nem nunca nem comi peixe cru vou comer arroz com peixe cru já ouviu falar na Liberdade tem bastante eu acho que tinham não tinham sushi é maravilhoso não sei quem inventou porque olha os japoneses mil obrigadas querido esses japoneses meu Deus são muito bons né é impressionante mesmo a arte a precisão essa coisa toda eu queria muito conhecer o Japão sabe tem uns lugares lindíssimos lindos lindos lindos e uma precisão minha filha alguém me falou que tinha um filme bom de um japonês mas não lembro o nome não é impressionante a quantidade de japonês no Brasil Maria Alice porque é uma coisa muito insana a gente tudo carnavalesco aqui e os caras lá de olho puxado igual do outro lado do mundo eu fico pensando não é possível alguma coisa deve ter acontecido pra esses olhos puxados virem pra cá e nem fico falando tanto dos japoneses que a gente sabe que imigraram e tal e aí o sushi e o sushi doce e sei lá o quê Maria Alice você tá me escutando por que parece que você nunca está me ouvindo Maria Alice ninguém naquela maldita casa me ouve <u>Mãe acontece que você</u> mas falo dos nossos índios porque nossos índios são quase japoneses não são cê não acha aquelas caras bonitas o cabelo lisão a altura também os japoneses e os índios são tudo baixinhos não que eu tenha algo contra o índio o japonês o alemão o espanhol só falo que é um pessoal meio diferente cê não acha a aparência é diferente eu sei que todo mundo no Brasil tem um pezinho na África mas quer dizer imagina se os índios também têm e <u>Você tava falando do</u> você não acha que eu deveria ser escritora Má Lice não devia não porque aí ninguém me interrompe então o japonês teve que ir lá da casa do fim do mundo teve que ir à África e aí vir pra cá eu sei que tem toda aquela coisa

153

de como chamam aquelas placas as placas que sustentam mas ainda falando dos chineses por exemplo você já se perguntou por que esses países não afundam porque se imagina que na China tem um bilhão de pessoas um bi com b já pensou o que é isso de gente mas toda essa gente sem te interromper imagina só por que ninguém interrompe o Paulo Coelho ninguém diz pra ele ô Paulo Coelho espera um pouco porque eu preciso dar a minha versão da história as pessoas aceitam que a história é do Paulo Coelho então você imagina um bilhão de pessoas te ouvindo assim mas assim imagina que tem todas essas pessoas numa pranchinha no oceano por que é que a pranchinha não afunda mas onde é que será que acaba a pranchinha também né será que é Rússia será que é ai olha oi querido brigada isso me traz esses dois como chama sanduíches de chocolate ai como chama croissant de chocolate <u>Sei</u> filha eu já te contei da vez que seu pai e eu tivemos uma discussão imensa porque achávamos que croissant de chocolate tinha que ser traduzido como pão de chocolate mas imagina seu pai dizendo que tinha que ser porque quando ele esteve na Inglaterra tinha chocolate bread Viu você está fazendo de novo viu só aposto que deixam o Paulinho terminar o raciocínio da coisa que ele tá dizendo porque de novo ele até pode ter um um um genro alcoólatra <u>Ele não é genro</u> que fica falando de vinho pra esnobar as pessoas porque a gente já morou em Bento Gonçalves <u>Ele também não é alcoólatra</u> e quando a gente morou lá minha filha a gente visitou vinícola a gente conhece aquela cidade eu entendo de vinho não precisa me ensinar como fazer olha não me entenda errado e olha você me desculpe se esteve na casa da Maria Antonieta meu Deus que coisa incrível e eles fazem o creme aqui viu olha se esteve na casa da Maria Antonieta e a Maria me diz ah não é pão de chocolate olha sinto muito não me espanta que acabou na guilhotina imagina que alguém vai falar de pão de chocolate tem certeza que não quer provar porque tá muito bom mesmo de verdade

* * *

64
Você tem alguma ideia que o assombra? Se ela fosse um animal, qual seria?

* * *

65
Você faz muita fofoca? Se tivesse que escolher, diria que é positiva ou negativa?

A gente havia se casado, porque eu gostava do suéter grande demais dele, porque a gente comia pizza caseira massuda junto com muito tomate seco e rúcula (porque tomate seco e rúcula eram a grande coisa da época) e ouvia música boa junto e eu imaginava que a gente treparia catorze vezes por semana e compraria seis cachorros e oito gatos e um papagaio e dois hamsters e uma chinchila e uma cobra e mais três gatos e depois disso compraríamos travesseiros demais para construir nossas próprias cavernas de travesseiro.

* * *

66
Você dificultou, ou dificulta, sua própria criação? Seus pais acharam que você era uma criança difícil?

— Alô — eu havia atendido.
— Oi — Caio respondeu do outro lado da linha.
— Oi.
— Não sabia que tinha trocado a secretária.
— Tá tudo bem?
— Já faz três dias.
— Eu tinha dito que não ia mais mexer com isso.
— Ela tá sem comer tem três dias.
— Você não sabe se ela tá sem comer há três dias.

— Da outra vez que eu fui visitar, não tinha uma lata de ervilha na casa.

— E você não levou nada?

— Eu tinha levado uns cacetinhos, mas...

— Você ainda fala "cacetinho" — eu ria. Caio não riu.

— Maria Alice, não tinha nem margarina na casa. Aí fui pegar queijo, presunto e coisa e tal. Quando voltei o pão tinha sumido.

— Ela comeu?

— Não sei. Aí fui comprar mais cacetinho. — Eu ri mais uma vez da expressão.

— E aí vocês comeram?

— Ela disse que já tinha comido.

— Por que você não vai ver isso?

— Eu tenho uma família, Maria Alice.

— Ah.

— Não, eu não quis dizer isso.

— Claro que não.

— Que bosta.

— Maria Alice.

— Não.

— Por favor.

— Eu não vou lá.

— Pelo amor de Deus.

— Já faz trinta anos que a gente lida com isso, Caio.

— Eu sei, eu sei.

— Parece que ela faz de propósito.

— Não fala bobagem.

— Vou divorciar da mãe — tentei rir.

Caio não riu. Ficamos em silêncio. Suspirei:

— Vou depois do trabalho.

Caio suspirou em resposta, como se fosse um bocejo contagioso.

— Obrigado. Pelo amor de Deus, obrigado.

— Mas se não tiver "cacetinho" na casa... — tentei rir mais uma vez. Caio não riu.

* * *

67
Você tem irmãos? Quão bem vocês se dão?

Havíamos nos despedido. Eu tinha ficado com a ideia de "cacetinho" na mente até entrar no carro para ir até lá. Estacionei pensando em outras palavras que eram a mesma coisa, mas em lugares diferentes. Três dias. Fui à padaria em frente ao prédio. Provavelmente a mesma a que Caio foi.

— Quatrocentos gramas de queijo prato, cento e cinquenta de presunto e quatro cacetinhos, fazendo favor. — Foi só ao ouvir a risada do atendente que me dei conta.

Acrescentei três maçãs e uma garrafa de refrigerante. Sorrindo para todos os vizinhos que me abriam portões por coincidência. Carreguei minha oblação escada acima. Não que o prédio não tivesse um elevador, mas eu queria ver se havia algo. Era um prédio caro, era provável que qualquer indício já estivesse limpo. Mas não custava. Olhei as paredes, os degraus que subia. Após sete lances de escada, parei em frente do número 72. Toquei a campainha.

No quarto toque de campainha, pus a sacola no chão.

Bati na porta. Quando as juntas dos dedos começaram a doer, troquei de mão. Bati na porta. Quando as juntas da mão esquerda começaram a doer, parei. Enquanto chutava a porta de leve, tentei espiar o olho mágico de forma inversa. Sabia que não funcionaria, mas. Mas. A porta do apartamento 75 abriu e um senhor de idade me espiou com desconfiança. Antes que eu me desculpasse, ele olhou o número 72 e começou a fechar a porta. Corri até ele.

— Posso usar seu telefone?

Ele me encarou.

— Por favor.

Ele fez que sim com a cabeça. Enquanto discava, tentava explicar a ele o que estava havendo, o que eu imaginava que estava havendo. O telefone chamava.

— Ela às vezes fica bem — eu mais falava para preencher o vazio enquanto ouvia os tons —, mas tem dias que... Eu não sei o que poderia ser pior, mas — o telefone parou de soar. Ninguém havia atendido. Chamei outra vez.

— Acho que ela deve estar dormindo, não sei — dei de ombros.
Em torno da sexta chamada, eu o agradeci. Ao voltar para a porta, retomei as batidas e a campainha ao mesmo tempo. Minha sacola de pão, margarina, queijo e presunto começava a suar. De novo a dor. Troquei as mãos, apesar de isso me forçar a fazer um x com os braços: a mão direita na campainha da esquerda, a mão esquerda batendo na porta, à direita da campainha. Dei um chutinho isolado na porta.

* * *

68
Como são seus comportamentos em relação à culpa? Você se sente culpado com frequência? Use em uma cena.

— Eu não vou falar através da porta, tá bem? — eu havia dito.
— Mas tem comida aqui.
Eu havia chamado o elevador e ido até a escada. Achei uma sombra. Após o abrir e fechar de portas do elevador, a porta do apartamento 72 se abriu. Estava escuro do lado de dentro. Um braço saiu. Pegou a sacola. Dei um salto. O pé no vão da porta. Memória muscular. Olhos me encararam. Encarei de volta. Ela não tentou se fechar de volta, permitindo que eu entrasse. Estava escuro do lado de dentro.
— Você ainda tá fotografando? — perguntei.
Não houve resposta. Caminhei pela sala tentando desvendar os cheiros, sons e texturas sob meus pés. Algumas ideias pareciam impossíveis demais. Ela não teria uma bola de boliche enrolada em papel crepom, teria? Mas a textura e os ruídos me faziam pensar nisso. E por que eu chutava bolas de sinuca quando caminhava? Eu a ouvia me seguir, com passos leves. E aquele cheiro era urina com água sanitária? Mas por que alguém misturaria os dois? Eu não conhecia animais muito bem, mas poderia ser mijo de gato. O sofá parecia estar no mesmo lugar. Ela estava ao meu lado, permitindo que eu sentisse o cheiro e a ouvisse comer o queijo puro de dentro da sacola que estava dentro do pacote da padaria. Notei que a cozinha e os corredores também estavam escuros. As janelas tinham as venezianas fechadas, cobertas com o que pareciam ser tiras de papelão em frente ao vidro (também fechado), com cortinas fechadas em frente. Era o que parecia. Apoiei o

quadril e o senti pousar no que parecia ser o corpo de um gato morto no braço do sofá. Ela parou ao meu lado, comendo o queijo puro.

— Coloca no páo — eu disse. — Tem presunto também.

Ouvi os ruídos plásticos da sacola e o papel pardo em torno do presunto.

— Sabe, o Caio que me fez vir aqui. — Eu a ouvia comer. — Eu não queria vir, sabe. Parece que a gente fica jogando esse jogo toda semana, todo mês. — Apesar de não a ver, eu conseguia imaginá-la comendo como um animal, como o gato morto do sofá. — E isso atrapalha minha vida também. Só queria uma mãe que fosse doida de um jeito normal. Talvez um pouco de acumulação, um pouco de controle, um leve TOC, mas.

Meus olhos começavam a se acostumar com a escuridão. Olhei para ela. Ela parecia melhor do que eu imaginava. Meu cérebro começava a tentar decifrar a imagem. Ela estava mais magra, o que poderia querer dizer que:

1) ela queria estar mais magra;
2) ela estava tão depressiva que não saía para comprar a comida;
3) ela estava tão depressiva que tinha perdido a fome.

Ad infinitum. Todas as hipóteses eram viáveis e poderiam ser argumentadas de forma válida. Outro exemplo: o cabelo estava mais longo.

1) ela poderia querer que o cabelo estivesse mais longo;
2) ela estava tão depressiva que não queria mais cuidar do cabelo;
3) em um estado maníaco, ela tinha decidido raspar a cabeça, mas, ao voltar a si, decidiu que deixaria o cabelo crescer até a cintura.

Ad infinitum. Uma camisa social aberta deixava aparecerem os seios flácidos, uma calça de pijama caía um pouco depois da marca da calcinha, os ossos da bacia parecendo perfurar a pele da barriga (também magra e também flácida), os pés se trombavam em pantufas peludas cor-de-rosa.

— Porque desde pequena eu fico cheia dessas imagens de ir atrás de você, ir descobrir um lugar novo não porque quero, mas porque, bom, temos que achar a mãe. Quase como se o pai soubesse que ia se divorciar e precisava treinar um novo responsável. Sei lá, isso soa melodramático, não é? — Pausei. Tentei forçar o olho para a bola de boliche, que se revelou uma luminária redonda envolta em papel pardo. — Talvez, sei lá, se o Brasil tivesse um sistema de saúde melhor, mas... O que é um sistema de saúde melhor? Talvez se você morasse fora. Se você só quisesse ver coisas, experimentar. Tudo mudou o tempo todo. Tipo o Brasil ser o país do futuro. Você era a mãe do futuro. Talvez nada ser fixo tenha ajudado a reforçar a sua instabilidade. Eu me pergunto essas coisas. Sabe, talvez você só quisesse que a gente fosse atrás quando saía sem propósito.

Respirei. O projeto de quando eu for maior de idade, iria saber resolver isso. E quando tivesse vinte, iria saber resolver isso. Na verdade, quando tivesse trinta. Quando fosse o adulto responsável que via nos outros. Isso aos quarenta. Ou cinquenta. Ou quando eu tivesse filhos. Ou quando parasse de menstruar. Fosse por gravidez. Fosse por pausa. Um dia, iria saber resolver tudo isso. Segui respirando. Ela me olhava.

— Sempre teve um propósito, Má Lice.

Olhei para ela. Ela tinha os braços cruzados sob os peitos flácidos.

— Você precisa de alguma coisa? — Eu a olhei. Ela fez que não com a cabeça. — Você tá com medicação? — Olhei para ela. Ela fez que sim com a cabeça. — Então toma a medicação.

Caminhei no sentido da porta de saída.

— Volta a tomar a medicação.

* * *

69
Se você tivesse de viver com o mínimo, do que você poderia abrir mão?

Havia sido um churrasco. Ele esteve morando em Minas Gerais, e eu o visitara. O Marido me abraçava enquanto bebia uma cerveja. Falavam do Plano Real. Eu não tinha uma opinião.

Meu irmão girava a carne. Era Natal ou aniversário de um dos meninos dele, os sobrinhos pelos quais eu não tinha muitos sentimentos. Eu não convivia com eles e imaginava que devia amá-los incondicionalmente. Mas eu não os amava mais que uma criança adormecida no colo da mãe sentada no ônibus.

De novo, surgiu a ideia de que Caio era meu gêmeo. Ele não tinha basicamente o mesmo código genético que eu? Os mesmos ingredientes, ao menos? E, por outro lado, o que dizer dos outros espermatozoides da corrida que eu tive de vencer para existir? E a astronauta? O rapper? A pianista erudita? O viciado em drogas? A obsessivo-compulsiva que não consegue sair de casa sem trancar e destrancar a fechadura quinze vezes seguidas? O ator pornô? A suicida? A pessoa mais mediana que o mundo poderia imaginar? O escritor frustrado e fracassado? O escritor best-seller?

Mas fui eu, a garota que entope cadernos com hiperpossibilidades de um universo em que nada acontece de qualquer forma. E fui eu quem ganhou: a mulher adulta, crescida, com rugas, que se refere a si mesma como "garota".

Ou isso.

Ou.

Costumava ser a criança que era "uma promessa" e que "tinha futuro" e que "ia dar certo", mas aí. Sei lá.

* * *

70
Quão confortável você se sente com mentiras?

Mas às vezes ela havia dito algo tão doloroso ou vitimista. Isso me fazia não conseguir aguentar mais. Toda a raiva descia como um jato reto (masculino) de mijo tóxico. Eu não podia apoiá-la da maneira que ela precisava. Tinha sido covarde.

* * *

71
Se você bebe ou usa algum tipo de droga, seus pais sabem? Você sabe se já usaram? Descreva esse choque em dois parágrafos descritivos.

* * *

72
Qual a importância do ócio na sua vida? Você acha que fazer nada é uma boa maneira de usar o tempo? Exemplifique sua visão (positiva, negativa) em uma série de cenas.

* * *

73
Você é fácil de convencer?

* * *

74
Quando foi a última vez que falhou em algo? O que aconteceu como resultado? Você conseguiu consertar?

"Bom, acho que sou mesmo uma mãe muito ruim, não é mesmo?"
"Acho que o mundo seria um lugar melhor sem mim."
"Por que Deus me fez desse jeito?"
"Desculpa se você acha que eu não sei falar de um jeito bonitinho, com as palavras que você quer."
"Eu lavei e pus roupa no seu lombo."
"Isso se chama ingratidão, sabia?"
"Desculpa se eu não sou normal como sua sogrinha querida."

* * *

75
Você escuta pelas paredes? Você tem alguma técnica favorita? O que você acha de ouvir berros de discussões?

Todo o amor e a paciência haviam se retraído, apesar de eu saber que ela tinha um distúrbio psicológico. Anos e anos disso congelaram meu coração. A covardia podia congelar o coração? Eu poderia ter salvado ou impedido o futuro. Eu sabia que ela precisava de apoio ao chorar, mas.

* * *

76
O autor italiano Dante Alighieri escreveu a respeito dos nove círculos do inferno. Como é o seu inferno? Quantos círculos há nele? Quais são as respectivas punições? Descreva.

Eu havia seguido problemas adultos (negociações do divórcio, cremes antirrugas, inventário, herança, tanto, mas tanto papel, tantas, mas tantas assinaturas, ser conhecida pelo atendente do cartório) para questões infantis de marca maior (acne adulta, vontade de cochilos no meio da tarde, chiclete preso no cabelo cuja origem desconhecia, falta de controle de impulso, paixão insaciável por açúcar). Amadurecer se processou da forma mais irregular.

* * *

77
Quais memórias o cheiro de papel úmido traz?

* * *

78
Você acredita que tudo acontece por um motivo? Use em uma cena.

A primeira vez em que de fato notei a saída da adolescência foi quando comecei a pensar nos meus sonhos. Sempre imaginei que entrar em uma universidade incrível, conseguir um emprego "bom", me casar, ter uma família, e conseguir sustentá-los, era um bom plano. Não era? Esse era meu Norte, Sul, Leste e Oeste. Então comecei a querer viajar, comer comidas novas, aprender idiomas, ouvir histórias esquisitas, conhecer pessoas novas, finalmente ter um bronzeado parelho, parar de atender o telefone e querer comprar uma passagem de ida para algum lugar e não voltar.

E não eram coisas exclusivas. Por um bom tempo, a faculdade, o emprego, o marido, a ideia de família permaneceram. E a ideia de viagem, comidas novas, ouvir histórias, essas conviveram. Até que pequenos eventos colidiram. E eventos sem categoria surgiram: aborto natural, divórcio, morte, desaparecimento. Não se encaixavam em nenhuma narrativa. E eu precisava ir.

Quanto mais falo de mim, percebo que falo, na verdade, de Lídia. E não queria. Queria que fosse um livro sobre ela. Não sobre mim. Não sobre nós.

* * *

79
Escreva a respeito de seu último diálogo. Não importa com quem, sobre o quê ou quando.

* * *

80
Descreva sua pessoa favorita neste momento. Leve em consideração o fato de que você só pode avaliar os seus últimos momentos de interação. Então cogite falar da pessoa com quem você mais falou na última hora.

O rapaz que limpava as mesas me chamou. Fiquei olhando para o caderninho. Ele me chamou de novo. Eram onze horas e iam fechar. Fiquei olhando para o caderninho.

Ele foi até a minha mesa.

— Miss — ele disse.

— Desculpa — eu disse. — Não consegui te ouvir com todo esse chiado barulhento que o tempo faz quando passa.

* * *

81
Imagine a situação a seguir: Você vê um homem sem-teto sentado na rua. Ele tem um cartaz de papelão que convence seu personagem a empregar o homem. O que diz o cartaz? Que emprego você dá a ele? Quem são esses personagens? Você consegue traçar um paralelo com sua vida?

* * *

82
Como viajar afeta sua vida? Já teve um impacto maior? Ou menor?

Um bebê chora. O trem é de Dublin a Cork. Sem Paddywagon. O sol me deixa feliz, enquanto ilumina ou gramados vazios ou ovelhas e vacas sobre eles. Pouco depois de ovelhas em uma fazenda, estamos quase em uma cidade. Um quadrado fechado de trepadeiras passa rápido como as ovelhas que eu admirava. Uma torre que irlandeses chamariam de castelo.

Desço na estação seguinte, Mallow.

* * *

83
O que você imagina que o futuro reserva para você?

Caminho. Não há muretas.
Aquele quadrado verde, "castle", if you will, não parece ter muitos vigias.
Entro.
E não saio.

* * *

84
Que comidas são importantes para você? Quais você come quando está triste? Ou feliz? Use em um diálogo com personagens que discordam.

Sim
catupiry
guaraná
cachaça
Sim
Sim
pinhão
pamonha
coração de galinha
paçoca
pizza doce com doce de leite e chocolate e chocolate branco e morango
acarajé
borda de catupiry
pé de moleque
pamonha

quentão
canjica
pastel
Sim
Pelo amor de Deus pastel de catupiry

* * *
85
Se pudesse escolher apenas uma das alternativas, qual escolheria? As opções são: ser pai/mãe; ter um emprego específico; manter uma excelente relação com a natureza.

* * *
86
Como são seus hábitos noturnos? Nesse contexto, que horas você vai dormir?

É um domingo de relativo sol. Relativo sol suficiente para que toda a população irlandesa imagine que é verão e saia para seus jardins a fazer piqueniques. Respiro o ar com cheiro de protetor solar. Tudo isso apesar de ser setembro. Tento espreguiçar, esticar os braços, ainda sem saber por onde começar.

O pico tinha sido em 2009, diziam os especialistas. Mas só agora, quase dez anos depois, as pessoas começam a se mudar para lá. Exatamente como no Brasil, em que um excesso de crédito permitiu que todo mundo tivesse casas, até que o crédito fosse embora, mas as casas, não.

Às vezes não sei por que saí do país.

Estão em perfeito estado, prontas para receber visitantes. Começo a caminhar a partir do ponto de ônibus que não para onde as casas estão. Eu poderia entrar e morar em uma dessas. Poderia dizer que são um subúrbio americano daqueles excessivamente perfeitos. Ou um tabuleiro de Banco Imobiliário com várias casinhas plásticas. Elas não foram abandonadas: alguém, suponho que a imobiliária, corta a grama delas de seis em seis meses. Há manutenção. Mas são ruas e ruas de casas idênticas, à venda desde a bolha imobiliária de 2008.

Paro no começo de uma quadra e consigo ver a rua até o final, a perspectiva de uma quadra inteira que dá numa rua que se abre em duas. Ela se abre em duas que dão em quadras iguais às anteriores. As ruas vazias, um pedaço de verde que provavelmente seria uma pracinha, emoldurado por casas brancas de telhados cinza e portas marrons. E, apesar de as casas serem grandes, as portas são típicas Irish doors. É a maquete de *Beetlejuice*, em que o protagonista tem uma miniatura obsessiva de toda a vizinhança, com o filme começando com uma série de imagens do bairro, que se revelariam uma maquete. É essa foto. É essa maquete de estudante de arquitetura, sem pessoas, com grama bem aparada, ruas asfaltadas, cheiro de novo. Sigo andando.

Paro no terreno reservado para ser uma pracinha. Mudas de árvores recém-plantadas, ainda com bases para ajudá-las a se manter, se erguem para o sol. Arbustos de hortênsias começam a assumir tamanho suficiente para o título de "arbusto". Não há bancos.

Cerca de trinta por cento das residências tem moradores fixos. Exceto pela presença de pessoas no jardim, carros, brinquedos ou cachorros do lado de fora, não sei quais residências têm moradores. Um casal adolescente se beija em uma varanda e, na minha imaginação, aquele é o primeiro beijo deles. Ficarão juntos para sempre.

Na esquina seguinte, paro em frente a uma casa vazia, vizinha de outros dois clones vazios. A grama com cheiro de cortada. Eu tinha cogitado esse lugar por querer entrar em uma casa vazia, das que ainda não foram mobiliadas. Já entrei em tantas na minha adolescência. Não sei por que eu. Não sei por que Lídia. Talvez por isso. Olho de uma janela para dentro da casa, ainda sem piso ou teias de aranha. Onde alguém morreria aqui por acidente? O que é interessante em termos de fotos aqui?

* * *

87
Quando foi a última vez que você aprendeu algo novo? Foi por necessidade ou obrigação? Ou você quis aprender? Explore.

* * *

88
Como você se sente ao apresentar amigos de diferentes círculos em sua vida? Você tenta incentivar a troca entre eles? E o que você acha do comportamento em que começam a falar da única pessoa que conhecem em comum (você)?

* * *

89
Quais são os melhores suvenires de viagem que você já comprou? E os que já ganhou? Onde você os guarda?

* * *

90
O que você pensa a respeito de cirurgia estética? E qual a diferença entre essas cirurgias e fazer uma tatuagem?

* * *

91
Você acha que come ou bebe muito rápido? Quanto de atenção você presta nisso?

* * *

92
Seus professores usam tecnologia de uma maneira proveitosa? Ou você acha que um quadro branco seria suficiente?

* * *

93
Escreva um parágrafo longo (cerca de catorze linhas) sobre esperar.

A gente havia morado em Brasília. Lídia virara a noite caçando ervas daninhas. Era Dia das Mães. Eu queria comprar uma coisa para Lídia. Talvez eu quisesse umas flores. Sabia que todo mundo dava flores. A professora na creche tinha me dado um bilhete pedindo dinheiro para o pai. Era para uma apresentação. Chamei.

— Oi — ela respondeu. Por algum motivo, havia ervas daninhas demais no jardim. E ela não queria nenhuma mais. Eu nem sabia que poderia haver tantas ervas daninhas em Brasília.

— Preciso de dinheiro.

— Pra quê.

— Pra te dar um presente.

— Oi? — Ela estava sentada no chão ao lado de uma muda mal podada.

Saímos. Aos nove anos de idade, poucas coisas me impressionavam tanto quanto aquele Chevette. E poucas coisas me impressionavam mais do que ver aquele carro cheio de mudas de buriti e ipês, manjericão e alecrim e dracena, enquanto Lídia saía da floricultura de beira de estrada, a nova favorita da semana.

— Tá feliz com o presente que você escolheu?

Eu estava. Fomos para casa deixar as plantas e vasos de cerâmica. Eu quis correr de volta para dentro de casa, mas Lídia me chamou pelo nome. Eu me virei. Ela disse que ainda queria mais presentes. E ela falava e falava e falava.

— Eu te amo tanto — ela disse.

Passamos o resto da tarde enchendo o Chevette com roupas, sapatos, perfumes, uma almofada com uma estampa que ela chamou de "oriental", uma mala de viagem que ela usaria duas semanas depois para mais uma tentativa de fugir de casa e o que para mim pareceu uma infinidade de livros.

— Eu amo você — ela me disse. Por algum motivo, sempre me lembrei de que era um livro de capa dura, uma capa azul, anos 80. Quando vinha essa memória, sempre tentei me focar naquela cena. Nos fatos. Mas, assim como quando uma câmera foca em uma imagem em baixa resolução, o resultado são borrões. Queria poder entrar em uma livraria e dizer que queria um livro de capa dura, uma capa azul dos anos 80, e recebê-lo junto com um sorriso da livreira. E esse livro não importava.

Pedi uma casquinha e ganhei duas. Não consegui terminar nenhuma. Sentamos no carro e comemos um McDonald's, que na época era um grande luxo. Aos meus pés, duas sacolas de compras que não couberam no porta-malas.

— Mas eu amo você tanto, Maria Alice — ela disse.

Comi meu primeiro Big Mac naquele dia. Ela terminou minhas batatas fritas, as mãos ainda não completamente lavadas, apenas esfregadas na calça. As unhas, calças e botas de jardinagem durante toda a tarde. Arrotei com Fanta.

— Sabe que eu amo você? — ela disse e me deu um beijo no rosto. Eu sabia.

Tivemos uma competição de arroto no carro dentro do estacionamento. Ela sorria e falava e sorria e falava e sorria mais e falava cada vez mais.

* * *

94
O que você criava quando era pequeno? Bichos de estimação, insetos, plantas, ideias?

Minha idade? Mais uma vez o efeito da lupa em uma impressão, do zoom na foto do celular. Um borrão maior, mas não mais claro. Pixelado. Mas aprendi na minha infância que adultos não têm amigos.

Eu não soubera se Teresa era a melhor amiga da Lídia, mas era a pessoa que mais a visitava. E isso queria dizer muito para mim: adultos tinham visitas o tempo inteiro. Tinham pessoas próximas. Mas a ideia de amizade nunca me convenceu. Mesmo quando criança, a ideia de amizade parecia empacotada demais, parecia ter um laço grande demais, parecia funcionar demais. Eu era uma criança romântica que acreditava em todas as normas monogâmicas da sociedade. Fazia sentido escolher uma pessoa, forçá-la a lidar com seus oceanos de inutilidade e se reproduzir com ela. Mas amizades? Não. Ninguém tinha amigos na minha mente infantil, não parecia objetivo suficiente. Talvez fosse porque meus pais ainda eram casados, e infelizes, na época, mas não tinham muitos visitantes. Talvez fosse porque se mudavam demais — o que justificaria tanto a infelicidade matrimonial quanto os poucos amigos.

Mas Teresa. Ela era quem mais visitava, fosse amiga ou o que fosse.

Ela bateu à porta. Era alta, usava salto e tinha unhas vermelhas longas. Tinha um cheiro forte de perfume Avon, que era sempre a "última tendência", e, por sorte, ela mesma vendia. Eu a chamava de Tia Teresa. Ela tentou me abraçar, mas corri para chamar Lídia.

Pensando na minha resposta, talvez eu tivesse uns seis anos de idade. Eu não sabia que era socialmente repreensível ter asco de pessoas.

Mais uma porta, mais uma batida na sala escura de fotografia de Lídia. Na verdade, era o quarto de casal que ela usava enquanto meu pai estava no trabalho. Mas era uma sala escura em que Lídia mexia em algo numa bancada. E eu entrava após desligar a luz do corredor, abrindo o mínimo da porta.

Avisei que Teresa estava em casa. Lídia tinha armado um varal de fotos com algumas imagens de uma praia que eu nunca tinha visto.

— Oferece uma água — ela olhava para as disposições no varal. — Tá calor hoje, né?

***

95
Você confia no governo? Em quais circunstâncias? Crie uma comparação com animais e narre sua interação.

Estivera calor. Corri para a cozinha, passando pela sala com uma Teresa sentada lendo uma revista da mesa de centro. Coloquei o copo de água na mesa a sua frente e a encarei atrás da revista de moda feminina. Sim, eu devia ter uns seis anos. Ao lado de Teresa, havia uma série de catálogos Avon e maletas com amostras. Eu encarava Teresa, a revista, as pernas longas demais que acabavam em um escarpim. Teresa não bebeu a água.

Corri para meu quarto, que eu dividia com Caio. Eu usava as horas que ele não estava para brincar com o saloon de Velho Oeste de Playmobil. Por algum motivo, Caio nunca guerreava índios contra caubóis, mas enchia saloons de cavalos, índios, homens, bandidos, mulheres, enchia fortes de ocas, carroças, cactos, carruagens, armas, panelas e fogueiras. Caio ficava furioso com minhas manias de índio em oca e animais do lado de fora. Por outro lado, eu não fazia questão de desordenar tudo para enganá-lo que não tinha estado ali. Minha ordem estava ali. Era assim que as coisas faziam sentido. Ele ficava furioso e gritava. E bagunçava minha perfeição.

Quando terminei de desmontar todos os cabelos, cabeças e partes superiores de Playmobil para colocá-los em uma ordem que me interessasse mais (a ordem correta), Teresa entrou no quarto. No caso, as pernas de Teresa entraram.

— Estou saindo — ela colocou um catálogo sobre minha cama. — Você avisa sua mãe para dar um pulo lá em casa uma hora dessas?

— Não — corri para o quarto escuro.

Quando tentei abrir a porta, estava trancada. Bati na porta e não obtive resposta. Teresa parou ao meu lado enquanto eu batia à porta de novo. Eu me perguntei se o problema era o perfume forte de Teresa que atravessava a porta.

— Tá tudo bem — ela sussurrou para mim. Fiz que sim com a cabeça. Ela aumentou o tom de voz para dizer: — Beijo — antes de se virar para ir embora. Após não ter resposta, Teresa atravessou o corredor. Não a levei até a porta, porque sentia como se tivesse deixado os bonecos em chamas.

* * *

96
Você tem boas memórias de pessoas dormindo em sua casa quando pequena? E festas do pijama? Qual era seu filme favorito nessas situações?

Eu havia passado minha adolescência inteira desejando dormir por quatro anos seguidos e aí acordar com um diploma, cinco milhões de reais e um cérebro quimicamente equilibrado (ou em mim, ou na Lídia).

* * *

97
Que conselho você daria a crianças mais jovens entrando no ensino médio ou fundamental? Haveria diferença entre conselhos? Como você falaria com eles sem soar condescendente? Tente imaginar a cena.

Quando tinha vontade, Lídia encantava qualquer pessoa. A cada lugar novo que a gente chegava, eu não tinha medo. Isso mudou depois que aprendi que cada lugar novo a que chegávamos era um lugar novo onde Lídia poderia se machucar. Ou poderia me machucar, criando uma nova coleção de memórias ruins.

Contudo, por muito tempo, Lídia foi aquele tipo de pessoa com quem eu iria incondicionalmente a qualquer lugar. Se ela dissesse:

— Vamos visitar um lixão!

— Pode ser agora? — eu diria.

* * *

98
Quais obrigações estão imbuídas na ideia de família?

* * *

99
Você tem histórias de sacrifício familiar? Quem mais se sacrificou em sua família?

Lídia havia sentado na grama do jardim. Tivera a câmera no colo e um isqueiro. Ela tinha catado umas flores pequenas do jardim, dessas que eram ervas daninhas pra mim.

— Sabe, Lilica — Lídia disse —, dizem que se você botar fogo em um dente-de-leão morto, a reação química gera chamas de cores muito específicas.

Eu não estava ali.

— Mas isso dura no máximo quinze segundos, Má Lice — Lídia pegou um punhado das flores. — Uma bola de fogo colorida que some antes que você termine de entender.

Lídia acendeu o isqueiro. Olhou para a mão esquerda e depois para a direita como se esperasse que uma parte da equação se resolvesse sozinha.

— Mas isso é o que dizem.

Eu não estava ali.

* * *
100
Que posses são as mais valiosas em sua família? Você tem alguma em particular? Descreva esses itens.

Meu pai não tinha confiado em mim porque eu era a cara da Lídia, e a Lídia fora o tipo de pessoa que precisava ser procurada no meio da noite.
Meu pai não confiava em mim porque eu não era a cara da Lídia, e meu pai então não sabia o que esperar de mim.
Bom, meu pai não gostava de pessoas. Ele não gostava de mim.
O pai de Maria Alice não confiava nela porque sabia que a filha já não enxergava bem. Na verdade, ele não confiava no mundo ao redor dela.

* * *
101
Que hobbies sua família tem em comum? Por exemplo, vocês são uma família que joga jogos de tabuleiro? Ou vão a jogos de futebol?

Eu havia aprendido a reclamar de tudo em seis sotaques brasileiros diferentes. E o único pensamento que me mantivera funcional nesse tempo foi o fato de que alguns dos melhores dias da minha vida não haviam acontecido ainda.

* * *
102
Você já quis esconder sua identidade étnica ou racial? Quais benefícios e/ou malefícios teria se fosse de outra etnia?

* * *

103
Qual o melhor presente que você já deu? E qual o melhor presente que já recebeu? Crie uma circunstância com o ato de presentear como temática.

Eu tinha me lembrado da vez em que coloquei os óculos e percebi que conseguia ver as folhas nas árvores.

* * *

104
Qual a coisa mais memorável que você já recebeu pelo correio?

A casa havia sido cara e feia. Meus pais tinham avisado que seria cara e que seria feia. Tínhamos de reformar, mas isso queria dizer que dava pra trocar todos os móveis dos nossos quartos. O problema era que eu gostava dos móveis antigos. Alguém me disse uma vez que poeira era em maioria composta de células de pele mortas. A casa era cara, feia e cheirava a um monte de células de pele mortas.
  Em cinco minutos, Lídia entrou em casa sorrindo com um cacto desses pequenos. Tinha descoberto onde ficava a floricultura da cidade. O florista parecia saber bastante, e a esposa dele ministrava anualmente uma oficina de plantas suculentas, e até participavam de competições.
  — Eles disseram que estão esperando chegar umas plantas carnívoras tão bonitas — ela dizia para um universo de pessoas cada vez mais irritado com a moradia. — Devo trazer uma, viu? — ela sorria para um universo de pessoas que não se importava muito com plantas.
  Eu nunca superei essa planta. Por todo o tempo que moramos lá, eu achava que ela ia me matar durante meus sonhos, inclusive eu mesma tentei matar aquilo. Quando fomos embora dali, o alívio de abandonar a planta seguiu.

* * *

105
Como você lida com dinheiro? Quem teve esse trabalho de ensinar? Quais lições você precisou aprender sozinho?

Eu saíra pro banheiro correndo. Havia trancado tudo e fiquei sentada no chão. A professora bateu na porta.

— Maria Alice?

Fiquei lá trancada. Ouvi o sinal pro intervalo e ouvi a voz da coordenadora pedagógica. Ela não estava feliz com o fato de eu estar no banheiro durante a aula. Como eu não parecia responder a táticas de coerção, ela resolveu ligar pra Lídia. A cada frase dela, eu me sentia mais errada por não chiar nas letras que ela chiava, ou por não conhecer as expressões que ela usava.

Ou pelo menos foi algo assim. Mas em dois segundos eu estava chorando no carro pra Lídia, que dirigia. Lídia não perguntou por que eu queria ir embora ou por que eu tinha gritado com a professora. Eu não tinha gritado com a professora.

— Eu não gosto daqui — eu disse.

— Às vezes a gente só precisa ir embora mesmo — Lídia disse.

— As pessoas são ruins.

— Aqui?

— Em todos os lugares que a gente já ficou — eu disse. — Mas a tia Rejane da escola disse que é tudo ruim até a gente se acostumar.

Ela suspirou.

— Vou te contar um segredo — ela piscou pra mim. — Eu odeio quando as pessoas falam que o mundo é um lugar cruel e que a gente tem que se acostumar com isso. Essa é uma mentalidade horrível.

— Eu vou ficar de castigo?

Ela riu alto.

— Você só vai ficar de castigo se aceitar infelicidade como norma.

— Então o mundo é bom?

— O mundo é um lugar cruel — ela disse. Eu não entendia muito bem o que estava acontecendo, mas, mais do que a infelicidade humana, a norma com a Lídia era ir junto. — Mas a gente vai lá e faz com que ele seja um pouco melhor.

***
106
Quão bem você conhece seu bicho de estimação?

***
107
Quais lendas urbanas você conhece sobre os lugares em sua área? Você conhece alguma relacionada a alguém próximo?

Eu, meu irmão e um Menino Esquisito, que uma vez me disse pra comer uma folha venenosa, havíamos corrido no jardim. Meu irmão e eu tínhamos escalado uma árvore fora do jardim, já na calçada, mas as duas babás não pareciam ter notado. Não. Espera.

Foi mais rápido do que "tínhamos subido".

Ver, subir, topo. Isso entremeado pelo barulho de folhas e a sensação de que bichos pousavam e saíam voando de mim. Mas: ver, subir, topo.

Tão rápido que o Menino Esquisito não nos achava. Eu e meu irmão sentamos num galho e ficamos. Um passarinho (ou vários passarinhos semelhantes) pulava pelos galhos e, quando ele se aproximava demais, meu irmão chacoalhava o galho. Eu brigava com Caio, que ameaçava me empurrar para o chão. Eu precisava que os pássaros se aproximassem mais para poder ver com um pouco de clareza. Mas eu nunca pediria ajuda pra ele.

— Para de mexer neles — eu disse. — Eu quero ver um por um.

— Mas são todos iguais.

— Quantas vezes você acha que já viu o mesmo passarinho duas vezes? — eu disse naquele momento. E eu sabia que cada uma das pessoas do mundo com as quais eu me importava gostava mais de alguém do que de mim.

***

108
O que você colocaria em uma mochila de emergência? Você teria cópias de alguma coisa que usa muito em sua vida? Se sua cidade estivesse prestes a ser atacada e você tivesse de fugir de imediato, o que estaria nessa sacola além de itens básicos?

O quarto começara a parecer muito mais um lugar conveniente para ela se trancar, como um lobisomem durante a lua cheia. Nessas crises, meu pai havia adquirido o hábito de sair por um ou dois dias com motivos como "uma viagem de trabalho" da qual ninguém mais sabia. Isso não ajudava as fases fedorentas da Lídia. Eu chamava assim porque ela tomaria banho apenas se obrigada.

Já tinha aprendido que ela ficava muito feliz ou muito furiosa. Ela poderia ter muita energia, como se a energia que tivesse recém--economizado pudesse ser carregada em pilhas extras. Essa mãe tinha os melhores (ou piores) filhos da face da terra, e nos abraçava e tomava banho todos os dias, ia ao salão de beleza, fazia unhas, sobrancelhas, trocava o corte e a cor do cabelo, comprava mais roupas do que usaria, gastava um talão de cheques por dia. Isso por meses. Em outras ocasiões, parecia uma bateria viciada que perdia toda a carga em uma hora e precisava do dia inteiro para recarregar. Dependendo do meio-termo desse caso, era aí que ela fugia. Ela se empolgava (ou enraivecia) tanto com a ideia da própria vida que precisava sair. Pelo menos era a explicação que eu tinha na época.

Já tinha aprendido que, em alguns momentos — raros momentos, um ângulo inesperado, um sorriso no contexto certo, um ataque de cosquinhas do nada —, Lídia era ela mesma, uma versão segura disso.

* * *

109
Você espera que algum parente lhe dê dinheiro? Por quê? E seus pais? Qual seu parâmetro de comparação?

Meu pai e meu irmão haviam saído para procurar Lídia no meio da noite. Haviam pensado que não tinham me acordado, do mesmo jeito que adultos acham que crianças não entendem sobre certas coisas. Caminhei pela casa e fui fazer um sanduíche de queijo.

    Ouvi um barulho estranho em nosso jardim, como se alguém tivesse acabado de nos assaltar, mas não achasse a grade por onde tinha entrado. Sem meu sanduíche e minhas pantufas, fui até a parte de trás da casa. Cada passo umedecia mais e mais minhas meias. Procurei o barulho, que achei que tinha ouvido perto de uns amores-perfeitos. Não havia nada.

* * *

110
Descreva o momento em que percebeu que tinha talento para alguma coisa (escrita, cozinha, lidar com animais etc.).

* * *

111
Quão longe você já foi para ganhar algo?

Na última mudança que minha família havia feito, Lídia disse que a gente tinha que ser como pirata. Pirata ia de costa a costa à procura de tesouros escondidos quando o tesouro verdadeiro eram as amizades que fazia.

* * *

112
Você é uma pessoa mais copo meio cheio ou copo meio vazio? Quão cheio está seu copo em qualquer momento?

Eu não havia aguentado mais o sotaque carioca do terapeuta. Não suportava o calor. Não suportava o Rio de Janeiro. Eu queria ir pra casa e pra casa e pra casa.

    — Por que você ri quando diz alguma coisa negativa sobre você mesma? — ele tentou ser espertinho. Mas eu tinha dezesseis anos e estava de saco cheio. Ninguém é mais espertinho que uma menina adolescente de saco cheio.

— Porque, honestamente, a minha incompetência é hilária.

* * *
113
Quanta informação é pouca informação?

* * *
114
Qual o papel da procrastinação na sua vida?

* * *
115
Quão permissiva é sua família? E seus pais em particular?

Meu pai não havia confiado em mim porque eu nunca tinha dito que alguns cantos de imagens eram esquisitos. Eu não sabia que eram esquisitos, porque não sabia como as outras pessoas viam. Mas meu pai sabia que eu esbarrava em coisas e tropeçava com facilidade.

Meu pai não confiava em mim porque eu sou mulher, e mulheres são seres frágeis.

Meu pai não confiava em mim porque eu sou mulher, e mulheres são seres fortes demais, com poderes demais.

Meu pai não confiava em mim porque ele confiava em todo mundo e precisava de uma exceção à regra.

Meu pai não confiava em mim porque ele não confiava em ninguém.

***
116
Qual sua missão? Qual sua jornada? Brinque com o tempo nesta pergunta. Por exemplo: Qual sua missão *na vida*? Qual sua missão *neste ano*? Qual sua missão *neste mês*? Qual sua missão *hoje*? Qual seu objetivo ao fim de *hoje*?

***
117
Você se adapta bem a mudanças?

Uma semana depois de chegarmos, antes mesmo do caminhão de mudança, ela saiu à noite. Tínhamos jantado. Tomei banho e demorei cerca de vinte e três minutos aprimorando as habilidades adolescentes de enrolar o cabelo na toalha e colocá-la no topo da cabeça, como todo mundo em propagandas fazia. Saí com orgulho, vestida em pijama e uma toalha na cabeça, pronta para agir com casualidade. Mas apenas encontrei um Caio assistindo à televisão.

— Cadê eles? — ajustei a toalha na cabeça.

— Adivinha.

— Mas já?

Caio explicou que ela tinha dito que ia dar uma caminhada depois do jantar, e meu pai achou prudente seguir. Era uma boa ideia, em especial porque, ao final de cada rua, tínhamos apenas a escuridão, e não uma mentalidade de esquerda, direita, duas quadras e direita de novo passando pela placa pichada. Fiz um Nesquik de morango para ajudar a passar o tempo.

Já era uma da manhã e eu estava no quinto Nesquik. Coloquei um cobertor sobre um Caio adormecido no sofá e o observei. Ele tinha um roxo atrás da nuca por causa da última vez, ainda em Recife. Por algum motivo, parecia errado que ele fosse meu irmão mais novo. Por algum motivo, parecia errado que ele fosse meu irmão mais velho.

Por algum motivo, pelos traumas compartilhados, pela desconfiança em relação ao mundo, pelos passinhos destrambelhados de pombos perseguidos mas que não querem voar, eu sentia que Caio era meu gêmeo. Porque nós nos parecíamos e conseguíamos trocar olhares e saber o que o outro pensava. Todas aquelas conversas e coisas que se diziam de gêmeos. Mas talvez todos os irmãos sejam gêmeos nessas horas, se o princípio fosse esse.

Saí.

Eu não sabia bem aonde Lídia iria. E eu poderia me perder. Achei a ideia engraçada. Por não saber bem aonde ir, eu criaria uma nova busca, porque eu estava buscando algo. Talvez isso já estivesse acontecendo — ela procurando algo, nós a procurando. Talvez estivesse tudo bem.

Eu achava as praias de Florianópolis feias. Não porque Santa Catarina fosse melhor ou pior, mas porque eu conhecia Recife. Eu conhecia a vizinhança em que morávamos, conhecia as árvores, apesar de não saber os nomes. Eu não era (nunca fui, nunca seria?) boa com plantas.

Se tivesse que recordar como cheguei à praia, não saberia dizer. Sei que cheguei à areia. Eu não sabia o caminho de volta. Mas ela estava em pé, parada, próxima da água, olhando um saco plástico às margens da água. Eu me aproximei, olhando para os lados. Vi meu pai sentado na areia, escrevendo na areia, coberto de areia, o vento com areia enchendo seu cabelo de areia. Ele me viu. Acenei. Ele acenou. Trocamos sorrisos.

— Mãe — eu me disse ao chegar junto da sacola plástica. Notei que a sacola plástica era na verdade uma água-viva. Ao lado dela, alguns galhos e folhagens, algas em lugares estranhos, provavelmente de uma tentativa de resgate. Ficamos olhando a água-viva, o saco vazio, se remexer devagar.

— Águas-vivas são só fantasmas molhados — ela disse —, sabia?

— Eu não tenho mais idade pra essas coisas.

— Mas elas são.

Fantasmas molhados que morriam. A água-viva, que hoje me parece uma caravela, cheia de veneno, se movia devagar. Ela se movia com esquisitice que não tinha na água. Parecia formar imagens, como um teste de Rorschach em um filme sobre o "futuro" nos anos 2000.

No futuro, os testes de Rorschach seriam gelatinosos, em três dimensões. Mas aquele teste apenas me mostrava vazios em movimento. Um amontoado de oxigênio grudado com água. Ela se estendia. E voltava.

— Vamos voltar — eu disse.

— Mais cinco minutos — ela disse. Olhei para meu pai, que rabiscava círculos na areia.

— Eu tenho aula amanhã.

— Não pedi pra vir.

* * *

118
Você gosta da solidão?

A rota normal da Lídia em Recife havia sido esquina, esquina, passada a casa verde, avançava até o parque no sentido da BR. De tanto eu a achar na esquina, na casa verde e na BR, já tinha aprendido onde ela poderia parar. Minha professora nova tinha dito que a gente tinha que compreender.

— Não é sua culpa — ela repetia e repetia e repetia.

Meu irmão seguia a rota alternativa de poste bom, poste quebrado, poste com a pichação de três paus, casa com o rottweiler até o campo de futebol perto de uma padaria. Ele tinha um histórico parecido com o meu em achar Lídia. Esse seria o equivalente do nosso passeio noturno, se não envolvesse uma leve taquicardia, mobilização de todos os membros da família em casa, cogitar algo que você tivesse dito errado, revirar bem a mobília (nunca se sabe), revirar as cortinas mais uma vez (nunca se sabe), ao mesmo tempo revirando tudo que fora dito num intervalo das últimas quarenta e oito horas e uma pequena discussão sobre: eu achava que você estava de olho nela.

— Não é sua culpa — a professora repetia e repetia e repetia.

Enquanto eu olhava o jardim de bromélias da casa verde, sabia que o mundo era uma bosta, mas era o que tinha. A gente fazia muita idiotice por conta da solidão, era o que eu me dizia. Eu já tinha chegado à fase de adolescência depressiva incompreendida. E aquilo me tranquilizava mais do que tentar distribuir a culpa dos problemas da Lídia por aí.

* * *
119
Você considera que é a figura materna do seu grupo de amigos? Você cuida dos amigos e se preocupa com horários, casacos e comida?

Eu e meu irmão havíamos ficado. Ainda seguíamos o mesmo raciocínio de: eu achei que você estava de olho nela. Cumprimos os passos todos que nos foram designados: ele e eu; faculdade, faculdade (respectivamente); casar, casar (respectivamente); vida de classe média com problemas de primeiro mundo, vida de classe média com problemas de primeiro mundo (respectivamente); filhos, discussões agitadas sobre ter filhos (o marido, sim, a esposa, não) (respectivamente); meu segundo sobrinho, divórcio (respectivamente); um salário tão alto que permitia que a esposa largasse o emprego pra cuidar da casa, crippling self-doubt (respectivamente). Nós nos encontramos de novo de sumiço da mãe em sumiço da mãe (respectivamente).

* * *
120
O que te desmotiva por completo?

* * *
121
Escreva a respeito de um diálogo que impactou sua vida.

A mãe tivera fotos na mão. Uma pequena Maria Alice havia sorrido e pulado no seu colo. A mãe mostrava as fotos.
— Essa é uma fruta-do-lobo — a mãe apontava para uma flor.
— Ah, é?
— Sabe quem come muito essa flor? O lobo-guará.
— A flor?

— A fruta, quer dizer. — A mãe tinha outra foto nas mãos. — Essa é uma cagaita.

— Ah.

— Consegue ver esses detalhes?

— Que detalhes?

— No centro, isso que parece um fiapinho.

— Ah.

— Dá até pra sentir o cheiro de tão bonito que fica.

— Ah.

— Consegue ver?

A menina Maria Alice coçou os olhos.

— Me conta mais.

* * *

122
Conte uma experiência de aprendizado. Como foi seu processo de aprender a andar? A ler, escrever? Idiomas estrangeiros?

* * *

123
Escreva a respeito do marco de vida que é começar a trabalhar, mudar de emprego ou carreira, ou se aposentar. Você pode se focar no processo inteiro ou apenas em um momento. Então escreva, recriando a cena. Foque em memórias próximas, tentando se lembrar de sons, cheiros e outras sensações, assim como a aparência de tudo ao redor.

* * *

124
Qual foi a maior lição que você aprendeu com o passar do tempo?

Maria Alice apostava que as pessoas não entendiam que/como/por que ela estava brincando em torno de 821,4444% do tempo.
Ou isso.
Ou.
A hipérbole era a figura de estilo favorita de Maria Alice, a qual usava em torno de seiscentas vezes ao dia.

* * *

125
Você gostaria de ter algum poder mágico? Como isso mudaria o conflito na narrativa?

A Magnífica Maria Alice retornou ao palco sob o som de aplausos da plateia. Apesar de ter se soltado de uma camisa de força com os cadeados mais difíceis de abrir do mundo, sua capa roxa com estrelas prateadas estava bem passada. Ela ainda carregava a varinha mágica e a cartola da qual ao longo do espetáculo tirara três coelhos e oito pombos. Ela caminhou com desenvoltura e se curvou em agradecimento. Ergueu as mãos para pedir silêncio.

— Agora... como último truque da noite... — Rufaram os tambores ao fundo. A plateia observava em silêncio. — Eu irei me transformar em uma frustração para toda a minha família!
Ou isso.
Ou.

* * *

126
Descreva a cozinha de alguém que está planejando um crime. Imagine o processo de cozinhar uma refeição ou limpar a pia. Alterne detalhes físicos e narrativos com ações enquanto o personagem pensa a respeito de seu plano. Qual é o crime planejado?

Minha cabeça doía. Não quis me mover. Após fechar os olhos, talvez eu tenha pegado no sono outra vez. Talvez eu tenha aberto um livro ao meu lado, quiçá por conta do sol. Lendo porque é o que faço nesses casos, porque tem palavras na minha frente. Era um texto acadêmico e the fuck u saying lol but I dig ur vibe imma keep reading. Era uma boa vibe. Talvez eu estivesse dormindo. Foucault me olhava feio, e eu o olhava feio de volta, porque ele era o autor mais citado das humanidades, então quem sabe ele não parasse de se achar. Talvez eu tenha pegado no sono de novo. I really dig ur vibe here the whole what is an author I guess. Fiquei deitada. Chovia do lado de fora, porque é claro que sim. Alguém se mexeu no canto da cama. Chutei o gato. Um homem vestido saiu da cama. Eu disse:
Quem é você?
Pardon?
Opa.
Ele seguiu andando. Colocou de volta os sapatos. Pôs a camiseta para dentro da calça, o que me fez rir. Ele me olhou. Olhei para ele.
Deixa pra lá.
Ele saiu.

* * *

127
Que pratos você gostaria de julgar em um programa de televisão sobre comida?

Eu comia um resto de (lasanha de) miojo que Caetano deixou. Achava que a sua comida combinaria com um funeral viking, eu disse. Desses cinematográficos, acrescentei.

Bruna, cê tá louca?, Caetano soltava uma gargalhada. Ele tinha deixado o prato no sofá ao lado dele. Com o laptop no colo, procurávamos (ele procurava) uma nova rota para Liverpool.

Sua comida seria excelente em um barco ao lado de uma pessoa morta navegando rumo à distância, eu disse. Eu me levantei, ainda com o prato na mão. Fiz um gesto como um arco e flecha: sua comida seria a melhor do mundo quando atingida por uma flecha em chamas e ainda navegasse rumo à distância, segui rindo. Na minha tentativa de fazer o gesto de dar uma flechada sem derrubar a lasanha de miojo, derrubei a lasanha de miojo. Olhei a bagunça: tudo isso pegando fogo.

Funerais vikings não são assim de verdade, ele disse digitando. Cinema exagera tudo, ele disse.

Fiz uma careta: mas é minha porra de história, e os funerais vikings na minha porra de história são assim. Ilustrei chamas com os dedos, a lasanha de miojo se espalhando pelo carpete.

Não tem funerais vikings em Dublin, tem?, ele ainda olhava para a tela.

Peguei um prato novo. Não que eu saiba, disse me servindo de mais lasanha de miojo (para funerais vikings).

Eram os vikings aqui?, ele franziu a testa.

Vikings não são tipo Noruega, Islândia, essas coisas?, suspirei. Mas vikings fundaram Dublin, se não me engano.

Eram os celtas aqui? Não, não, ele pausou, olhando pra mim. Ele me encarou: celtas são tipo Asterix e Obelix, na França, né?

Caetano, cê é meio burro, disse ao me sentar à mesa com meu prato.

* * *

128
Com qual animal você mais se identifica?

Tentei me arrumar na cama agora que Matildo tinha saído (por que tão cedo?). Não que ele soubesse que a gente o chamava assim. Mas Matildo. Ele pediu pra eu lavar a louça (do miojo do Caetano).

Matildo queria que a gente lavasse a louça logo depois de cozinhar. Matildo queria que a gente parasse de comer a comida dos outros.

Matildo queria que a gente se organizasse com as duas chaves da casa e parasse de tocar a campainha no meio da madrugada. Alguém ia avisar o landlord e iam suspeitar que moravam mais do que três pessoas na casa, e quem ia tomar no cu? O Matildo, claro.

Na verdade, ele mais cobrava isso do Caetano do que de mim. Eu achava que era porque ele me comia. Ou por eu ter o mínimo de senso de quem já tinha morado sozinha, eu fazia as coisas. Por saber que louça suja e seca na pia iria ser um cu de lavar. Por saber que, se uma pessoa que fosse dona do apartamento descobrisse irregularidades, poderia nos botar pra fora no mesmo dia. Mas (provavelmente) era porque ele me comia mesmo.

Ninguém sabia o horário de trabalho do Matildo, por isso não podíamos falar do "Maicou" o tempo todo. Ele podia chegar, podia ouvir, a gente podia se distrair. Um dia bebemos e chamamos de Maldito, Maldito, até que bebemos o suficiente pra ficar Matildo. Isso era causado em especial pelo humor constante de falar "Matildo". Ele tinha um ar constante de quem acabou de ouvir da filha que seu futuro emprego seria andar pela cidade com um monociclo (esse ar misturado a um ar de quem acha que de fato aprendeu oitocentos mil reais de informações relevantes na faculdade). Tão novo e tão preocupado.

* * *

129
Você está em um jantar romântico com uma pessoa pela primeira vez. A pessoa está tentando lhe contar de forma muito sutil e modesta que tem uma filha. Você não está entendendo nenhuma das insinuações ou dicas.

Caetano e ele tinham uma diferença muito visível. Maicou nunca fazia nada parecer fácil. A ideia de esforço estava sempre presente. Como quando os mercadores vikings, junto dos mercadores celtas, junto de qualquer mercador de qualquer lugar do mundo, levavam suas vacas para o topo de Saint Patrick's Hill. Para que fossem degoladas, o sangue descendo as ruas para desembocar no rio Lee. O suor dos vikings, eu conseguia vê-lo no rosto de Maicou. Eu sabia o quanto ele queria algo.

* * *
130
Escolha um personagem e três coisas que sempre estão com ele. Use os três itens para revelar o máximo do personagem. Por que elas importam?

O inglês do Matildo era uma merda. Com algum tipo de superpoder, ele fazia coisas acontecerem. Perdia passaporte e ligava pra embaixada. A embaixada não atendia pelo telefone? O Matildo ligava pro setor de limpeza da embaixada até conseguir respostas, até alguém informar quais eram os valores e possibilidades de datas para emissão do passaporte de emergência. Mas não estavam emitindo naquele momento, mas ele arrumava uma exceção. Nem saberia pronunciar "technicality" ou "loophole". A gente odiava o Matildo, mas ninguém poderia ser o Matildo. Não conseguindo as gambiarras que ele conseguia.

* * *
131
Escreva o parágrafo de abertura de um romance de suspense em três tons diferentes: gótico, empolgante e engraçado. Compare-os. Se quiser, avance mais a narrativa com o tom que preferir.

Matildo estava me xingando por ter sumido. Eu não sumi, porra, eu disse. Ele disse que sumi, porra. Ele disse que não respondi às mensagens dele. Inspirei e expirei sem saco pra esse bebê. Tão novo. Olhei pra ele: será que a gente poderia, pelo amor de Deus, destruir essa ideia de que uma pessoa tem que falar com você a cada minuto de cada dia para gostar de você? Texting o dia inteiro não era natural. Comunicação forçada o dia inteiro não era natural. Ele começou a me acusar de problematizar para fugir de um problema real. Tunei out porque não era obrigada a ouvir.

* * *

132
Houve algum brinquedo que você quis comprar na idade adulta, mas teve vergonha?

Na fila da Zara, olhei meu vestidinho novo. Um machista poderia dizer que eu era velha demais pra ele. Mas não era nem velha, nem machista (e minhas coxas precisavam ser vistas). O Matildo iria aprovar. Obrigada, deusa feminista, por me livrar da culpa puritana.

Enquanto pagava, senti o forte prazer capitalista ao adquirir um novo objeto material. Meu pai Karl me perdoaria por ter tesão por compras. O tesão era protegido mesmo sob o comunismo.

Também porque o dinheiro era meu.

* * *

133
Que objetos contam a história de sua vida? Conte algo do ponto de vista de um deles.

Liguei pro meu pai (porque minha mãe não iria atender).
Tudo bem?
Tudo bem. Tá precisando de dinheiro?
Faz uns três anos que não, respondi.
Ele riu: eu só gosto de ouvir você falar que não precisa de dinheiro.
Rimos juntos. Meu pai contou que minha mãe tinha ido ao mercado com tia Lurdes comprar ingredientes pra fazer um bolo que tinha visto na Ana Maria Braga. Ele me deu detalhes do bolo, porque assistiu também. Tinha que ir pra geladeira, acredita? Era tipo um brigadeirão, ele explicou, só que parecia melhor. Eu sorria enquanto ele repetia um comentário do Louro José.

Ela já voltou da aula?, perguntei enquanto ele terminava a descrição do bolo. Pedi desculpas, porque sempre me perdia na hora de calcular o fuso. Sempre esquecia quando acabava um horário de verão, quando começava o outro. Ele ria, já chamando a Dominique ao fundo.

Oi, mãe, ela cumprimentou (com animação).
Oi, meu amor, respondi.

Ela me conta (com animação) de desenhos que tinha feito na aula. A tia do lanche elogiou o cabelo dela. Eu disse que vou pedir pro vovô me mandar umas fotos desse cabelo elogiado.

A foto só não pode ser no nosso quarto, ela disse.

Tá muito bagunçado?

Muito.

E quem é que vai arrumar?

Ela começou a me contar uma história de um menino do intervalo que vomitou porque tomou refrigerante. Refrigerante fazia mal, ele não sabia? O vovô ficou chocado, ela conta. Fiquei rindo ao notar que ela tinha aprendido rápido. Continuei rindo, pensando em quão engraçado era que as pessoas se desculpassem por quartos bagunçados. Vocês deveriam ver o estado da minha vida.

Meu amor, tenho que desligar.

Ahhh, ela disse (sem animação).

Eu e Dominique nos despedimos. Pedi pra passar pro vovô. Quando falei com ele, perguntei se ela precisava de algo.

Ela pergunta o tempo todo quando cê volta.

Ela já passou da fase em que uma semana é qualquer coisa, né?

Já. Há umas semanas, ele riu.

Eu disse que faltaria pouco.

Mesmo?, ele duvidou.

Mesmo. Agora falta pouco de verdade. Ele disse que eu tinha sorte que os pais do Renan tinham perdido a disputa. Mais que sorte minha, azar o deles, eu disse. Pedi a foto do tal cabelo e do tal quarto e do que mais ele quisesse mandar. Ele podia lotar meu e-mail. E pedi que mandasse a mãe ficar em casa, eu queria a receita de brigadeiro dela: tinha feito um aqui e ficou uma desgraça. Ele riu alto.

* * *

134
Onde você preferiria morar: em uma cidade, em um subúrbio, na praia ou no interior? Mude uma cena preexistente de um local para o outro.

Ela se espreguiçou na poltrona da casa da família Andiamo. Ligou a televisão. O canal padrão passava *Psicose* (e não pensei em mudar). Puxou o yorkshire terrier chamado Izzy para cima do sofá. Apesar de ser gordo, não tinha encostado na comida. Trousers, o husky jovem, ainda comia no pote que ela havia acabado de encher. Bruna fez carinho em Izzy.

A casa era grande, com muitas janelas. Já revirou a casa tantas vezes que sabia onde guardavam o dinheiro extra, onde ficavam as *Playboys* guardadas provavelmente mais por afeto do que por utilidade, onde a filha mais nova guardava as camisinhas (e o lubrificante). Já conseguia recitar com um olho vendado o bilhete de encher o pote de Trousers com Nutro Max Chicken Meal and Rice. Para Izzy, Wellness CORE Small Breed formula (grain free) para cães seniores. Passeios de quarenta a sessenta minutos para Trousers e de vinte a trinta para Izzy. Fazer carinho em Izzy (ele ficava solitário quando viajavam).

Como se não conhecesse Izzy fazia dois anos e a linguagem corporal dele melhor do que os donos. Ela estalou o pescoço e buscou uma cerveja no compartimento sob o braço da cadeira. Ouvi Trousers entrar na sala. Eu já já iria embora. Só mais um pouquinho.

* * *

135
Você guarda algumas de suas posses para usá-las futuramente? Você já comprou algo em dobro por saber que acabaria rápido?

Na fila, olhei meu pacote de papel pardo. Sempre enviava um packet do modo *courrier*, registered. Pagavam mais pra que chegasse antes, e dava confiança já que poderiam rastrear. Poderia ser um large envelope, mas ficava bagaceiro. Ficava bagaceiro mesmo, trabalho porco. Aí não compravam de mim de novo. Pro caso do __qwerty00, queria premiar quem pagava em dia, paga bem, pagava pelo bom serviço, não pedia nada demais. Só queria quatro calcinhas usadas por três dias cada uma.

O General Post Office na O'Connell tinha certa pompa e elegância colonialista que não se via mais. Hoje em dia, os correios tinham medo de tanta opulência, não tinham? As estatais? Ou não tinham tanto dinheiro. Eu podia dizer isso? Soava meio político demais pra um correio? Mas tanta madeira escura, fonte dourada, pilares, luminárias, pórtico, tudo isso pra postar umas cartas. Um lugar histórico, no caso. Uns cartazes interrompiam o clima de vez em quando: great value, transferências de dinheiro, obter licença para cachorro de assistência, abrir uma conta poupança, tudo no An Post. Isso porque nunca entrei na parte do museu. Parecia que algo importante tinha acontecido (acontece) aqui.

Por menos de dez euros, tudo chegava em menos de uma semana, mesmo que tivesse que chegar aos Estados Unidos, passar pela alfândega, a coisa toda. E como o dinheiro não era meu mesmo. Quando eu vinha postar uma calcinha cagada ou esporrada, toda essa pompa e circunstância parecia me receber de braços abertos, numa experiência pseudorreligiosa. Sempre postava aqui.

* * *

136
Qual sua primeira reação ao ser provocado?

Encarei a caixa de entrada de e-mails. Preenchi o "to" com o endereço de Maddox do Phibsboro Cat Rescue, contato que Andreas tinha me passado. Se preenchesse meu e-mail de maneira honesta, diria que:

1) Eu queria um gato mais velho, porque sempre dizem que gatos mais velhos são mais difíceis de adotar.

2) Idealmente, seria um gato preto, porque sempre dizem que gatos pretos sofrem mais preconceito por causa das associações (ignorantes) a bruxas.

3) Quiçá até um gatinho com uma deficiência mais fácil de lidar, algo como perder um olho, uma patinha que manca. Nada que me faça perder duas horas por dia ou levar no veterinário todo mês.

4) Queria fazer uma visita para ver o estado em que os animais eram criados, queria ver um gato e me apaixonar por ele cara a cara.

5) Verdade seja dita, eu queria um cachorro.

Comecei a pensar em como dizer isso em inglês e com as melhores palavras possíveis.

* * *

137
Que desafios você se vê superando no futuro? E no passado, de quais superações você se orgulha?

Andreas tinha recebido uma nova remessa, me reservou uma parte e a trouxe para mim na escola. Eu o abracei e o apertei segurando por mais tempo do que ele me apertou de volta. Ele cheirava a cigarro.

You are the best, eu disse. Comecei a pegar o dinheiro na carteira dentro da bolsa. Era um alemão estereotipicamente bonito, vestido como se saído de um catálogo de moda, com um falar educado que agradaria aos pais mais (machistas e) possessivos.

Ele perguntou de Dominique.

Xiu, guinchei. Not here!

Ele arregalou os olhos por um segundo, depois retomou uma expressão séria. Sorry, ele disse. I totally forgot.

Entreguei o dinheiro, mais uns vinte euros for his troubles. Ele perguntou se preciso de mais alguma coisa, e respondi que por enquanto não. Ele se desculpou mais uma vez: com a nova remessa, andava com a cabeça na lua.

It's cool, it's cool.

Ele sorriu sem mostrar os dentes, ainda se desculpando. Informou que está com sibutramina, Viagra, DiaD, amoxicilina, Rivotril, anabólicos, esteroides, termogênicos e até Marlboros. Comprei uma cartela de DiaD e Marlboros pra aproveitar a viagem e a gentileza.

Conversamos mais um pouco. Andreas era o mais próximo de um confidente que eu tinha na ilhota. Não porque eu ou ele quiséssemos, mas porque era difícil comprar Ritalina, pílula do dia seguinte, às vezes sibutramina e cigarros feitos Deus sabe de quê sem compartilhar um mínimo. Um comentário sobre uma one night stand mal resolvida num mês, outro comentário sobre não conseguir me concentrar em nada na semana seguinte porque a Dominique tinha febre. Eu conhecia a casa dele, ele conhecia a minha. O resultado de dois anos de compras de Ritalina, pílula do dia seguinte, às vezes sibutramina e cigarros feitos Deus sabe de quê, era que Andreas era a única pessoa desta ilha que podia me perguntar sobre Dominique. Não porque eu desse autorização, mas porque era o único que sabia.

* * *

138
Como papéis femininos e masculinos se apresentam nos seus círculos de amizades e contatos mais próximos? Você concorda com eles?

A mão de Maddox era mais úmida do que eu esperava. Fizemos um pouco de small talk sobre o lovely weather we're having (dois dias não nublados, porém não ensolarados). Ele me mostrou as instalações, uma clínica veterinária móvel, cumprimentei uma menina que esvaziava uma caixa de areia imensa em um saco de lixo de oitenta litros.

Caminhamos entre as gaiolas. Andei o mais devagar que podia, olhando no fundo dos olhos de cada gatinho. Brinquei sobre querer levar todos. Ele riu, e pensei em quantas vezes por dia ele devia ouvir essa piada imbecil.

Um gato solto, o mascote do shelter, veio me cheirar e fazer reconhecimento de campo. Fiz festa de volta. Enquanto ele ronronava nas minhas pernas, falei com o gato. Who's a good kitten. Quem é o filhotinho mais lindo de todas as realidades que existem, existiram e existirão.

Ele me corrigiu: it's a cat. Um gato adulto. Not a kitten.

Why do you hate fun, eu disse.

Eu me sentei no chão e comecei a fazer mais festa nas orelhas do mascote cheiroso.

* * *

139
Que pessoa é seu modelo de vida?

Acordei no sofá com mais dores do que conseguia contar (muitas das dores de sempre, mas algumas dores por ser idiota e dormir no sofá). Eu não sabia que era o dia de folga do Matildo até ouvi-lo fazendo comida atrás de mim. Já era hora do almoço?, pensei. Perguntei. Ele sorriu. Era sim. Avisei que já ajudaria com a mesa, mas precisava tomar meu remédio. Enquanto me alongava, notei que ele queria me dar um beijinho como casalzinho bonitinho. Dei um beijo na testa. Corri para dentro e para fora do quarto. Tomei o Puran T4 50 mg com água. Anotei o horário num guardanapo e deixei a cartela de anticoncepcional e o pote de Ritalina sobre a mesa.

Matildo olhou: Não sabia que você tinha distúrbio de atenção.

Cê não sabe muita coisa sobre mim, eu disse com um sorriso.

Você tem?, ele me estendia alguns (dois) pratos para pôr na mesa.

Não, respondi. Ele franziu a testa, judgmentally. Eu sabia que era judgmentally porque esse advérbio poderia completar qualquer ação do Matildo. Ele seguiu mexendo o conteúdo da panela judgmentally.

Coloquei os talheres, tentei ajeitar uma flor de plástico para deixar a casa com cara de casa. Perguntei onde está todo mundo, ele respondeu com uma palavra para cada um. Ele ficou judgmentally puto.

Eu me sentei à mesa. Eu o encarei:

Olha. Você ainda não percebeu que literalmente todo mundo está usando drogas? Ninguém funciona sem, não, hein.

Judgmentally, ele começou a colocar uns pedaços de carne picada na panela.

* * *

140
Você se vê como uma pessoa popular? Use a resposta em um diálogo sem usar os termos relacionados à popularidade.

Sempre que me perguntavam por que tinha tantos brasileiros aqui, eu gostava de lembrar que o governo irlandês tem orgulho do Spire of Dublin. É literalmente uma ponta de metal de quatrocentos metros saindo do chão. Ela deveria ter ficado pronta para o "novo milênio", mas só começaram a construí-la em 2002. Supostamente, essa ponta teria tecnologia para se limpar sozinha, mas isso nunca funcionou.

Isso e nome não oficial: the erection at the intersection (a ereção na interseção).

Irlanda: lar de muitos brasileiros (não que seja culpa deles, mas a gente entendia por que estavam aqui).

* * *

141
O que o faz feliz?

Sabia que meu pai Karl iria me perdoar por voltar de táxi de Dublin 16. Porque eu estava com o gato mais maravilhoso da face da terra em uma caixa de papelão e, depois de um dia circulando entre gaiolas com the fun-hating Maddox, eu tinha achado.

Tinha achado meu gato. Um gato adulto com uma expressão de filhote de shih tzu, como o que sra. Donovan costumava ter. Era peludo e preto com manchas brancas nas laterais que pareciam ilustrar um gato dentro de um taco. Como um hot dog teoricamente teria um dog como salsicha, taco cat tinha um cat como recheio. Era um taco. Meu cat. Meu taco cat.

Não eram manchas tecnicamente pretas. As manchas pretas pareciam mais manchas texturizadas, como manchas de uma estampa malhada. No caso, esse excesso e repetição de manchas. Como um todo, um manchado gato branco em uma casca manchada estampada. Taco Cat não é um palíndromo?

Queria tirá-lo da caixinha e cheirar sua nuca. No entanto, o taxista nigeriano parecia disposto a me cobrar a mais por qualquer coisa. Em vez disso, passei a mão por cima da cama acolchoada, dos potes de água e ração, da coleira e dos sacos de ração que o Phibsboro Cat Rescue tinha me vendido pra ter como começar.

Eu já tinha tido dois cachorros, Foucault e Garrincha, que adotara com Renan. Sendo honesta com o egoísmo, meu objetivo de vida era criar cachorros com quem amasse. E ao casar e comprar nossa casa tínhamos chegado ao meu sonho, ao modo de vida Barbie Alternativa, uma casa boa a ponto de precisar de cerca elétrica, um carro próprio, uma televisão grande, uma leve transgressão ao nomear um cachorro em homenagem a um filósofo, o sonho estadunidense no Brasil. Um gato-taco na Dublin 9 (number nine, number nine, number nine) poderia ser uma boa mudança.

    O taxista me chamou. Perguntou com sotaque fortíssimo (não é racismo, é só um fato) se havia alguma rota que eu preferisse agora que chegávamos a Dublin 9. Nego.

    Taco Cat miou. Olhei pro meu gatinho (kitten). Eu disse: a gente já tá chegando em casa, meu amor. Taco Cat estava de costas para a tampa da caixa, agitando o rabo.

* * *

142
Há algum prato que só sua mãe sabe fazer?

    Passei por Maria Alice louqueando nas escadas, entrei em casa, larguei as tralhas e simulei a cena de abertura do *Rei Leão* com Taco Cat ao tirá-lo da caixa. It's the circle of liiiiiiiiiiiiiiiiiiiiiiiiiiiiife, girei o gatinho pela sala. Tropecei numa lata de Guinness semivazia, que manchou parte do carpete. Que ideia idiota forrar o chão com um negócio que junta toda a sujeira que já esteve ali, e ainda mancha. Abracei Taco Cat. Caí.

    O Matildo vai nos matar, não vai?, eu disse a ele. Vai nos matar com uma faca sem ponta!, girei o gatinho pela sala de novo.

* * *

143
Escreva sobre seu lugar favorito em todo o universo. Ele ainda existe? Ou é imaginário? Você consegue acessá-lo?

* * *

144
Como você ajuda?

Minha mãe me ferrou muito na mesada deste mês, preciso aliviar a pressão na cabeça, Caetano disse. Queria porque queria porque queria porque queria comprar uma Absolut.

Então compra, animal, eu disse.

A música no fundo do supermercado era "Garota de Ipanema" numa versão instrumental. Caetano trouxe a garrafa e a colocou no carrinho, com a alegria de uma criancinha (que vai ficar bêbada hoje à noite). Viu uns pacotes de amendoins e salgadinhos cuidadosamente planejados e pensados para ficar no nível do olho. Caetano encheu o carrinho de amendoins salgados, doces, picantes, Doritos. Alegre como um intercambista (que chegou faz pouco e ainda não notou que metade do custo de vida é só mudar o símbolo de R$ pra €). Ele ainda sorriu.

Falando nisso, eu disse. A gente não tem que comprar cereal? Cê comeu o meu.

Nossa, Caetano soava maduro. Continuou: a pessoa imagina que o intercâmbio vai ser sexo, drogas e rock'n'roll. Na verdade, a realidade se aproxima mais de *cê pegou o meu cereal?*.

Cê tá andando demais comigo, garoto.

Ele contornou nosso carrinho, conferindo se faltava alguma coisa (além do cereal). Ele encoxou o carrinho. Fez uma espécie de lap dance em torno de nossas compras, fazendo contato visual comigo. Perdão pelo estereótipo, mas muitas mulheres dizem que querem um homem que seja engraçado. Que as faça rir. Mas enquanto eu começava a rir aos berros no meio do Tesco, criando um aglomerado de pessoas que parecia achar que Caetano era contratado do mercado, discordei. Não era comum usar carrinhos na Europa. Muito menos comum era dançar em torno deles. A única coisa que eu *podia* querer de Caetano era que ele me fizesse rir. A dança era tão engraçada quanto brochante. A música ao fundo mudou para um jazz instrumental que não reconheci. Caetano se agachou e se ergueu fingindo lamber o carrinho.

Certo, agora chega, eu disse. Ele parou. Tentou não rir enquanto gargalho. Ele começou a tirar uma foto de nosso carrinho de compras.

Eu só queria tirar uma foto do nosso carrinho, ele disse rindo.

Sabe, eu disse, isso valeria um artigo sobre a sociedade do espetáculo.

Ele já tirou a câmera do rosto. Começamos a andar, enquanto ele dizia:

Esse ângulo faz esse pacote de cebolas parecer uma bunda, olha só. Ele trouxe a câmera pra perto de mim.

Cê não me disse que só precisava de uma?

Tem até um cu, olha o cu, olha o cu.

Tem até um cu.

* * *

145
Você já confrontou dilemas éticos? Quais? Como você reagiu?

Era a casa da host family da Héloïse e estávamos sentados na cozinha. A Héloïse descia as escadas.

Asleep!, ela disse, sob celebrações (silenciosas) nossas. Ela abriu a geladeira e colocou Heinekens, Tesco Cider (dois litros em uma garrafona de plástico) e Kopparbergs de morango e limão (para as meninas) na bancada da cozinha.

Ao meu lado, Matildo conversava com Caetano, enquanto Maria Alice, Gabriel, Theo, Maria Eduarda e o namorado formavam um comitê que revirava as despensas pensando em cozinhar algo. O corgi da casa fazia festa em mim e me abaixei. Cocei atrás das orelhas dele enquanto elogiava a decoração para Héloïse, mesmo sabendo que ela não mandava nada.

Héloïse ligou pra alguém que está vindo, pedindo pra trazer… comment dit-on? Jeu de plateau?

Há?

… games?

Weed, eu disse. Jeu de plateau is weed.

Todos riram. Fingi que era uma piada mesmo. Por algum motivo, achavam que uma noite de jogos de tabuleiro, filmes ruins e dança na sala de estar com apenas álcool como droga de escolha era o ideal.

Quando começamos a tirar os board games das sacolas do casal recém-rechegado Patrick e Emma, a aglomeração se voltou para as sacolas e a potencial weed ou outras drogas de interesse. Que pedimos pelo telefone. Ajudei Emma com algumas letras de Scrabble que pareciam ter ficado no fundo da sacola. Theo fez uma brincadeira sobre usar um tabuleiro de ouija. Peguei uma letrinha K e perguntei por que usar um tabuleiro de Ouija quando você poderia perfeitamente ter a mesma experiência só conversando comigo. Riram. Matildo disse, com o sotaque bastante ruim:

Fear, cryptic answers with one word… Bunny knocking things to the ground…

A risada foi mais alta. O cheiro de haxixe se espalhou quando o achamos perto de uma sacola com mais letras. O corgi seguia ao meu lado. Fiquei encarando Matildo. Ele me encarou de volta.

What?, ele disse.

Cê tá melhorando, respondi.

* * *

146
Você prestaria assistência a um estranho ferido no meio de uma rua escura? O que determinaria sua decisão?

A cama estava quente. Chovia e tudo cheirava a chuva. Matildo parecia irritado com algo, com tudo, como sempre. Homem é foda. Falava. Xingava Caetano, como sempre.

Abracei Matildo. Pressionei os peitos nas costas dele. Matildo se levantava, aquele corpo de anorexia causada porque economizar meio euro ia deixá-lo milionário. Caetano tinha feito alguma cagada, como sempre.

Ele é um guri novo, eu disse. Precisa de tempo.

Matildo seguia. Estava furioso porque não só Caetano era um bosta irresponsável, como eu ficava defendendo. Matildo não tinha escovado os dentes antes de dormir e achava que eu não tinha notado. Criei uma filha por quatro anos: conheço todos os cheiros de higiene enrolada mas não realizada.

Enquanto Matildo falava, me lembrei das vezes que Dominique havia dito que ia tomar banho, e entrava no banheiro, trancava a porta, ligava o chuveiro, fechava e voltava só com o pulso molhado.

Ela devia estar fedendo ainda mais agora, com aqueles avós que só a mimavam.

Ai, ai, essas tuas bad vibes, eu disse, enquanto ele continuava falando.

Matildo agora fazia um comparativo de idade, sobre como ele e o Caetano tinham apenas um ano de diferença. E olha o tipo de responsabilidade! Olha isso! Pensei em dizer: Bom, o Caetano sempre escova os dentes antes de dormir (quando não apaga). Fiquei apenas ouvindo. Sabia o que acontecia quando eu opinava. Sabia o que acontecia quando mostrava quão errado ele estava. Sabia o que acontecia quando ele percebia que estava cagando regra pela boca mais uma vez. Sabia que ele não ia colocar Caetano pra fora, afinal, o que ele precisava era esse senso de heroísmo. Mas não ia dizer isso.

... e você aí fica nessas burrices de dar corda pra ele, Matildo disse.

* * *

147
Quando foi a última vez que você fez algo gentil para uma pessoa desconhecida?

Após cuidadosa consideração, conclui-se que o termo "Tigre Celta" — *Celtic Tiger* em inglês, *An Tíogar Ceilteach* em gaélico irlandês — é inapropriado para refletir o "milagre econômico" ocorrido entre 1995 e 2000 (porém em alta até a recessão de 2008). *Tigre Celta* copia a ideia de *Tigres Asiáticos*. Não há tigres (ou cobras) na Irlanda. Seguem sugestões:

O Javali Celta;
O Cervo Celta;
A Raposa Celta;
A Lontra Celta;
O Touro Celta;
A Vaca Celta;
A Ovelha Celta;
A Cabra Celta;
O Pato Celta;
Meu Deus Quanto Pato Celta;

As Porras das Gaivotas Celtas;
Gaivotas Cagam Na Sua Cabeça Celta;
O Laticínio Celta;
O Morango Celta;
A Chuva Celta;
O Rio Fedorento Celta;
O Autor Modernista Celta;
O Tapa-olho Celta;
O Pentelho Ruivo Celta;

* * *
148
Onde você se vê em dez anos?

 Só a luz do laptop iluminava o quarto. Quiçá eu tivesse depressão depois de usar ecstasy porque tinha depressão, ou quiçá tivesse depressão depois de usar ecstasy por ter usado ecstasy. Fritar. Usar bala. Contra todo o instinto relativista que me sobrava, rejeitei todos os termos. Até porque nem sabia se era esse o nome. Como aquele merdinha que quer pagar de inteligente no estúdio de tatuagem, chamando de "tattoo". Era uma tatuagem. Era ecstasy. Era uma ressaca das poucas cervejas com alto teor alcoólico, do som alto que "vai fazer mal pra você no futuro". Pensar nisso tudo me irritava. Já era futuro e já não fez mal. Eu sabia que, por estar de ressaca, meu cérebro se movia com barulhos de vidro rachando, e isso me irritava também. Estava deitada na cama de Matildo, abraçando Taco Cat. Recém-acordados de uma soneca de catorze horas depois de duas after parties e uma ida ao Grafton Park aproveitar o calor de vinte graus. Uma série nova passava na minha frente no laptop, *Breaking Bad*. Parecia meio difícil acompanhar tantos episódios, mas eu não conseguia pensar. Me lembrava *The Wire*, *Sopranos*, essa vibe. Mas peguei no sono e acordei, me distraí com o gato, pensei um pouco em terminologias que rejeitava, em tudo que rejeitava. Rejeitava coisas que pensava. Senti o cheiro de cama usada. Cheirei Taco Cat e me ressenti de que gatos não fediam como cachorros. E Matildo entrou no quarto. Circulou e se socou como se procurasse alguma coisa no fundo do armário.

Cê ainda tá com esse gato aí, ele disse de costas pra mim.

Eu preciso do gato, Maicou.

A gente não tem condições de ter um gato, Bruna, ele disse virado pra dentro do armário.

Não existe "a gente", Maicou.

Ele saiu do armário e me encarou.

O landlord não vai aprovar essa merda. Vai sobrar pra mim, pra variar.

Fiz carinho em Taco Cat.

É um gatinho, não um rinoceronte festivo. Como ele vai saber?

Eu me sentiria mal mentindo pra ele.

Eu dei uma gargalhada forçada:

Mas moram três pessoas a mais nesse apartamento do que o contrato prevê. E o gato é o que te incomoda?

Não tem contrato.

Pronto. O gato pode ficar.

Matildo coçou a testa, como se afastasse uma aranha teimosa.

Eu sou alérgico.

Não é não.

Alguém pode ser. Cria restrições.

Puta que pariu, Maicou. Ainda estava deitada. Segui: Às vezes acho que você me enxerga como um manequim de papelão, desses em loja de brinquedos, em tamanho real.

Como assim?

Como símbolo de alguma coisa, só.

Ele se sentou na cama, olhando o gato. Estendeu a mão para que Taco Cat a cheirasse. Taco o cheirou, olhando com as pupilas dilatadas, cauda curvada, ainda que na vertical. Porque se Matildo quisesse esse gato fora, ah, se quisesse. Como dizia mesmo aquele filme que todo mundo curtiu esses tempos? Missão dada é missão cumprida. Ele me olha.

Bruna, ele disse, voltando a caçar a aranha. O gato vai embora.

Eu preciso do gato.

Pelo menos não na cama, né? Fica um monte de pelo.

* * *

149
Quem inspira você?

Rolei pro lado abraçada a Taco Cat enquanto Matildo fechava a porta com gentileza. Não que eu fosse perseguida pelos meus demônios. Outra ideia que rejeitava. Não que eu volta e meia não pegasse os eventos e os ressignificasse. Não parasse pra pensar sobre como eu ser doutoranda em Antropologia em uma universidade federal e ele ter sido caixa no Santander desde que saiu do ensino médio equilibrava as coisas (financeiramente e em termos de balança de poder, if you know what I mean).

Rejeitava. Walter White. Taco Cat já dormia. Não roncava. Cachorros roncam e fedem. E peidam na nossa cara. Taco Cat dormia com tranquilidade.

Foi quando engravidei de Dominique porque era retardada. Porque, apesar do machismo, a responsabilidade era minha. Minha. Minha. Só minha. O Renan confiava em mim pra isso. Era isso que eu fazia. Eu era a mulher. Podiam fazer quantos ensaios quisessem sobre o patriarcado daqui até a lua. Mas se eu tivesse tido um mínimo de cuidado.

O tanto de coisa que se inventa com o único propósito de fazer as pazes com os nossos próprios erros e maldades é uma coisa impressionante. Rejeitava essa ideia. Carros circulam do lado de fora. O autoludibriamento moral se tornava a resposta requerida da culpa burguesa. Rejeitava essa ideia logo em seguida. Taco Cat voltou a se aninhar perto do meu peito (por causa do frio). Mas a culpa burguesa era um dos fenômenos que mais me fascinava. Por ser um sentimento necessariamente insincero, a única maneira de lidar com ela era por meio de truques. Rejeitava essa ideia. Tento dar play na série, mas não consigo. Bastava de problematizar. Não. Não. Não é? Não era?

Eu realmente deveria parar de problematizar tudo. Porque ressignificar não era a mesma coisa que ser perseguida por uma ideia fixa. Não como em Programação Neurolinguística (que não é ciência). Ressignificar identidades, deslocamentos, des e reconstruções de configurações identitárias. Era o que uma viagem fazia, era o que tinha feito. Era só parar com a ideia recorrente de ser perseguida por demônios, porque não era. Era só uma ideia recorrente. E problematizar tudo ao nosso redor é importante. Se não se problematiza, não muda. Era só uma ideia recorrente.

* * *

150
Qual o melhor conselho que já recebeu? De quem? Em que circunstância? Descreva.

Andreas, River, Parker, Pedro e eu paramos em frente ao Café en Seine. Era um bar irlandês que se propunha a ter um ar chique e francês, e geralmente funcionava bem com turistas. Um lugar que ninguém frequentava, mas era muito bem avaliado no TripAdvisor. Era onde os amigos de River estavam. Eu disse que iria pra casa dormir antes de entrar ali.

Andreas parecia disposto a tentar (envolvido em uma conversa-futura-pegação com o primo de River, Parker). River sorriu quase como se quisesse ressaltar o batom, balançou o cabelo dourado (não "loiro") enquanto falava, brilhando os olhos verdes ao explicar que todos os seus amigos estavam ali. Ela segurava um celular, dizendo que mal conseguia contatá-los. Colocou o celular de volta no bolso das calças jeans Levi's rasgadas nos joelhos impecavelmente punks, enfiadas em um par de lustrosos Doc Martens. Foi quando percebi.

Sure, let's get in.

River deu pulinhos. Andreas e eu trocamos um olhar de quem odeia gente que dá pulinhos, bate palminhas, solta guinchos e inhos. Ela e Pedro seguiram para a entrada, enquanto Andreas e eu ficamos para trás. Após um segundo de delay, Parker se juntou à prima.

Vimos o segurança apontar para os Doc Martens de River. As negativas estavam todas lá: os braços cruzados, a cabeça indo de um lado pro outro, nem se rendeu a River oferecendo dinheiro. Porque nas baladas do Café en Seine não se entrava de tênis ou roupas casuais. E em pubs caros na Irlanda só se entrava de salto e vestido. Se você quisesse ser casual, teria que pagar caro. Nesse caso, "caro" se referia ao capital social — ou seja, pagava-se barato financeiramente com o povo menor.

River voltou, os olhos inchados de chorar. Não iria poder experimentar a ótima pista de dança, as bebidas com preços "razoáveis", os quatro andares de música boa à noite. Sugeri irmos para o DTWO e tentarmos chamar os amigos dela pra lá.

* * *

151
Quem impactou sua vida de forma significativa?
Descreva essa pessoa com o máximo de detalhes.

O DTWO era em essência um armário de vassouras com pisca-piscas. Era um pouco mais frequentado por nativos, o que queria dizer que era mais cheio de mulheres com saltos e vestidos brilhantes. Era um pouco mais flexível com a história das "botas" de River. Tinha a melhor área de fumantes de toda a Dublin no piso superior. E eu já sabia onde conseguir ecstasy ("Molly") lá. Sempre tinha alguém.

Depois de Andreas e eu subirmos, respirei o ar fresco cheio de nicotina. Ele me apontou uma pessoa com uma expressão sóbria com várias outras ao redor, que o viam, iam e partiam sem parecerem ter muitos assuntos em comum.

Acontecia que dois drinques eram dez euros, e não dão nada. Duas pílulas de oito euros cada duravam uma noite inteira. Tomei o Super-Homem e guardei a carinha feliz. A garrafa de água já pronta.

Comecei a dançar na área de fumantes. Desci as escadas, ciente de que ainda não estava sob o efeito de ecstasy ("MDMA"), mas sorria muito. Dancei um pouco. Fiz dois amigos, Marco e Giovanni, que são italianos. Tentei falar em italiano com eles (as três frases que sei), mas eles apressaram ciaos e se afastaram. Não fiquei triste, apesar de ter nos sentido tão próximos. Segui dançando, pensando que eram realmente ótimos. A humanidade era tão cheia de pessoas, que eram histórias, que eram pessoas, que eram filhas de alguém e mães de outras pessoas, e o ódio era apenas um sentimento artificial nisso tudo. Tinha tantos ciaos a dar por aí: os *ois* e os *tchaus*. Eu estava na Itália. Eles eram realmente ótimos.

* * *

152
Você se leva muito a sério?

Eu me embalava no ritmo da música com baixos cremosos. Baixos talvez sejam os melhores instrumentos musicais que Deus já pôs na terra. Tentei tergiversar, e tergiversar era a coisa que melhor fazia em toda minha vida. Espera aí: não era esse o verbo que eu queria.

Queria abraçar e beijar e lamber a cara dos irlandeses lindos dançando de uma maneira esquisita entre si em frente a uma caixa de som, enquanto dava high-fives nos nórdicos estonteantes, amigos do Andreas, que só faziam contato visual se bebiam, e dizer aos três mexicanos deslumbrantes e isolados num canto sem beber que entendia perfeitamente. Porque eu entendia perfeitamente. E que eles eram maravilhosos, porque eram mesmo. O México é um país incrível, não é? Colorido, vivo, expressivo. O México fala comigo. Porque eu entendia perfeitamente. Completamente. Corretamente. Entendia direito, certo, com acerto, conforme as regras, sem erros, bem, muito, justamente, precisamente, exatamente, com exatidão, distintamente. Queria fazer carinho na bunda maravilhosa do belo Pedro, que agora estava sentado no bar mexendo no celular, e dizer que ele era uma pessoa incrível, talvez o melhor colega que eu já tivesse tido em todo o curso. E eu sabia que tinha quase tudo do curso, mas o Pedro era fora de série. O Pedro era incrível. Mas muita gente ocupava o espaço entre as caixas de som da pista até o bar, então eu não chegaria a tempo de fazer carinho na gloriosa cintura de Pedro e dizer que o amava. Just dance, gonna be o.k. Ele ia achar alguém antes, não ia? Ia mudar de rota. Porque eu entendia perfeitamente.

O notável Parker dançava perto do sensacional Andreas e me aproximei dos dois. Beijei Andreas, que tinha gosto de suco de laranja, seguido de Parker, que tinha gosto de batata-doce, seguido de uma tentativa de beijo triplo de Parker, que todo mundo sabe que é uma ideia retardada desde os treze anos de idade, mas tudo bem, Parker, eu entendia. Porque entendia perfeitamente. Parker tinha os mais lindos cabelos dourados que eu já tinha visto, como River, sardas que deviam ser fotografadas e expostas em um museu de belas-artes, além de um sorriso bonito. Porque entendia perfeitamente as sardas,

Parker. Começamos a nos beijar, enquanto Andreas acariciava Parker por trás até eu sentir Parker de pau duro e perceber que ele não tinha tomado ecstasy ("XTC").

Perguntei ao admirável Andreas se ele tinha encontrado alguma maconha, e ele diz que sim. Sorri em resposta.

Do you need it already, ele ofereceu.

Gesticulei que mais tarde. Ainda estava sóbria o suficiente para me preocupar.

Ah: o verbo era rodopiar. Tinha a ver, não tinha? Claro que tinha, era magnífico e sublime como tudo estava conectado.

De todas as drogas que já usei na vida, ecstasy ("E") é a única que realmente me trazia prazer. Não alívio. Continuei dançando e mandei um beijo pro primoroso Marco, que vi à distância junto de uma menina elegante que dançava com movimentos belos e tímidos. Ele não devia ter visto, mas devia ter sentido, porque nós nos entendíamos. Tínhamos essa ligação.

* * *

153
Se pudesse reunir quaisquer três pessoas vivas ou mortas para jantar com você, quem você escolheria? Ficcionalize suas personalidades.

E fui surpreendida (num bom sentido) com a espetacular melhor pessoa do universo, Maicou, me ligando, e respondi com uma mensagem de texto dizendo que eu o amava mais do que todas as pessoas que existiam na face da terra. Porque eu entendia perfeitamente. E eu amava o Maicou, mais do que ele suspeitava. Não era? Ele era espetacular. Sempre podia contar com ele, com as noias e cagadas dele.

Queria que ele estivesse aqui.

Queria muito que ele estivesse aqui.

Voltei para a pista depois de conseguir uma garrafa de água e dancei com o fenomenal Andreas. O maravilhoso Parker se pegava com um dos estonteantes nórdicos, além de mais três desconhecidos formidáveis antropólogos brasileiros que claramente compreendiam meu entendimento pós-moderno da realidade.

Vi a admirável River na fila do banheiro e expliquei que sentia muito por ter sido uma bitch com ela. Queria que soubesse que ela foi uma pessoa muito especial pra mim naquela noite. Aquela noite era muito especial pra mim.

I may be falling in love with you, River, eu disse.

E tudo estava bem. Ela sorriu largo e estendeu a mão, mostrando a pílula com símbolo de coração:

In a moment.

Dei um beijo estalado na bochecha dela.

* * *

154
Qual sua música favorita?

Eu tinha conhecido a música de Jennifer Rostock num fim de semana na Alemanha em que deveria ter estado em Hamburgo com Andreas e uns poloneses esquisitos (embora fosse difícil resistir à autonomia de viagens de carro e acabar em Püttlingen). O nome do lugar era Rocco Del Schlacko e devia estar lotado com setenta pessoas. E a única frase que sei em alemão é wo willst du hin. Era a música mais lenta, mais acústica. E era a música que estava na minha cabeça quando fechava a porta do bunker irlandês que chamo de casa.

Tirei as botas no quarto de Matildo, enquanto observava que ele estava fazendo um painel de cartões-postais na parede. Imagens da Ha'penny Bridge, de um mapa da cidade, de uma rua sem sentido, do General Post Office, de Dublin by night, da estátua de James Joyce, dos monumentos de Theobald Mathew, William Smith O'Brien e Jim Larkin (os nomes nas legendas) se amontoavam numa tentativa artística de resultado kitsch.

Achei que cê fosse dormir no outro quarto, ele disse, grudando um cartão-postal do Spire of Dublin numa esquina à esquerda.

Achei que cê fosse estar dormindo, respondi.

Ele ficou em silêncio colando o painel. Um rolo de fita crepe no colo enquanto enchia a fina parede de mais estátuas de pessoas que não importavam o mínimo pra nós.

Por que cê não usa fotos suas mesmo?

Não tenho tido muito tempo pra fotos.

O quarto fica com mais jeito de casa com esses cartões. Dá um calorzinho humano.

Seria bom se fosse calor de verdade, pra aliviar a conta de luz.

Ri. No chão se amontoava uma pilha que ele ainda não tinha começado a colar: os Cliffs of Moher. Diversos ângulos de uma mesma série de falésias, em irlandês, as *Aillte an Mhothair*, literalmente as falésias da ruína. Ainda nas imagens das falésias, a Torre de O'Brien. Apontei a pilha com o pé (e com minha meia furada): cê já foi lá?

Vou logo.

É bonito demais.

Cê já foi?

Precisam de muitos guias turísticos lá no verão.

Que sorte.

Inventa que sabe espanhol e francês, pronto.

Não gosto de mentir no currículo.

Impressiona que cê tenha um emprego.

Ele ria enquanto suspirei:

Mas me avisa, se quiser.

Aham.

Trabalhei lá, acho que ainda conheço gente.

É longe pra ir de Dublin trabalhar lá.

Uma coisa de cada vez, homem.

Ele ficou em silêncio. Na minha cabeça, as palavras ritmadas que eu não fazia ideia do que queriam dizer. Blast blublich blablen blaublen und blenbla blenblebloblen wo willst do hiiiiin. Quiçá músicas em idiomas esquisitos sejam as melhores músicas. Olhei para a pilha, agora de cartões-postais separados. Imagens de passarinhos nas falésias, na torre, passarinhos e arco-íris. Mexi o dedo na meia furada.

* * *
155
Qual seu maior aprendizado de viagens?

A única parte de Dublin que ainda me interessava depois desse tempo era o Liffey. Era a única parte de fato em movimento. Já tinha morado em tantos lugares que a maioria das estruturas pareciam iguais. Os conjuntos simbólicos que se formavam me pareciam os mesmos.

Talvez fosse uma forma de pensamento elitista e privilegiada minha, e talvez até estivesse certa. Mas sempre tinha um rio. O monte de água. O Liffey. Do lado do lago/rio/oceano, a cidade, em Oslo, o centro de tudo, onde ficavam os centros financeiros, as multinacionais, os arranha-céus e as pessoas de terno. Do lado do rio, em Paris, ficava aquela ponte icônica (famosa e turística) que todo mundo ama. Um pouco depois, em Santiago do Chile tinha aquela outra ponte feia que todos queriam destruir. Dependendo de como estiverem as coisas em Moscou, haveria uma terceira ponte, que turistas amam e os locais odeiam, que ficava precisamente no bairro que turistas amam e locais odeiam. No entanto, se estivesse com pressa, poderia atravessar Tóquio naquela rua que era renomada (conhecida, tradicional, os turistas fotografam, os filmes acontecem) por ter um trânsito horrível que me fazia querer me matar. Mas era a rota mais rápida para chegar àquela vizinhança "étnica" de Londres aonde gente branca ia para comprar a melhor comida. Isso ainda no sul de Amsterdam, naquela parte em que todo mundo que morava lá descrevia as pessoas que moravam ao norte como "ignorantes de marca maior". Perto do rio ainda em Estocolmo tinha uma região que costumava ser legal, mas agora só tinha bares de merda e bêbados. E em Nova York seus pais recomendariam que evitasse a área que costumava ser perigosa, mas agora era descolada e todo mundo curtia, apesar de encherem o saco por causa de gentrificação. O problema era que essa seção acabava resultando naquele bairro de Bruxelas com aqueles parques lindos e seguros, mas que não tinha muitos bares ou pubs ou vida urbana.

Talvez até fosse alienação minha. Talvez fosse a tal mania de problematizar onde não precisava. Mas acontecia que essa parte de São Paulo às vezes se confundia com a área para onde todo mundo que quer comprar uma casa se mudava. Isso um pouco ao leste do bairro que era um pouco mais violento, cuja população descrevia todo mundo que mora ao sul da água como hipster empolado. Espalhado entre isso poderia estar aquele bairro histórico e boêmio, que era gostoso, mas caro demais, onde grandes escritores italianos se reuniam, ou perto daquele café onde muitos grandes pensadores suíços tiveram suas ideias relevantes. O problema era que você mal conseguia pagar pelos bares por enquanto ainda alternativos com preços quase dignos, mas que seriam inviáveis meses depois.

Mas não queria viver num mundo onde um garotinho tinha razão. Especialmente quando esse garotinho era o Matildo. Saindo um pouco do centro de Lisboa, ficava aquele parque incrível aonde ainda iria levar a Dominique, que só acontecia de ser um pouquinho longe demais. E já onde as linhas de metrô de Boston terminavam, ficava aquela área pra onde seus amigos se mudaram e aí vocês nunca mais se falavam porque era longe pra caralho, você tinha que passar pela zona perigosa perto da rodovia (e você era um cagão), e os filhos do seu amigo eram bem irritantes. Os filhos de todo mundo eram bem irritantes.

Era claro que dava para ir a pé daquele ponto até o final de Guadalajara, que é a área a qual você só iria porque lá era onde ficavam os bons supermercados. Mas o que se evitava de fato era o bairro com um desenvolvimento massivo uns vinte anos atrás por causa das Olimpíadas de Atenas, que simplesmente não tinha dado certo. Era quase engraçado que, mais ao leste disso, houvesse aquela parte de Estocolmo que costumava ser uma zona industrial, mas agora era cheia de apartamentos baratos desalmados. Muitas vezes, isso desembocava na zona do Rio de Janeiro com o shopping que você odiava, mas era lá que ficava o restaurante tailandês mais próximo. Isso ou as piadas com Canoas Oriental e Canoas Ocidental, conforme a divisão pela BR. E todas as histórias poderiam acontecer em todos os lugares. Pelo menos um pouco. Não? Talvez eu estivesse errada nisso, quiçá estivesse sendo individualista. Ao menos elitista? Talvez os habitantes de Xapuri, no Acre, discordassem. Talvez não exatamente com termos como "hipster". Talvez eu devesse retomar minha sociologia da globalização.

Por isso o Liffey.

* * *

156
A sociedade pressiona demais as garotas para que tenham corpos perfeitos? E os garotos? Coloque-se no lugar de uma criança e pense a respeito do próprio corpo em comparação aos corpos alheios.

* * *

157
Como e quando você aprendeu sobre sexo?

São 2h45. As luzes acenderam, os bêbados saíram, quem se pegava decidia se iria seguir no processo, os taxistas lucravam, bêbados caminhavam. A festa onde eu, Parker, Tom, River, Danielle e mais umas amigas da River estávamos se chamava Mother, e podia acabar às três da manhã. Algum acordo com a prefeitura, ninguém se preocupava em explicar muito. Eu sabia que a chegada das três da manhã era celebrada por eles como por crianças que ganham um presente de natal extra.

Saí para fumar, não pelo ato de fumar, mas pelo ato de sair. Mexi na carteira, com menos dinheiro do que gostaria. Danielle era uma mulher transexual, estudante chilena de um MBA, e saiu comigo. Fumava cigarros enrolados por ela mesma. O melhor tabaco importado com seda de alta qualidade guardados em uma cigarreira de prata. Ela ofereceu um, mas eu tinha uns Lucky Strikes.

Reclamamos do preço do cigarro na Irlanda (mais de dez euros um maço).

Falamos dos custos do sistema de saúde, que teoricamente justificaria a taxação. Falei que Andreas, um amigo em comum, vendia cigarros também (se precisasse), mais baratos. Reclamamos que os irlandeses bebiam muito, mesmo tudo sendo tão caro. Ela disse que isso até ajudava sua linha de trabalho. Perguntei se a violência era difícil pra ela. Ela disse que não. Que a polícia quase respeitava. Melhor que no Chile, ela disse, onde não respeitavam mesmo. Perguntei quando ela percebeu que era mulher. Ela respondeu:

No mismo moment que tú, em uma mistura de espanhol e português.

Perguntei se a medicação era cara. Reclamamos dos custos de vida no geral. Não era caro pra irlandeses, mas é caro pra quem converte. Ela dizia que queria ser de um país com a moeda forte, em que o preço de cinco Big Macs aqui fosse o preço de apenas um Big Mac lá. Falei um pouco sobre o *Big Mac Index*, do *The Economist*. Senti que estava enrolando, que estava assumindo meu ar professoral, pedante, palavras demais, nada espontânea, apesar de Danielle parecer interessada. Mas, assim como eu estava interessada em sair, ela talvez só estivesse interessada em ouvir uma voz só. Uma voz que não fossem remixes envolvendo Skrillex, David Guetta, Tiësto, Gigi D'Agostino e Lasgo.

Comentei que havia uma after party que estavam pensando em ir. Se era ilegal? Claro que era ilegal. Mas não dava nada. Minha favorita acontecia no salão de uma pizzaria, com as mesas e cadeiras afastadas, com um DJ praticamente dentro do forno a lenha. O cheiro maravilhoso de massa. E se chegasse a Garda? Aí chegou a Garda. Nunca tinha me acontecido nada. Mas éramos estrangeiras e podíamos ser deportadas. Nossa conversa cheirava a cigarro. O tabaco dela era quase perfumado enquanto falava.

Calm down, eu disse. No one is making you go. Não sei por que comecei a falar em inglês com ela. Ela pegou outro cigarro da cigarreira e, ao acendê-lo, seu isqueiro era um Zippo retrô. Perguntou (também em inglês) por que eu estava aqui. Perguntar por que um imigrante está em determinado país era o tópico depois de falar do clima. Pedi pra provar um dos cigarros dela e o acendi usando o Zippo. Fazia anos que não usava um desses. Ela olhou pra mim. So?

So?

Why are you here.

The same reason everyone else is, eu disse. You?

Software company, outsourced to India. I had nowhere to go, anyways.

Segui fumando, pra me ocupar e parecer interessante. Perguntei se ela não era meio jovem demais pra só saber fazer uma coisa específica. Afinal, ela parecia ter no máximo trinta.

Exactly, ela disse.

* * *

158
Se você tivesse seu próprio programa de entrevistas, como seriam seus monólogos? E quem entrevistaria?

Tinha uma festa nesse mesmo pub depois do show, Andreas tinha me deixado com umas balas ("ecstasy") e doce ("LSD") pra usar durante as semanas que ele estivesse fora. Ele estava na Polônia, eu imaginava que buscando mais coisas. Sob o cheiro de cerveja, um pocket show do Seu Jorge num pub cujo dono era australiano (embora fizesse imenso sucesso com os brasileiros). Nesse pub, se exibiam os jogos do Brasileirão, até dos campeonatos regionais. As pessoas podiam votar e decidir qual partida seria exibida quando havia colisão de datas.

Seu Jorge tocava uma daquelas versões de David Bowie que ficavam tão cremosas. Ch-ch-changes, lá vem meu trem. Apesar de cheio, a maioria das pessoas estava sentada em mesinhas e não cantava junto. Os mais rebeldes estavam em pé e se embalavam no ritmo. Talvez mais um caso de brasileiros que encheriam o peito e diriam que não se comportavam como brasileiros médios, cujos avós vêm da Itália ou Portugal. Talvez mais um caso de brasileiros tão racistas quanto os europeus. Talvez só brasileiros que queriam ouvir uma música cremosa. Talvez só brasileiros cansados. Ou europeus, ou gente de qualquer lugar do mundo (perdão pelo racismo anterior).

Talvez só pessoas cansadas.

Um garoto de alguma rave me reconheceu e acenou. Ele sorria enquanto se aproximava:

Oiê.

E aí.

Tá curtindo?

Um pouco de nostalgia não faz mal a ninguém, né?

Ele riu. Tomei um gole do half-pint de Bulmers que queria terminar antes de sair. Analisei a camisa polo com o colarinho erguido:

E você?

Venho mais pelo pessoal do que pela música.

Sério?

Sério.

Ficamos sentados na mesa com nenhum assunto. Começou "Ziggy Stardust". Ouvindo o violão, tomei mais um gole da sidra. A cerveja na Irlanda dificilmente era gelada, mas dificilmente era quente. Sidra era gelada. Eu não sei pintar, não vi seu filme, não sou de jogar, não bebo em pé, não frequento bar. Cantei junto, balançando o cabelo:

Assim me sinto bem. Não devo a ninguém.

O quê?

A música.

Ah.

Eu ri pra ele. Por cima do ombro, espiou um grupo de amigos no balcão do bar, com o que parecia ser um olhar nervoso (no meu ponto de vista egocêntrico e condescendente).

Seus amigos querem a mesa, perguntei. Eu já vou sair.

Não, não, imagina. Pode ficar.

Tem certeza?

É que na verdade a gente tava procurando o seu amigo que tava na…

Eu já quase morri de fome, mas hoje estou bem.

Oi?

A música de novo.

Ele riu e parou.

Seu amigo, o loiro.

Andreas?

É.

Ele chega mais tarde, quer deixar recado?

Comecei a rir e percebi que talvez os irlandeses entendessem alguma coisa de bebida e teor alcoólico. Ele sorriu sem mostrar os dentes, algo que não entendi ser irritação ou vergonha. Gente assim se atrapalha. Eu disse:

Bom, se ele não tá aí… ele não tá aí, né?

Ele fez um gesto (que acho ser de despedida) típico de gente que usa camisa polo com a gola erguida. Começou a se afastar.

Cê precisa de alguma coisa, perguntei.

Magina, não quero meter você em problemas.

Brasileiro é tudo cagão.

Isso é da música?

Cê quer bala?

Por que não avisou que tinha?

Porque você não perguntou, meu amor da camisa polo.

Ele franziu a testa, mas desistiu e riu. Tocava "Life on Mars?", o pub ainda cheirava a cerveja e cada pessoa seguia com sua história paralela sem notar o que tinha acabado de acontecer. Mas o que tinha acabado de acontecer? Brasileiro é tudo cagão. Após perguntar quantas tinha e me ouvir chutar um número e depois um valor, não tentou negociar. Comprou três quartos das balas que eu tinha comigo. Deixei meu número do celular caso ele precisasse. Ciente de que minha festa acabou pelo resto da semana, me ergui da mesa.

Cê já tá indo?

Pegar um pint inteiro disso aqui.

Beleza.

Só ligar.

Valeu.

Pode ter vida em Marte, então.

A música?, ele sorriu como quem entendeu.

* * *

159
Para quem você escreveria um bilhete de agradecimento? Seria para uma coisa ou uma pessoa? Poderia ser uma empresa, um produto?

Fiquei sentada no meio-fio com os dois enquanto dispensava o fuinha. Ele me xingou e disse que todas as brasileiras eram putas drogadas. O casal me olhava, a garota tentando tomar um pouco de água. Observei a garota (que agora não vomitava tanto). Segurei seu cabelo enquanto ela tentava vomitar de novo. Ficamos ouvindo os sons de carros distantes, de pessoas ainda saindo da after party, algumas pessoas indo para outra after party, o DJ brasileiro-fingido conversando ao telefone em português com sotaque pesado demais, alguns se apressando para o ponto de ônibus ou Luas pra ir trabalhar. Ajudei com a água em um canudinho.

O bosta ofereceu um pedaço de brownie (cuja visão a fez vomitar mais).

Ficamos trocando olhares (os três cagados, um querendo parecer forte pro outro) até o segurança fechar a entrada da pizzaria, que ele mesmo abriria em algumas horas. O sol começava a nascer. Ainda ficamos em silêncio sob a luz que deixava de ser de postes e se tornava a luz do dia.

A amiga correu de volta. Aos berros. Conseguiu um táxi.

Vem, vem, vem, ela gritou. A garota que tinha vomitado se levantou, cambaleava um pouco, mas sem vomitar.

Vocês têm dinheiro?, perguntei. Passei a barra da blusa na boca dela para disfarçar o vômito.

Uns vinte euros.

E vocês vão pra onde?, ajudei a apoiá-la no sentido do táxi.

Sabe a Annesley Bridge?

Parei e abri a carteira. Estendi vinte euros para eles.

Vai sair caro com esse cheiro aí, eu disse.

Começaram a agradecer, mas eu os apressei pro táxi.

Lembrem que vocês são brasileiros, tá?, eu disse.

Tipo *os nossos cuidam dos nossos*?, o bosta disse.

Não, eu disse. Vocês são brasileiros. E tem muito brasileiro por aqui. Vocês também são. Só isso.

* * *

160
Que figura histórica importante você chamaria para ajudá-lo com seu trabalho por dois meses?

O pub ficava em Dublin 9 e não era exatamente descolado. Não se bebia ironicamente. Se assistia ao jogo de um jeito normal (com gritos, berros e brigas). Fedia a cerveja e fermentação do jeito que as coisas cheiravam a cerveja e fermentação na Idade Média. O nome não chegava a ser descolado o suficiente: three barrels and a queen's head. Três barris e uma cabeça de rainha. Me agradava.

As cadeiras ainda estavam sobre as mesas e bancadas. Estava escuro. Ainda varrendo o chão da cozinha, ouvi a campainha. Chamei Sean na sua sala e corri até a porta. O vento gelado fez meus lábios se retraírem ao cumprimentar Ryan, o entregador. Ele começou a colocar as caixas pra dentro. Fui até a parte de trás do caminhão e cumprimentei Doug, que falava comigo olhando pros meus peitos. A rua era residencial e fria. Eu não achava que Doug olhasse nos peitos por ser um porco machista, mas só porque não sabia fazer contato visual com ninguém. Ninguém devia ter dito pra ele.

Doug me ajudou a tirar o barril de cerveja e colocar sobre um carrinho. Ele sempre oferecia ajuda para levar pra dentro e eu sempre negava. Se eu não fizesse isso antes (e não fizer sozinha), Sean (um senhor hipertenso com fibromialgia e seus setenta anos, servindo bebidas e apartando brigas em Dublin) seria o primeiro a pegar o barril e tentar levá-lo pra dentro. Nem pensar. A esposa, Fiona (uma senhora hipertensa com seus setenta anos, duas hérnias e servindo bebidas e apartando brigas em Dublin), me agradeceu quando entrei. Ela me ajudou a equilibrar o barril para levá-lo até o balcão do bar. Voltei às pressas com tempo suficiente pra ver Sean levando o carrinho pro caminhão.

Oy, Sean, chamei. Avisei que Fiona estava chamando pra ajudar com as caixas lá dentro.

Ele me xingou porque eu mesma não tinha ajudado, mas se afastou. Eu sorri ao ver Doug outra vez, e recomeçamos.

Por algum tipo de milagre, ninguém me pediu teste do sofá para este emprego. O trabalho era registrado, por algum tipo de milagre. Por algum tipo de milagre, ganhava o mínimo por hora. Entrava às oito da manhã no pub, tinha que limpar tudo para abrirem em torno das dez. Com apenas uma hora para limpar o lugar inteiro sozinha, o piso de cima (onde temos o salão), as cadeiras, as bancadas e o piso de baixo (onde ficam os banheiros). Depois, ainda vinha o trabalho de cozinha (lavar louça, descascar batata e cebola, cortar batata, fritar batata, amassar batata e colocar umas ervilhas do lado, cortar mais batata, ajudar conforme o necessário). Eram partes mais confortáveis.

Alguns dias, como hoje, eu ficava até meio-dia, talvez uma da tarde. Alguns dias, às dez, diziam que estava liberada. Outros precisavam de ajuda até mais tarde.

Mesmo assim, a melhor parte do trabalho era circular na rua e baixar os barris de cerveja do caminhão com Doug. Não que eu gostasse de Doug, ou que tivéssemos muito em comum. Mas era a parte do trabalho em que você tinha que se focar. Levantar aquele barril, rolar, levar ao carrinho, levar o carrinho, achar Fiona, fugir de Sean.

* * *

161
De que forma você arquiva as informações sobre sua vida? Você acha que está fazendo esse arquivamento da maneira correta?

* * *

162
Você já disse algo de que se arrependeu? E em relação a posts, e-mails ou mensagens de texto? O que você gostaria de alterar?

Era meu quinto evento naquele mês. E era a primeira vaga pra onde tinha mandado currículo on-line que me respondia. Um casamento ao ar livre que tinha coincidido com um dia de sol — bold move. Enquanto ajudava a organizar o bufê, alguém já chamava minha atenção para o atraso da reposição de entradas. Informei que verificaria imediatamente.

Entrei na cozinha. Fui até o banheiro e tirei um baseado do bolso do avental. Fumei mais um pouco. A cozinha ia feder a maconha, mas sempre culpariam quem tivesse a pele mais escura e falasse menos inglês. Sinto muito, cabo-verdianos. Em minha defesa, eu já tinha sido essa pessoa. Quem sabe tivessem mais sorte em um próximo emprego.

It's the ciiiiircle of lifeeeeeeee, cantarolei até bater. Queria estar com Taco Cat pra erguê-lo pelo evento sob o sol. Eu já tinha feito isso, não tinha? Bom, *era* um ciclo. Ao sair do banheiro, vi as bandejas das reposições das entradas e peguei duas. Quase corri até a mesa da senhora que tinha pedido. Ao chegar lá, ela me xingou por ter ignorado as mesas dos pais dos noivos.

* * *

163
Desde quando você mantém um diário? Por quê?

Andreas estava na escola de novo e eu o abraçava de novo. A viagem tinha sido boa, ele informou. Tinha me trazido um presente. Uma espécie de misto de LSD com ecstasy que parecia que tinha feito sucesso na Europa inteira. Quando pedi mais balas, ele perguntou se esse meu vício não andava meio forte. Contei o que houve no pub brasileiro. Ele me lançou um olhar paternal, mas do tipo orgulhoso. Coletei mais balas do que conseguia carregar com discrição.

Quando entrei de volta na sala, Matildo me olhou do lado de fora judgmentally, enquanto respirava judgmentally, preparando-se para dizer qualquer coisa judgmentally.

* * *

164
Você tem um blog? Se não, você teria?

Ao entrar, uma lufada de ar quente com cheiro e gosto de tomate e alho me aqueceu. Matildo estava no sofá brincando com uma cordinha e Taco Cat (mas mais com a cordinha).

Ué.

O Caetano e a Maria Alice foram ao cinema —

Que adultos.

Me escuta.

Eu ri, observando o apartamento limpo e uma mesa posta com luz de velas. Os colchões deviam estar no quarto de solteiro. Só faltava uma referência deslocada a Romeu e Julieta e uma música francesa cantada por uma mulher em ritmo lento.

A Janaína e a Duda tão trabalhando. E você vai passar a noite em casa.

Na verdade, eu só vim pegar uma muda de roupa e ir dormir na casa de um boy que tô pegando, menti. A expressão de Matildo foi de séria a uma tentativa de compreensiva.

Tudo bem.

Parei diante dele na frente do sofá. Dei um beijo na testa, mas fiquei me sentindo maternal e esquisita por tempo demais.

Tô brincando, sorri.

Mais uma vez numa referência deslocada a alguma comédia romântica, ele sorriu e me abraçou pro sofá. Caí, meu joelho estalando. Fechei os olhos e senti um pouco de dor no abdômen (por ter tentado cair direito). Tinha sido um dia pesado.

Que foi?, ele perguntou.

Tô pensando no cheiro da comida.

O molho veio num pote de um litro, a massa de lasanha é pré--pronta.

Podia ter mentido, sabia, chef Lidl?

Eu nunca menti pra você.

Abri os olhos e o olhei no fundo daquele pântano castanho. Pântanos são muito irlandeses. Uma das poucas vantagens de estar com alguém tão mais novo a ponto de ainda acreditar que comunicação era a chave (enquanto todo mundo sabe que estar com alguém é juntar informações sobre essa pessoa até perceber que não gosta mais dela).

Cê é bonitinho.

É verdade.

Eu sei que é.

* * *
165
Você sempre quis escrever um livro? Com quais ideias?

Mandei uma mensagem de texto a Andreas, porque eu precisava de mais.

I kinda need more candy.

* * *
166
Quando você escreve à mão?

Eu adorava ver pegadas de cachorros (especialmente no cimento), porque isso queria dizer que em algum momento um cachorro tinha andado por aquele ponto específico, deixando suas boas vibrações caninas. E isso era uma sensação boa demais. Me fazia cantar a trilha sonora de *101 Dálmatas*. Cruela Cruel, Cruela Cruel…

* * *
167
Escreva sobre um momento em que você lavou louças ou executou alguma outra tarefa doméstica.

Tentei tirar notas no violão que o amigo do Caetano tinha esquecido (apenas para concluir que não sei tocar violão). Maicou estava mais puto do que soava.

Cê trouxe o dinheiro do aluguel?

Esqueci de sacar. Foi mal, Caetano terminou de fazer um espaguete no fogão. Esse espaguete que precisaria de dois funerais vikings.

Cê pode ir sacar no caixa agora?

Agora tá escuro.

O landlord vai querer o dinheiro amanhã de manhã, você vai estar no trabalho, eu tomo no cu.

Me empresta aí, vai. Te pago amanhã de tarde.

Me dá seu cartão que eu vou lá sacar agora.

Sem responder, Caetano colocou a panela na pia e a inclinou pra tirar a água. Segurava o espaguete com um garfo, tentando fazer com que só a água caísse. Perdeu um terço da massa nesse processo.

* * *

168
Com quanta atenção você ouve a letra de músicas?

Éramos neutros. Um amigo do Caetano tentava tirar uma música do Raimundos no violão ao fundo (a gente precisava devolver esse violão pra alguém?).
eu tô passando mal tô com saudade de mainha
Porra, Caetano, é o segundo mês.
ô mãe
^o mãe
^
vê se me manda um dinheiro
Eu já disse que esqueci, cara, Caetano se apoiava na pia *que eu tô no banheiro*. Ele terminava de enrolar um cigarro. Mas o que era uma emergência?
Esqueceu o caralho.
e não tem nem papel pra cagar
Relaxa aí, Caetano lambeu o cigarro para fechá-lo. E mantivemos relações com a Alemanha neutra, e os Estados Unidos neutros.
o^ mãe
Me dá teu cartão, se você só esqueceu.
o^^ô mãe
esse seu filho é maneiro
Oi?
aqui no estrangeiro nenhuma mulher
Me dá teu cartão ou eu vou no teu quarto pegar.
Caetano se ergueu e caminhou em direção a um dos armários.
quer me dar
Caetano, eu vou te matar.
ô mãe
Ao achar o isqueiro, Caetano saiu.
Caetano.
Caetano fechou a porta do apartamento silenciosamente. Uma bomba nuclear explodiria.

* * *

169
Que momento de sua vida você mais amou?

Busquei mais uma cerveja na festa em casa. Isso por minha recente baixa em bala ("ecstasy"). Meu grupo de conversa era Maicou, Pedro e Caetano, que discutiam precificação de cerveja na Irlanda. Uma gorda com uma camiseta do Hard Rock Cafe Paris colocou Weezer e devia se sentir genial pela escolha. Ela se sentou com um grupo de brasileiros composto de Maria Eduarda e Maria Alice e mais um bando de gente. Aparentemente, o garoto que estava com ela, Dante, tinha vindo com o Ciência Sem Fronteiras, que nem o Gabriel, que tinha acabado de ir embora, que conhecia a Duda. Todos os brasileiros sempre se conheciam.

Maria Alice estava longe. A menina gorda, claramente mais jovem que os outros, parecia gostar de ouvir as pessoas falando. Estava um pouco longe. Fazia frio do lado de fora, mas os dois gaúchos presentes gostavam de encher o saco por gostar de frio. Os fumantes estavam a uns cinco passos da gorda, de costas, em torno de uma mesa. Ela estava em um banco junto de um jardim de uns arbustos de umas flores que deveriam ser horríveis mesmo na primavera. Os fumantes não notavam, e ela ouvia.

A Maria Alice notou a garota ouvindo, e notei que ela estava fazendo exatamente a mesma coisa em um banco do outro lado do jardim dos arbustos feiosos. Os dois bancos e a mesa formavam um triângulo equilátero em torno dos arbustos feios. Por um milissegundo, a garota se assustou, parecendo achar que a Maria Alice era algum tipo de stalker que invadiu a casa. Era uma casa grande, fancy. Elas pareciam ter entrado por acidente naquilo tudo, mas com um olhar tão cravado que era como se estivesse mesmo stalkeando alguém. Só faltavam os óculos de maníaco estuprador do parque. Mas ela tinha um drinque na mão. Então a menina gorda que deveria parecer mais maluca. Ela sorriu pra mim, e eu sorri pra ela, suponho que as duas cheias de culpa.

Alguém se sentou do lado da Maria Alice e apontou pra mim. Ela acenou pra mim e acenei de volta. Me juntei. Ela se juntou. Falavam do Ciência Sem Fronteiras. Dante se levantou atrás de mais uma cerveja, enquanto a gorda anotava algo no Moleskine.

Sabe, eu disse, a Maria Alice também quer escrever. Apontei pra Maria Alice, para quem a gorda ergueu os olhos. Segui: tem um caderninho parecido com esse seu. Uns tantos, na verdade.

Maria Alice sorriu. A gorda sorriu. Baixaram a cabeça em sincronia.

A gorda e Maria Alice trocaram olhares e não trocaram dicas de escrita, não falaram dos próprios personagens, não perguntaram de inspirações ou referências, não falaram do atual projeto em que trabalhavam. Dante seguiu falando de gente da faculdade de design, hipsters franceses, vejam bem. Contava anedotas incríveis que se faziam ouvir. O sol estava quase nascendo (e eu não me arrependia tanto de ter ficado aqui).

Pensando nisso agora, imaginei que os arbustos feiosos pudessem ser bonitos no final da primavera. Tinha uma árvore no canto. A Irlanda é bonita no outono. Talvez aquele monte de cinza pudesse ser bonito.

* * *

170
O que você gostaria de ter feito de forma diferente em sua vida? Por quê? Quais seriam as consequências?

Com o laptop no colo, Maria Eduarda assistia a um vídeo de um rapaz forte girar um bastão numa espécie de ciclo ninja contínuo. Ela olhava pra Janaína:

Olha isso.

Janaína se aproximou do laptop e avaliou a imagem:

Esse homem é qualificado o suficiente pra ser aquele personagem, como chama?

Enquanto ela falava, eu me levantei e fui ver a tela. Ao fundo, uma música eletrônica tipo Nine Inch Nails acelerada tocava. Ela continuou: o... Asa Noturna, Nightwing, sabe quem?

Do X-Men?, Maria Eduarda disse.

Eu analisava o vídeo na tela:

Bom, esse homem tem qualificações o suficiente pra me foder de quatro também.

Maria Eduarda ainda franzia a testa:

Acho que ele tem qualificações o suficiente pra se tornar um helicóptero.

E eis aqui, senhoras e senhores, estendi os braços, os três lados da alma feminina: nerd, com tesão ou chapada-mas-nem-sempre-de-maconha. Nós três ríamos. A música acelerada continuou.

* * *

171
Você já se esqueceu de uma palavra e só conseguiu se lembrar de sua imagem, sua sensação ou dessa expressão em outro idioma?

A manga da camiseta de Caetano tinha uma mancha na altura do bíceps. Eu disse:

Tudo bem aí?

Ele sorriu ao erguer a manga. Riscos verdes estilizados em aquarela cobriam quase toda a região que ia do ombro até o cotovelo. Me fazia pensar numa música do Flogging Molly, justo porque Flogging Molly era uma banda americana tentando ser punk irlandesa.

Ao longo dos dias, os riscos se tornaram trevos de quatro folhas. Eu disse a ele:

Cada sessão dessas deve custar uma nota, né?

* * *

172
Narre uma cena com o final de um relacionamento (não necessariamente um término verbal entre as duas partes).

Tenho confiança que vão gostar, Caetano disse. Comecei a cantar (mentalmente) "Drunken Lullabies". Olhei com calma pra tatuagem. Lia-se Luck of the Irish numa fonte floreada demais sobre o trevo. Me aproximei pra analisá-la.

* * *

173
**Descreva o sabor de sorvete de morango
em relação ao de amendoins.**

Ela tinha me convencido a não querer beber sozinha às duas da tarde. Mas tinha muita gente bebendo às duas da tarde no Three Barrels and A Queen's Head. Era claro que sim. Sean alugava um quartinho no andar de cima, então cadastrava o pub como um hotel e podia vender bebida "aos hóspedes" até quando quisesse. Não só até às duas da manhã, como a lei determinava. De qualquer forma, se bebia às duas da tarde.

Cumprimentei Sean. Ele me cumprimentou. Maria Alice elogiou o lugar pela autenticidade. Fez algum trocadilho homofóbico com o fato de ter queen no nome, só as divas, algo com Dante, algo assim. Goddamn, Maria Alice, don't ruin this.

Bebemos Guinness, amarga e não gelada. Na televisão passava uma reprise de um jogo de rúgbi que tinha acontecido meses antes. A narração ocupava todos os sons do pub, além de um ou outro cliente fazendo comentários sobre o jogo. Maria Alice sussurrou pra mim:

Não sabia que a bandeira da Escócia tinha um dragão.

Acho que é País de Gales.

Tipo, os irlandeses com uns trevos, os ingleses com as rosas, Gales com uma porra de dragão.

Rimos. Por algum motivo, queria perguntar da procura da mãe de Maria Alice, sobre a família dela, saber se ela conseguia encontrar as coisas em Dublin. Mas não conseguia colocar uma frase reunida, não sobre isso. Tomei mais um gole de Guinness:

Physicality was the issue of the day, repeti a frase do narrador. Olha a escolha de vocabulário desse homem.

Refinado.

Parece meu antigo orientador.

Rimos, e eu me sentia bem. Ela mexeu no seu porta-copo velho, porque Sean os usava até que entrassem em colapso. Olhamos pra televisão, ao que ela me disse:

Por que tem um homem de touca?

Oi?

Touca, ela disse. E ficou em silêncio, os olhos perseguiam a tela, até que um dos jogadores reaparecesse. Ela apontou: aquele, de touquinha.

Eu ri.

É um capacete.

Por que só ele usa?

Porque os outros não querem.

... Sério?

E ele é um pouco menos louco, respondi, ainda rindo.

Tecnicamente todo mundo pode? E só ele quer?

Depende da posição em que o cara joga. Se for um dos que fazem o scrum, com certeza vai usar. Porque literalmente bate de frente com os outros.

Fui tomada de um constrangimento, a sensação de estar me tornando professoral de novo, mas Maria Alice se inclinou para a frente.

E os outros?

Tem outros que sofrem menos impactos e deixam de usar.

Esse capacete nem protege nada. Parece mais uma touquinha pra esquentar orelha.

Rimos um pouco e talvez fosse o máximo de frases que já tivéssemos trocado nas últimas três gerações. Talvez fosse a cerveja, a curiosidade superando o constrangimento. Ela continuou:

Mas tem gente que poderia usar capacete que não usa?

Muitos.

Cê já se apegou emocionalmente a ideias que você tem há muito tempo? Talvez seja isso.

Como assim?

Devem ter jogado sem capacete desde sempre.

Os caras se acostumam a ser machões?

Com essa ideia, de ser machão.

Rimos.

Ou também... Livros que você teve por muito tempo, livros que você pegou emprestado há muito tempo, memórias que você tem há muito tempo, as citações que você sempre usa. Desculpa, não quis soar creepy.

Não soou, imagina.

Não sou acostumada a falar.
Mas a gente se acostuma, né?
Há?
A ser a pessoa que se é por tanto tempo.
Ah. Isso.
Isso.
Isso.

Rimos mais. Gostava de Maria Alice. Queria perguntar da procura da mãe dela, da família dela, saber se conseguia encontrar as coisas em Dublin, perguntar qual tinta de cabelo ela usava, descobrir se usava maquiagem pra ter um rosto tão descansado. Quis dizer a ela que ela era bonita, inteligente e admirável. Ela rasgou o próprio porta-copo e sorriu pra mim com timidez. Olhei de volta pra televisão:

Só o protetor bucal é obrigatório.
Mas desde quando os dentes importam mais que o córtex frontal.
É um esporte bem louco.
Tô apaixonada já.
Aren't we all.
Rimos.

* * *

174
Escolha uma figura de autoridade. Qual foi a pior lição que ela ensinou? Lembre-se de que nem todas as lições são passadas verbalmente, mas também por exemplo.

De uma perspectiva extremamente capitalista, se eu tivesse uma moeda para cada vez que eu dissesse que ia dar um jeito nessa merda toda (e consertar minha vida), eu provavelmente nem precisaria dar um jeito nessa merda toda (e consertar minha vida), porque eu seria rica pra caralho.

* * *

175
Com quanto cuidado você navega na internet?

Caminhava na loja de conveniência como um astronauta. Tentei parecer normal. Comprei um pacote de Doritos que planejava comer caminhando sem calças pela sala.

* * *

176
Você busca músicas novas? Quem mostra música nova para você? Ou você descobre por si mesmo?

Olhei pela janela do quarto de Matildo. Sergeant peppers lonely sergeant peppers lonely sergeant peppers lonely hearts club band. Tinha tão poucos cachorros de rua por aqui.

* * *

177
Como você garante que o que lê na internet é verdadeiro? Você tem níveis de confiança diferentes para jornais, revistas, livros e sites? Ilustre isso numa circunstância que impacte a vida de seu personagem.

Por quarenta euros a sessão, precisava-se dar outro jeito. Eu sabia que era estereotípico. Sabia que era machista. Sabia até que era racista. Sabia que poderia ser uma metáfora pra tantas coisas na minha vida neste momento: algo com solução simples, mas lá vou eu inventar um jeito, mais difícil. Mas eu odiava poesia, metáforas e coincidências. Não que odiasse. A ideia era só desconfortável (e tudo isso começou com meu mais imenso ódio de poeminhas tipo "sorria/só ria", ou "se derrame/se der ame").

Desconfortável como passar uma mistura de açúcar com limão e água em forma caramelizada na virilha. Acertar o ponto do açúcar é uma arte (perdão pelo clichê) que demorava anos a ser dominada.

Eu devia ter orgulho.

Deixei secar.

Vai.

Por mais rápida que fosse, me sentia lenta.

Analisei o pedaço de cera que saiu de mim, os pentelhos grudados todos, apesar de alguns terem de esperar a pinça. A virilha era a parte mais fácil. Ainda não precisava de espelho. Passei um pouco mais da cera caseira.

Inspirei enquanto deixava secar. Mentalizei que a dor pioraria mais pra dentro. Agora era a parte boa, agora era a parte boa.

* * *

178
A que você está ouvindo?

O sol das onze brilhava no meu rosto (ou algo assim). Eu disse que preciso de um banho depois da after party depois da rave. Todas as pessoas ao meu redor tinham a metade da minha idade e todas tinham problemas tipo dor de cotovelo ou mágoas de relacionamento. Quando faltar dinheiro, quando o visto expirar, quando tiverem cometido algum tipo de delito, quando a luz estiver prestes a ser cortada (na Irlanda, quando a luz pré-paga chegar a zero), quando as cagadas de vocês impactarem gente que não seja vocês, aí que venham falar comigo. O zeitgeist desse povinho parecia ser a crença de que uma viagem resolve tudo (mas antes de o cartão virar).

Me levantei. Tocava alguma música de meditação ao fundo. O apartamento de Andreas tinha três quartos com vista pra Dublin Bay, com piso de madeira, boa parte da mobília em couro e muitos espaços vazios, como se esperando alguém pra dançar entre os sofás ou no mínimo fazer ioga (em grupo). Se não me enganava, uma jovem brasileira vinha e o limpava uma vez na semana, pra que estivesse sempre impecável e cheirando apenas a odores naturais. Depois que me despedi, Andreas se ofereceu pra chamar um táxi. Recusei, afinal moramos longe. Ele se ofereceu pra pagar.

Uhhh, generous, eu disse.

I just need to ask you something first, ele disse.

Ele saiu da sala e voltou com uma mala de lona pesada. Como quando precisei fazer a mudança da casa da minha mãe para o Renan, o peso de uma caixa de livros. Ele precisava viajar, me informou. Precisava ficar uns dias fora. E não podia deixar isso sozinho.

Não perguntei se não tinha ninguém mais que ele pudesse pedir.

Não perguntei o que tinha dentro da mala.

Não perguntei pra que tanto peso.

Não perguntei se me meteria em algum tipo de problema por ser uma imigrante latino-americana colocando isso pra dentro de casa.

Não perguntei se estava disposto a me pagar por essa custódia de algo que eu provavelmente poderia vender. Sempre dava pra lucrar.

Perguntei se poderia me ajudar a levar isso até o carro que ele tinha acabado de chamar.

* * *
179
Como você usa a Wikipédia?

* * *
180
Que histórias suas informações pessoais contam? Suas informações pessoais incluem extratos bancários, contas do cartão de crédito, histórico da internet, arquivos em seu computador?

Não sabia que casa era essa. Não sabia de quem era essa panela, colher de pau, aveia, açúcar, ou esse leite integral. Mas misturei os três, esperando o mingau chegar ao ponto de fervura. Não pensaria em nada (nada, nada, nada). Não questionaria nada.

Havia aveia.
Havia leite.
Havia açúcar.
Havia panela.
Havia colher.

Haveria mingau de aveia, porridge.

E é só nisso em que tinha que pensar. Mexer o mingau pra não grudar no fundo. Aceitei tudo.

* * *

181
Você se preocupa com a falta de anonimidade crescente na Era Digital? Há cuidados que você toma?

Taco Cat estava embaixo da cama. Miava e fuçava enquanto eu só queria assistir a *Breaking Bad*. Goddammit, Taco. Eu o puxei pra cima da cama sob sua leve revolta. Ele desceu de imediato. Me abaixei pra ver se talvez não houvesse um bicho morto escondido.

Taco Cat puxou a alça da mochila sob a cama, apenas a alça, visto que a mala devia pesar mais do que seus três quilos felinos. Ele ia de puro amor em relação à mala — roçando o focinho nela e a acariciando — a puro ódio — em que a atacava e arranhava e dava saltos ornamentais pros lados. Ele arranhava a mala e a rasgou num canto. Se eu desse uma espiada.

Puxei Taco Cat pra cima da cama de novo. Eu o afofei:

Cê precisa de brinquedos novos, precisa sim.

Enquanto o gatinho se distraía tentando caçar minha mão sob os cobertores, eu disse:

E cê tem razão. Precisamos de um lugar melhor pra isso daí.

* * *

182
Você lê exclusivamente por prazer?

Claro que as mãos doíam dos eventuais cortes ou queimaduras de cortar cebola, cortar batatas para chips e fries (diferenciar corte para chips, crisps e fries tinha sido metade do meu treinamento), esquentar alguma coisa pro head chef. Até hoje as mãos doíam (menos que antes), em especial nas juntas, onde tudo parecia congelar. No entanto, carregar barris de cerveja era literalmente o trabalho mais pesado que já tinha feito na vida. E era literalmente o melhor.

* * *
183
Quem você gostaria de poder ver outra vez? Por quê? Onde está essa pessoa agora? Se você não sabe (ou ela estiver no além-mundo), imagine. Explore o possível encontro ou o porquê de encontrá-la.

Não vi nenhum cachorro hoje. Por mais que tenha caminhado em parques, por mais que tenha ido a zonas onde cegos poderiam estar com seus labradores. Isso não queria dizer que tivesse sido um dia ruim, mas, sejamos honestos, não era um dia bom a não ser que eu visse pelo menos um cachorro.

* * *
184
Onde você busca respostas?

Dia número 2 sem ver nenhum cachorro. Nem da polícia. Onde estavam os donos e seus cães na rua? Fazia frio.

* * *
185
Você gosta de ler revistas de fofoca? Você consideraria isso um prazer que lhe causa vergonha?

Dia 3 sem ver nenhum cachorro. Nem um pequeno, fugido, do outro lado de uma janela. Nem um mascote. O mundo estava cada dia mais escuro, e eu tinha medo.

* * *
186
Você gostava da escola? E de trabalho?

Taco Cat estava no meu colo e miava pra alguns convidados, como se estivesse enjaulado e miasse pra estranhos pra que o libertassem de sua prisão. Venham buscá-lo, ele clamou.

***
187
Você tem medo de matemática?

Quando cheguei a Dublin, ninguém me mostrou a cidade. Consegui um emprego duas semanas depois de chegar. E tive que dar meu jeito pra conseguir dinheiro. Conheci os Cliffs of Moher pela primeira vez em um processo seletivo para atuar como guia turística. Não sabia se as coisas tinham ficado mais difíceis agora (algo relacionado à crise da União Europeia). Hoje os riquixás já tinham aberto mão dos carrinhos para pedalar para serem entregadores do Deliveroo. Hoje já resolviam os problemas com knackers sozinhos. Sabiam que na Garda, a voz de um moleque ranhento de treze anos que rouba bicicletas (mesmo as com cadeados e aparato de segurança) valia mais que a deles. Nem sempre souberam.

***
188
Quão comum era o uso de drogas entre seus amigos da infância e adolescência? E na sua escola?

***
189
Qual palavra as pessoas mais associariam a você? Qual palavra você acha que associam? Pergunte a algum amigo, se quiser.

Amava ter cachorros. Claro que você tinha que dar comida pra eles, tinha que passear com eles. Mas você também poderia ficar olhando pra eles, parados perto da porta, e daí eles arrotariam com um olhar meigo para o infinito.

***

190
Você acha que avaliações numéricas são representativas de algo? Crie uma circunstância em que essa definição seja crucial.

* * *

191
Você gosta de se exercitar?

Meus pés sobravam no colchão da sala. Tinha que ir buscar os lençóis no quarto do Matildo, mas não queria. Maria Alice saiu do banheiro enrolada numa toalha. Olhei pra ela, com sua constante expressão de QUEM É QUE TÁ CHEIA DE TESÃO MAS TAMBÉM tá meio tristonha. Uma expressão em CAPS LOCK que ia baixando, como os cabelos brancos, que pelo menos eu achava, tingidos de castanho (ou parte de uma genética bizarra). Rugas que abarcaram todos os debates sobre peidos de cachorro, mas também todas as noias da fenomenologia.
Ela olhou pra mim. Ela sorriu de volta.
Oi?
Oi.

* * *

192
Aonde no mundo você iria se dinheiro, saúde e tempo não fossem um impedimento?

O relógio de ponteiro em um vinil marcava que eram cinco horas fazia umas duas horas. Eram cinco da manhã e a conversa tinha ficado chata. Não tem uma música que começa assim? It's five o'clock in the morning, the conversation got boring?
Comecei a cantarolar.

Que que cê tá cantando?
Lily Allen.
Ah.
Conhece?
Não é do meu tempo, ele riu.

Cauã era meu terceiro brasileiro (depois de Maicou) e, mesmo morando sozinho, tinha feito questão de transar no sofá. Tínhamos praticamente a mesma idade, mas ele gostava de reiterar como era velho, como se isso me rejuvenescesse. Como pessoas que postavam fotos com legendas autodepreciativas. Talvez eu me sentisse agredida por alguma tendência machista incutida em mim, mas achava que não. Ele se achava velho, e isso, de alguma maneira, me deixava jovem. Comecei a me aproximar da cozinha quando ele perguntou:

Cê tem família?
Aqui?
Em qualquer lugar.

Tenho um marido que é totalmente neurótico por limpeza, umas filhas que passam mais tempo fora que em casa, uma que é meio obcecada com escrever. Acho que é uma fase. Nosso pai é ausente, mas se preocupa do jeito dele. A gente tem um gatinho, mas eu sou quem mais cuido dele.

Marido?
É, mais ou menos.
E é um relacionamento aberto? Vocês têm filhos…
Relaxa, tá tudo certo.
Desculpa ter perguntado, acho.
Anyway, whatever, I guess.

"Anyway, whatever, I guess" era minha resposta padrão provavelmente para qualquer tipo de problema emocional complexo.

* * *

193
O que seu corte de cabelo diz sobre você?

* * *
194
Como seria seu plano de fuga no caso de uma emergência? Aonde você iria?

* * *
195
Quando um professor foi inspirador para você?

* * *
196
O que você se lembra dos parques em sua vida?

Trousers corria mais do que eu conseguia aguentar com ressaca. Atravessou com a facilidade a running track do Griffith Park, o que fez com que duas corredoras loiras se afastassem fingindo que a culpa era delas e se desculpando. O cachorro parou às margens do Tolka River e começou a cavoucar o que, naquele momento, parecia um buraco unicamente feito para poder ser cavoucado.

Inspirei (e meus pulmões ardiam como a primeira vez em que fumei de verdade). Olhei para baixo e tentei sentir o cheiro de terra fresca que saía do buraco. Só consegui sentir o cheiro do meu próprio suor. As coxas queimavam. Uma joaninha circulava na ponta de um cadarço, e me abaixei (para removê-la) quando Trousers voltou a correr e todo meu peso caiu no ombro.

* * *
197
Você acha que tem *amigos on-line*?

Esperando Matildo voltar com a chave, tomei cuidado para comer meu sanduíche sem deixar que caísse no chão, e mexi no celular com a mão que não estava suja de gordura. Mastigava o pão respondendo mensagens privadas no fórum no myusedpantystore.com.
[rickrolled_over9000] said:
could u do a bulk deal? I'm looking for 9-11
[rickrolled_over9000] said:
also some bras
Deixei o celular no chão enquanto começava a comer a outra metade do sanduíche.
Você sabe o que é "bulk"?, olhei para Maria Alice.
Não é tipo com volume? Uma quantidade grande?
Tá, falei de boca cheia. Pode ser.
Rickrolled_over9000 precisava de uma quantidade grande de calcinhas e queria um desconto, especialmente se pedisse sutiãs na mesma encomenda.
[irishbrazilian] said:
sure
[irishbrazilian] said:
how much wear do you want?
Digitei rápido que uma calcinha era €30, mas eu podia fechar onze por €275. €275 parecia um número justo, embora não tivesse feito nenhum cálculo. Sutiãs ficavam entre €35 e €60, dependendo do modelo, de quanto eram vestidos e outras especificações igualmente esquisitas. Não que tivesse dito para rickrolled_over9000 que eram esquisitas.
Voltei a comer o sanduíche encarando a tela. Vi que rickrolled_over9000 tinha perguntado mais alguma coisa. Engoli o pedaço e

limpei o canto da boca. Rickrolled_over9000 enviava fotos de modelos de calcinha que tinha visto no meu perfil, perguntando se eu ainda tinha qualquer coisa parecida.

* * *

198
Você tem (ou já teve) um bom relacionamento com um chefe?

João Pedro Hermann, Lúcio Grosser e Carla Lopes Valle (eminentes jovens empresários do setor calçadista sul-rio-grandense) entraram na Conference Room 1A. Eu, Bruna Paredes, a tradutora que "só estava ali por precaução", os segui. Em torno de mesa já estavam sentados três eminentes jovens empresários de empresas de distribuição na Grã-Bretanha. Sentaram-se todos, trocaram apertos de mão e cumprimentos gentis do tipo que se aprende no Curso Padrão de Inglês Lesson One. Pediram cafés e águas a Mrs. Lemon sem ajuda nenhuma. João Pedro Hermann era quem tinha chegado até o Livro 2 do Curso Padrão de Inglês e tentava ao máximo deixar isso claro aos eminentes jovens empresários. Mas o sotaque atrapalhava sua compreensão. A negociação começou a lidar com hipóteses, com would, could e should. Havia sido numa pausa que João Pedro fez para lembrar como se dizia "juros" que pude me envolver. Interest. Isso, interest. Ela apontou que João Pedro tinha interpretado mal a frase "to fill their shoes". Era o setor calçadista, e era um erro comum. João Pedro Hermann corou. Assumo o controle, para o alívio de todos os eminentes jovens empresários presentes. Antes que João Pedro precisasse formular uma nova frase, concluíram-se as negociações. Por conta de um histórico desagradável de João Pedro Hermann, eu tinha vestido calças sociais e uma camisa abotoada até o pescoço. A camisa tinha jeitos masculinos, e a intenção era essa. O cabelo preso num coque ordinário feito com uma caneta. Isso também evitava erros repetitivos. Tinha coberto os machucados anteriores com um pouco de base e com uma maquiagem específica para olheiras. A da Yves Saint Laurent era a melhor. Mas, ao ver a maneira como João Paulo Hermann caminhava irritado em minha direção, eu sabia que precisava negociar um aumento, porque a base de melhor cobertura era a da Kat Von D, mais cara.

* * *
199
Quais foram as melhores refeições que você já comeu? Descreva a comida sem falar do sabor em si.

Depois de vencer o campeão do ano anterior, Hiro Kyodaina, e me classificar para a semifinal do Magic: The Gathering World Championship, notei o machucado no pulso.

Era o mesmo de quando tinha vencido o Magic On-line World Championship em 2010, pro qual apenas doze jogadores tinham sido convidados. Depois da classificação, tinha sido chamada pro mundial, realizado em Dublin naquele ano, graças a meu Deus bom pai.

Eram os mesmos lugares no braço onde me beliscava ao lembrar que precisava conseguir patrocinadores pro ano seguinte. Eram os mesmos lugares onde uma amiga de escola tinha dito para me beliscar em vez de ficar roendo unhas. Mas o impacto nos braços era maior que o antigo impacto nas unhas.

* * *
200
Qual sua rotina aos domingos?

Maicou me acordou com um carinho no braço (ainda está escuro do lado de fora).

Você precisa trabalhar hoje?

Não abri meus olhos ao dizer:

Quê? Tenho que ver.

Eu o ouvi se sentar no canto da cama. Segui de olhos fechados.

Só de noite.

Eu preciso de um favor.

Cê nunca pede favor.

Eu preciso de um favor.

Deita aqui comigo, bato nos cobertores (como se chamasse Taco Cat).

Ele se deitou por cima das cobertas e tossiu de leve. A tosse era o mais próximo de saúde que Maicou mantinha por aqui. Contei a ele do sonho que tive, e ele ouviu. Ele me contou de uma nova marca de sabão em pó que descobriu (melhor e mais barata), e eu o ouvi. Ele me contou que queria liberar mais a agenda e quem sabe a gente poderia fazer turismo. Que nem todo mundo fazia. Permanecemos juntos, porém separados pelos cobertores. Apesar de ressaca depois dos trinta nunca ser uma experiência agradável, eu ouvi. Ele fez alguma piada sobre alguma cagada de Caetano, e eu ouvi. Fiz alguma piada sobre alguma cagada de Caetano, e ele ouviu. Ele perguntou do seriado que eu andava vendo, e eu disse que não importava. Queria passar o dia todo assim, falando de nada com alguém que significasse algo.

É que eu preciso de um favor, ele me interrompeu. É uma ideia meio ruim.

Fechei os olhos mais uma vez.

Numa escala de um a... invadir a Rússia no inverno, quão ruim é essa ideia?

Levanta logo.

Ruim tipo não aceitar Hitler na escola de artes?

E não veste nada muito arrumado.

* * *

201
Você se considera uma pessoa distraída? Use exemplos.

Resmunguei ao sentir o frio e a umidade do ambiente além-cama. Resmunguei ao trocar de roupas e colocar a mesma calcinha que uso há dois dias (a pedidos). Resmunguei ao lavar a cara. Resmunguei ao caminharmos até o ponto de ônibus e Matildo começar a me explicar a ideia. Resmunguei ao nos sentarmos nos assentos frios do ônibus e começar a entender o que vai acontecer. Resmunguei ao descermos do ponto de ônibus e caminharmos rumo a uma igreja que surge ao final da rua. Antes de chegarmos à igreja, uma fila se estendia já por duas quadras. (Perdão pela definição) gente pobre, gente muito pobre, (perdão pelo racismo), gente negra, gente marrom, gente branca, gente falando em espanhol, em inglês, em polonês, em esloveno, em português. Algumas pessoas eram claras moradoras de rua, e duas estavam abraçadas a mochilas e sacolas contendo kits de sobrevivência diurna.

Comecei a passar a fila (tentando ao máximo nem invisibilizar essas pessoas, mas também não as tornar meu espetáculo particular) quando Maicou me pegou pela mão. Ele me puxou pro final da fila, atrás de um homem oriental com duas meninas no colo. Uma chorava, e a outra dormia, e ele as embalava numa tentativa de acalmar uma sem despertar a outra. Cantava em voz baixa uma música no que parecia ser mandarim. Olhei pra Matildo e ele sorria. Senti umidade no ar.

E de onde você tirou esse lugar mesmo?

Me deram a dica de que se doa cesta básica na quarta de manhã.

Quem deu?

Um colega da aula.

Só tem que parecer pobre.

Maicou, tem gente que precisa de cesta básica.

Tipo eu.

A fila se movia devagar, e as duas filhas do chinês (quase certeza) começavam a sincronizar o sono. Ele ainda cantava uma música. Matildo me olhou, e eu conseguia discutir com ele na minha cabeça. Eu dizendo que isso era errado, ele dizendo quem tinha que saber isso eram os supermercados e empresas que doavam. Eu me oferecendo pra pagar uma cesta básica pra ele, ele recusando. Olhei pra Matildo (que esfregava as mãos e se agitava um pouco pra se aquecer).

Bom, cê precisava de um favor, né?

Você pega uma cesta, e eu pego mais uma.

A igreja tinha ares góticos. Uma entrada composta de escadarias e pórtico (e agora de gente pobre enfileirada) complementava o ar de grandeza proporcionado pelos quatro andares e uma espécie de torre. Se eu não tivesse nenhum tato, eu o chamaria de um spire saindo da igreja. Um vento de chuva soprava. Dois garotos se aproximavam (conversam alto demais).

É aqui, disse o primeiro, loiro, alto, com um moletom da Adidas.

Não tinha mesmo outro horário?, reclamou o segundo, de cabelo roxo bagunçado, com uma jaqueta de couro.

É meio ruim ser de manhã?

Quarta de manhã é ruim. Terça de noite é o melhor dia da Dicey's...

Cê foi na Dicey's ontem?

Tô cansando de lá, sabe?

Mas foi?

Tô virado aqui.

Bah, se eu quisesse ver brasileiro passando vergonha em balada, teria ficado em casa.

* * *

202
Você se considera uma pessoa com bons modos? E etiqueta? Você sabe diferenciar o garfo de salada do de sobremesa?

Eles gargalharam. Tentei procurar alguém responsável pela organização ao longo da fila ou na entrada da igreja, mas só via gente pobre (e organizada).

Tem almoço aqui também, disse o com moletom da Adidas.

Não é proibido isso?

Comecei a olhar para Maicou, uma expressão quizzical. As duas meninas dormiam profundamente, e o pai chinês as mimava e analisava com cuidado. Ainda cantava uma música pela qual eu me encantava cada vez mais. Os jovens continuavam.

Mais ou menos. Tecnicamente, com visto de estudante... sabe aquele depósito de três mil que tem que confirmar? Tipo, tu tem que provar que pode permanecer sem auxílio do governo ou instituição de caridade. A comida é tipo pra gente fodida mesmo, morador de rua, drogado, alcoólatra e tal.

Sei.

Franzi a testa para Maicou ao avançarmos mais na fila. Trocamos sorrisos (não ia rir). Com caixotes de comida nos braços, algumas pessoas caminharam com pressa pro ponto de ônibus. O som dos dois vinha até mim.

Eu já ouvi histórias. De que daqui a pouco um mendigo chega e conversa contigo, pergunta o que tu tá fazendo, não-sei-o-quê. Daí tu é tri querido com o mendigo, e o mendigo trabalha na Garda e te leva pra estação de polícia na hora. Sabe aquele papo de "Meu amigo arranjou emprego no Brasil na correria, teve que voltar"? Provavelmente foi deportado comendo de graça na igreja.

Não ia rir (não ia rir) até que comecei a rir. Maicou começou a rir, e começamos a rir juntos. Ele me abraçou (numa tentativa de abafar minha agora gargalhada). Os dois atrás de nós se entreolharam, mas voltaram a falar.

A freira me desejou um dia abençoado. Agradeci e me afastei rápido, agarrada à caixa pesada que machucava os dedos. Cuidando para não arrebentar. Desci os degraus e notei que algumas pessoas se reuniam em frente à igreja. Acumulavam os conteúdos de suas caixas em menos caixas, em mochilas, enquanto trocavam palavras numa espécie de francês que eu não entendia. Metade do grupo trocava de casaco entre si, óculos, bagunçavam o cabelo, algumas mulheres aplicavam maquiagem, quadruplicavam as camadas de roupa, criaram uma barriga com camisetas. E corriam pro final da fila, que agora se estendia por três quadras.

No ponto de ônibus, analisei meus espólios. Congelados com a data de validade prestes a estourar: pizza, lasanha, quiche. Maicou revirou a própria caixa, com salame, leite, queijo, salsicha, congelados. Apontei pro chinês com as filhas agora em pé, cuja caixa continha salmão congelado. Ele parecia não notar, porque agora as duas meninas estavam (tinham que estar) acordadas.

Acho que devem ter umas caixas especiais, Maicou disse. Pra quem é mais moleque, dão pão e água.

Que exagero.

Um amigo meu já ganhou uma garrafinha de água e um saco de pão. Só.

Por isso que tem que ir malvestido?

Se não, pão e água.

Que gente superficial.

Algum critério eles têm que ter.

Já no apartamento, tomamos café da manhã às nove da manhã, lasanha pronta que venceria no dia seguinte. Maicou ainda esvaziava a própria caixa, correndo e deixando alguns produtos no quarto. Cantarolava a letra errada de "Shoot to Thrill", do AC/DC (que ele me revelou ser sua música favorita).

Me promete uma coisa, eu disse ao vê-lo voltar.

Oi.

Vamos nunca mais voltar naquele lugar.
Ficou com vergonha?
É que... nunca vai ser tão divertido.

* * *

203
Como é o seu relacionamento com armas? Você tem (ou teria) uma?

Caminhei, e meus passos pesavam por causa das plataformas nas botas. Tocava Placebo ao fundo, e a ideia era excelente. Cantei junto aos gritos (tear us in two is all it seems to do as the anger fades, this house is no longer a home). Enquanto me aproximava da piscina da casa do amigo de Janaína, Maria Alice me seguia (awkwardly). Eu sorri, porque seu jeito me lembrava Dominique nos aniversários de adultos da família (e porque visualizava que, ao chegar no inferno, ela seguiria satã awkwardly). Comentando sobre como era engraçado ter uma piscina num país onde só chovia.
Well, someone wanted to impress, brinquei. Ela riu. Fazia frio, em especial perto da piscina. Ficamos ali. Ela perguntou se quero beber alguma coisa, ao que respondi que não bebia.
Não muito, pelo menos, disse.
Mesmo?
É.
Mas cê é sempre a mais porra-louca.
Dei uma gargalhada que chamava a atenção das pessoas do outro lado da piscina. Me virei pra Maria Alice, ainda pensando em Dominique. Sobriedade era uma merda.

* * *

204
Com que frequência você chora? O que o faz chorar?

Não é tanto assim, no máximo special K. No máximo, respondi. Sou direitinha.
Hein?

Quetamina.

Ah.

Cê nunca quis provar?

Parece que... deixa as pessoas tão alteradas.

Tipo.

Maria Alice me deixou falar. E eu falei. Expliquei. Álcool era sinônimo de ressaca, brigas, escândalos, gente que ia pra festa só pra ficar bêbada e pegar outras gentes, ressaca física, ressaca moral, além de te deixar com cara de acabado no dia seguinte. Maria Alice ouvia com atenção (não para pra anotar, pra entender melhor). Sentimos um cheiro de carne de alguém que ligou a churrasqueira numa ideia bêbada, mas não falamos a respeito. Segui. Expliquei que bala era tipo sem ressaca, sem brigas, todo mundo se amando, desconhecidos virando amigos, pessoas que queriam dançar e curtir a música, música, todo mundo sendo lindo e sendo honesto com os sentimentos. Não tinha nem comparação. Maria Alice me deixou falar. E isso era bastante impressionante. Tinha um pouco de medo de, ao falar com ela, ela roubar uma frase e colocar em um dos escritos que ela tanto rabiscava. Não que fosse um problema que ela anotasse tudo, mesmo que ninguém fosse ler. Mas igual. A ideia de ser algo escrito me fazia pensar no boneco de papelão de novo. Numa loja de brinquedos, o Homem de Ferro de papelão só pra vender os bonecos. Tudo perfeitamente objetificado, de uma maneira não exatamente sexual. Escrever sobre mim era me objetificar. E eu não gostava.

Um dos melhores amigos de Janaína, Luiz Fernando, nos trouxe umas Heinekens. Era magro e tinha um jeito afeminado talvez proposital. Uma cintura marcada pela magreza, pernas bem delineadas por uma calça jeans skinny e um tênis de solado baixo. Um casaco amarrado na cintura criava volume nos quadris. O cachecol ampliava toda a área do peito, criando o formato de ampulheta. Se fosse uma música, seria "Moby Dick", do Led Zeppelin. Over the top. Ele passou um tempo comentando sobre a ironia de se beber Heineken na Irlanda, não-sei-o-quê. Seguiu falando e eu só queria pedir com toda a educação e gentileza que tinha que ele fosse tomar no cu. Será que eu era tão pedante assim? Devia ser igual a esse cara.

Tinha acabado de ser esse cara, não acabei?

Sim, ele era inteligente, sem dúvida, tinha obtido seu ph.D. pela universidade de Brown (nunca esconderia) com alguma idade bastante impressionante, mas meu São Jorge. Talvez fosse inveja acadêmica, não podia ser? Eu até cogitaria isso se ele não estivesse dissertando cuidadosamente sobre o dialeto gaélico. Perguntou se queremos mais cerveja, o que trouxe a voz dele de volta à minha mente.

Sim, pelamordedeus, eu disse.

Sabia que não tem palavras pra sim ou não em gaélico irlandês? (Eu queria muito morrer) Maria Alice se inclinou para a frente:

Então não tem como responder uma pergunta?

Você usa sim e não dentro da forma do verbo (vou quebrar a garrafa e enfiar um vidro no pescoço). Por exemplo, pra pergunta "eles venderam a casa?", a resposta seria "venderam" ou "não venderam" (homem, né). Em irlandês, ficaria: *ar dhíol sian an teach*?, a resposta sendo *Dhíol* ou *Níor dhíol*. Entende? (homem)

* * *

205
Você tem uma estação do ano favorita?

* * *

206
Conte a respeito de quando você passou tempo com alguém que era muito diferente de você. Descreva suas maiores diferenças: o que isso diz a respeito de você, a respeito da outra pessoa. Tente trocar de perspectiva.

Chovia pesado do lado de fora (o que me fazia entender a proposição de Franz Boas sobre as comunidades esquimós terem muito mais palavras sobre a neve). Eu me deitei na cama com fones de ouvido. Taco Cat estava deitado aos meus pés e já se enroscava pra dormir. Coloquei "Shoot to Thrill". Fechei os olhos. Eu ia ouvir. E o riff de guitarra no começo me empolgava. Mas eu ia ficar. Aumentei o volume. E ia ouvir por duas horas. Balancei a perna. E iria ouvir até conhecer Maicou muito melhor.

* * *

207
O que você faria se ganhasse na loteria?

Nos fones de ouvido tocava "Bitte bitte", de Die Ärzte. De novo a música das sílabas que eu não fazia ideia do que formam. Maria Alice chegou em casa com seus cinco quilos de cadernos e frustrações, pensando em como queria comer uma pizza. Continuei varrendo a sala, mas as sujeiras pareciam formar um diamante brilhante. Maria Alice caminhou até o banheiro, pensando sobre como queria mijar. Ela mijou, pensando em comprar papel higiênico. Eu achava que ainda estava sob o efeito de um ácido muito do caralho. Porque era a única explicação pra meu poder de ler mentes. Maria Alice saiu do banheiro e me olhou, pensando que ela também podia ler meus pensamentos. Ela agora sabia do meu poder. Mas eu sabia do dela. Ela sabia que eu estava pensando em como conseguia ler os pensamentos dela. E ela pensava que eu estava pensando que eu tinha que me lembrar de também dar uma lavada no banheiro. E ela pensou que o Maicou não sabia fazer nada disso e ainda reclamaria depois. Pensei um oi pra ela. E ela já estava no quarto. Ela tinha lido meus pensamentos de que minha esperança para a humanidade era que todo mundo, pelo menos uma vez na vida, tinha que experimentar a alegria de tirar um montinho de pelos pubianos de outra pessoa do ralo. Fiz um pedido de desculpas mental. Ela não pensou em me perdoar de volta. Bitte, bitte.

* * *

208
Você prefere caminhar ou andar de carro?

É noite.

Chegando ao sul do país — depois de Molana Abbey e Affane Church, Ballynatray, Lismore Castle, as Lismore Towers — já perco a conta do medieval. Esqueço nomes muito fácil, apesar de algumas pichações ecoarem. Como alguém sobe num ângulo a ponto de conseguir escrever na diagonal *no teto*? Um babaca com um spray de tinta me impressiona mais que construções de centenas de anos. Alguma coisa que pode ser *alguma coisa*. Ao menos os túneis e pontes têm pessoas, sinais de vida — melhorar é se tornar mais solitário. Mas os muros do Blarney Castle sempre foram fáceis de pular.

* * *

209
O que você comprou com seu primeiro salário?

Enterravam tudo que não era catolicamente sagrado aqui — suicídios, desconhecidos, assassinos impenitentes, marinheiros que morriam no mar — e, em especial, crianças não batizadas ao morrer. E, outro especial, mães que morriam no parto. Ao dar à luz, a mulher era considerada cheia de sujeira mais uma vez, portanto, precisava ser rebatizada. Mas, se morresse no parto, ela morria em pecado.

Cillín, anglicizado "Killeen", vem do sentido literal no irlandês de "cela pequena", ou "cemitério pequeno". Alguns deles têm mais de mil anos. Muitos desses locais são terrenos de práticas de enterro pagãs tomadas emprestadas com toda a gentileza do mundo pela cristandade.

Não são mapeados. São pedras empilhadas em um campo verde. Sempre que vejo pedras que parecem estar arranjadas, e logo em seguida mais pedras arranjadas, mais pedras arranjadas. São homens que concordaram que devem enterrar seus filhos e esposas em certo lugar e colocar pedras ali. E não falar mais a respeito.

O plural de cillín é cillíní.

* * *

210
O que você acha de merchandising? Uma criação que elogia marcas pode ser interpretada como um objeto de arte?

* * *
211
Experimente usar o clima em uma narrativa, não no sentido da chuva inundando casas, mas lhe dando impacto mais pessoal.

* * *
212
Por que humanos estão na Terra?

Se você dissesse meu nome três vezes em frente a um espelho à meia-noite, eu apareceria e provavelmente faria festa nos seus bichos de estimação e diria que você está realmente uma graça na noite de hoje (e depois pegaria uns troços do seu freezer e iria embora).

* * *
213
Se você conhecesse Deus, o criador, que perguntas faria?

Construir pontes não salvaria o mundo. Arte não salvaria o mundo. Entender os padrões de comportamento de determinadas sociedades não salvaria o mundo. Que fosse se voluntariar em uma igreja distribuindo cestas básicas pra imigrantes ferrados, sua pretensiosa de merda.

* * *
214
Em que era você gostaria de ter vivido? Narre uma cena que se passe nesse período.

Mas você é hétero ou gay ou bi ou o quê?
Definitivamente o quê.

* * *
215
Você passa tempo demais no computador jogando aqueles jogos simples de Flash?

Era tarde, apesar de eu ter saído cedo. Entrei em casa. Chutei umas latas de cerveja que tinham caído da lixeira próxima. Entrei no quarto. Matildo, abraçado a Taco Cat, ocupava quatro quintos da cama. Eu já encontrava uma posição confortável na cama (com um Taco Cat desperto que se aninhava em mim) quando, ao ligar o celular pra ver o horário (5h18), notei que Matildo tinha uma sujeira nos dentes (aparente por sua respiração pela boca). De novo não.

Não acredito que não escovou, eu disse. Do meu lado, na caixa usada como mesa de cabeceira, a frase:

you may paint over me but I will still be here

Ao fundo, Maicou roncava. Eu me levantei agarrada ao meu gato.

* * *
216
Você tem problemas básicos do dia a dia que o incomodam? Se sim, quais são?

Nos Cliffs of Moher vejo mais pedras que chegam ao oceano. Eu me espreguiço por conta da viagem do ônibus de Paddywagon com bancos duros. Acompanho mais sinais da vitória da água. A Irlanda inteira me parece um comprovante de vitória da água. Isso e algas em lugares esquisitos. Algumas áreas têm calçadas e muretas especiais para turistas poderem posar com a vista. É um dia nublado, nebuloso, enevoado e um pouco úmido. Tento caminhar para longe das vozes, não por odiar meus companheiros ou por me orgulhar em antissociedade, mas porque o tentar entender é um pensamento invasivo. Ouvir uma frase em italiano faz meu cérebro buscar equivalentes. Mesmo que eu não queira. Como ouvir outra pessoa falar ao telefone, com apenas metade da informação, e completar mentalmente com as respostas que não se ouvem.

Meus companheiros correm para dentro e fora do centro de visitantes enquanto algum guia turístico em português explica que esses Cliffs foram usados como lugar de filmagem do Cliffs of Insanity, as falésias da loucura, no filme *The Princess Bride*, a *Princesa prometida*, além de ter sido cenário de filmes como *Harry Potter*.

Penhascos. Falésias. Essa é a palavra. Tiram fotos enquanto caminho pelo terreno. Continuo andando, indo a. A grama cresce em quebras do relevo, como se vindo de dentro da pedra em si. Tecnicamente, os Cliffs of Moher ficam ao sul do Burren. Burren, segundo o guia turístico, vem do gaélico irlandês An Bhoireann e quer dizer "lugar pedregoso". Sigo. É impossível não associar com barren, a ideia de estéril, improdutivo, árido. Bailarinas têm que andar com um pé em frente ao outro, uma professora me disse uma vez.

Há muito oceano, muito musgo, muito verde, mas há mais pedras. Os Nike Lunartempos pretos com verde e rosa já gastos e sujos nas laterais. Pedras me interessam. Caminho por mais vinte poemas.

Não era Goethe que, além de escritor, tinha uma coleção imensa de minerais? Mal consigo ver o centro de visitantes, apesar de não saber se é culpa de meus olhos ou da distância. Pedras são mais próximas. Meço distâncias em tempo, em segundos, desde sempre, em árvores, em pontos de referência, em segundos de contagens mentais que me fazem pensar em: será que tenho Transtorno Obsessivo-Compulsivo. Pedras.

Acho que W. H. Auden chamou Goethe de "devoted to stones". Mais quinze minutos e grandes paralelepípedos. O devoto das pedras. Talvez eu esteja em um caminho religioso. O vento traz cheiro de mar e faz carcaças de algas soltas flutuarem sobre as pedras, quase em redemoinho. Não dizem que o saci chega em um redemoinho? Faz tempo: faz tanto tempo, tanta distância e tantas pedras.

Um caminho religioso devoto às pedras, ao desabrigo e às algas em lugares estranhos. Chego a uma área mais distante do oceano. É apenas pedras, barren, áridas. Ao fundo, uma visão pedregosa. As falésias, as ondas quebrando, talvez pessoas se fotografando. Na minha frente, alguém fez um círculo com pedras.

O som do mar e do vento de algas em redemoinho. Mais pedras sobre pedras sobre pedras marcadas com grama entremeada. Ninguém vigia. E um círculo perfeito feito com pedras menores. Círculo dentro de círculo. Quase como um vestígio de um acampamento com fogueira. Um círculo na Irlanda: eu, as pedras, as pedras do círculo, a grama, as algas, a Irlanda. Talvez seja uma mensagem. Quero chutar uma delas para fora dali, descentralizar.

* * *

217
Você tem facilidade em falar de sentimentos?

Quiçá fosse porque tinha recém-fumado um baseado e o Matildo queria falar de algo sobre nós. Quiçá fosse porque o Matildo, pelo cheiro, não tinha escovado os dentes o dia inteiro. Quiçá fosse porque Taco Cat queria brincar comigo, e eu tinha prioridades. Quiçá fosse porque falar algo sobre nós soava tão antiquado e patriarcal como poderia soar. Quiçá fosse só a maconha mesmo (mas maconha não irrita). Quiçá fosse só o Matildo mesmo. Mas eu disse:

Sabe. O Caetano tem razão. Cê literalmente tenta transformar qualquer informação num problema. E acha que tá fazendo algo muito direito.

Ele bateu a porta quando saiu (mais puto porque Caetano tinha razão).

* * *

218
Você sente gratidão? Pelo quê?

Oi, filha, minha mãe disse depois que passam o telefone pra ela. Ei, mãe, eu disse.

Cê tá boa?

Tô indo, mãe.

Tá comendo?

Tô, mãe.

Olha que tô te achando mais magra nas fotos.

Tô comendo sim, mãe, eu disse. Eu sorri, mesmo que ela não enxergasse, dizendo: a gente tem um gato agora.

Mas que ideia foi essa de ter gato?

Todo mundo na casa adora ele.

Eu tendia a não falar muito ao telefone com minha mãe. A sua voz se rachava fácil, a distância parecia um problema grande demais pra ela. Os funerais a que não tinha ido, as missas de Páscoa, todas as idas ao médico de Dominique que ela achava que eu deveria ter acompanhado.

Quando você vem nos ver?

Logo, mãe.

Além do fato de que os diálogos tinham sempre um roteiro (ao contrário de com meu pai): se estava bem, se estava comendo, quando visitaria. Não que ela não tivesse motivos pras perguntas.

A gente tem uma novidade.

Terminou a reforma da garagem?

Não, a reforma deve demorar um pouco ainda, ela disse com a voz rachando.

É claro que a garagem nunca iria se esvaziar dos jornais e cacarecos que ela acumulava (sobre os quais nem pergunto mais).

Então o que houve?, eu disse.

Fomos na polícia hoje, ela pausou como se pretendendo me deixar ansiosa. Tirar o passaporte.

Mãe?

Eu, seu pai e Dominique. A gente vai ver você.

Mãe, não precisa, que ideia é essa...

Foi da Dominique mesmo.

Mãe.

Ela tá tão empolgada, Bruninha do céu.

Não é uma boa hora pra mim.

A gente faz ser!

Não, não, eu nem vou conseguir receber vocês.
Cê nem sabe quando a gente vai.
Mãe! É caro, não quero vocês gastando dinheiro com isso.
A gente tava economizando, é pro aniversário da Domi.
Mãe —
Faz quase três anos que você não vê ela.
Eu sinto saudade, vocês sabem disso.
Ela também.
Ela rebateu meus argumentos: sobre dinheiro, sobre tempo, sobre eu não poder, sobre eles não poderem, sobre ser perigoso, usou meu gato contra mim ("como alguém sem tempo tem um gato agora?"). Além de minha mãe acumular todos os jornais possíveis e imagináveis na garagem, ela era muito boa em acumular todas as memórias que existiam. Que deixassem vir.
Tá bem, mãe, vocês vão me dando notícias.
Te aviso quando formos na agência.
Avisa mesmo.
Te amo, filha.

* * *

219
O que você gostaria que figuras de autoridade soubessem de imediato sobre você?

Quer dizer, já passei por one night stand, casual, namoro, noivado, casada, não casada, a enrolação toda. Já passei pelo casamento (esse amontoado de anos mandando mensagens do tipo "cê quer que eu traga alguma coisa pra janta?") e acreditava que relacionamentos eram where it's at. Mas, ao mesmo tempo, uma festa de casamento tinha sido o evento mais vergonhoso possível (a vontade de virar pros convidados e mandar que parassem de falar de mim e que fossem cuidar da própria vida). Era muito mais fácil mudar quando havia uma pessoa te obrigando a mudar, como um personal trainer de irritação crescente (porque família consegue fazer isso por um tempo muito limitado, e.g. até alfabetização completa). Matildo era meu personal trainer de irritação crescente, a quem enviava todas as responsabilidades do meu próprio desenvolvimento pessoal. Mesmo que ele não soubesse e muito menos gostasse.

* * *

220
Você já mudou a opinião de alguém? Narre o diálogo.

Na volta do trabalho, mais uma pessoa tocava violão na O'Connell Street. E eu reconheceria o desespero pra acertar as notas de "Anna Júlia" em qualquer lugar. O amigo de Caetano que tinha umas quinze bandas e um violão de estimação. Ele trabalhava em Cork na maior parte do tempo. Larguei uma moeda ironicamente. Ele agradeceu, ainda tentando tocar "Anna Júlia". Eu ri:

Não. Sou eu.

Ah!

Mais rápido do que consegui explicar que já estava indo embora, ele colocou o violão de volta no estojo. Ou é case? Se fala case no Brasil, não fala? Ele guardava o dinheiro enquanto eu me perguntava. Disse, ainda abaixado:

Pra onde vamos agora?

Eu preciso ir embora, respondi.

Matheus. Esse era o nome dele. As pessoas tinham nomes, tinham vidas.

Toma um café comigo antes.

Matheus era mineiro e, como todos os mineiros, seguia o mais próximo de uma teoria comportamental que fundei baseada em nada. Concluí isso a partir de uma amostra de três ou quatro. Ah, os prazeres de estar fora do doutorado. Minha teoria era de que mineiros eram os que mais sentem saudade de casa.

Preciso ir embora, enfatizei.

E mineiros tendiam a ser os que mais choramingavam dessa homesickness. Dessa saudade. Eram os que frequentavam os forrós, organizavam os carnavais, criavam os deliveries de coxinha. Abriam loja de produtos brasileiros, reclamavam da falta de requeijão. Matheus tinha duas bandas, uma de MPB e outra de pagode e samba. Tinha uma terceira banda "só pra uns jams" (mas essa continha europeus).

Preciso ir embora, eu disse.

Ele sentia falta da comida do Brasil. Sentia falta do clima do Brasil. Sentia falta dos brasileiros. Sentia falta das brasileiras. Morava com dois russos e uma eslovena e "queria queimar a cara de todos com óleo fervente".

Preciso ir embora, eu disse. Paguei mais dois expressos do McCafé, um pra ele e outro pra mim.

* * *

221
Como você honra as pessoas que ama?
Você acha isso importante?

Eu sentia fome. Matildo sentia fome. Eu, tu, ele, ela, nós, vós, eles e elas sentíamos fome. E ainda por cima, Matildo não tinha gozado. E tinha brochado dentro de mim. Segui meu papel esperado machista boa moça.

Estávamos na cama. As batatas tinham fungos. Mas os fucking landlords. Sempre (foram, seriam, serão) ausentes. Sempre estiveram (estarão) na Inglaterra. A rainha. A porra da Rainha. Alguém trouxesse a cabeça dessa rainha e três barris de seu melhor ale. Matildo me abraçou, enquanto eu encarava o painel de locais idílicos na Irlanda nos seus melhores ângulos. Ele me apertou.

Ele riu (e coçou o canto do olho). Talvez precisasse colocar mais fios em alguns lados do painel. Talvez se a umidade não entrasse pelas paredes de madeira e pedra mal vedadas. As linhas de corda de Matildo nas paredes de pedra durante a Grande Fome. Pesavam. As imagens que alguém na cidade desenhava e trazia, de falésias, de pontos turísticos. Não que houvesse garantia de que eram assim. Mas cobriam mofo. Um rato raquítico estava parado em um canto do aposento. Eu estava de costas, mas sabia que Matildo olhava pra mim.

Cogitei cantar we are the champions ao achar não só meu blusão como a roupa íntima e o resto do pijama. Percebi que o rato estava na verdade morto e o que eu achava que era uma pelugem era na verdade uma primeira camada de mofo fofo. Mofo fofo mofo fofo mofof ofofomofofo fofo. O blusão fedia a suor (quiçá eu nunca o tenha lavado desde que cheguei aqui, desde o início da história, desde que nasci, o blusão herdado de meus pais). Terminei de vestir.

Saí de baixo das cobertas (sentando na cama). We are the champions (a parte de done my sentence but committed no crime) parecia a música ideal pra esse momento. A gente precisava mais de dinheiro do que de discussões, ou de batatas. Aos vencedores, aos ingleses, as batatas. A nós, algum dinheiro pra pagar o aluguel. Algum dinheiro pra não deixarmos o aposento úmido com mofofofofo mofofo.

* * *

222
O que tem de especial na cidade onde você nasceu?

Eu estava na cama e era isso que me importava. Não iria pensar. A janela estava aberta pra tirar o cheiro de maconha, enquanto uma música eletrônica da noite anterior ecoava em mim. Observei o gato. Taco Cat pulou em duas pilhas de livros minhas, livros em que não encostava desde que tinha chegado. Mas havia trazido. E levaria de volta, custasse o que custasse. Ele tentava dar uma patada em um cartão-postal com um monumento fálico qualquer da cidade. Me estiquei para impedi-lo:

Taco.

Ele pulou um pouco mais alto, e agora notei que ele tinha se interessado por um pedaço de fita-crepe que estava descolando e se mexia sob o vento. Um canto dos cartões-postais estava mais gasto, talvez de tanto tirar e ajustar (finalmente) os postais dos Cliffs of Moher.

Até que Taco Cat acertou a fita-crepe e grudou a pata nela — e até que diversos cartões-postais de um canto despencassem pro lado. O vento ainda chacoalhava alguns cartões na parede. Me aproximei:

Ué.

Um trecho da parede de compensado estava um pouco gasto. Puxei mais cartões-postais. Mais Cliffs of Moher no colo e no chão. Até que cheguei ao centro do painel de cartões e havia um buraco na parede, que desembocava diretamente no quarto ao lado. Me abaixei e pus o rosto contra. A música eletrônica ainda ecoava na minha cabeça.

Consegui ver o quarto ao lado inteiro, da cama da Maria Eduarda até a de Janaína, o colchão de Maria Alice e de Caetano. Me afastei, observei Taco Cat embaralhar os cartões-postais caídos. Em caça.

* * *

223
No que você é bom?

* * *

224
Com sua casa em chamas (com filhos e parceiro em segurança) e seu cachorro sob o braço, o que você salvaria se não pudesse carregar muito?

O salto machucava meu pé. A camisa formal me sufocava. Mas o Theo tinha mandado ser gentil, pois poderiam dar uma boa gorjeta. O carro e o convite tinham sido dele, então, não discuti. Eu esperava na área de desembarque do aeroporto de Dublin Aerfort Bhaile Átha Cliath. Na minha placa YAMAMOTO FAMILY. Depois de colocar os três japoneses tímidos (perdão pelo estereótipo) no carro do Theo, ia levá-los ao apartamento alugado via Airbnb da Giovanna.

Foi quando notei um casal composto de duas pessoas de olhos puxados (esse termo é racista? Não sei diferenciar a nacionalidade de imediato), um filho de olhos puxados (perdão) e um deles com uma namorada de olhos "redondos" com camiseta do São Paulo. Levavam dois carrinhos com (mais ou menos) sete malas e discutiam em português até chegar a mim. O pai me cumprimentou em inglês com sotaque londrino impecável, começou a me agradecer a gentileza do serviço (pelo qual ele estava pagando). Os três adolescentes discutiam em português atrás dele.

Eu sou brasileira também, se precisarem, eu disse.

Trocamos sorrisos. Comentamos sobre como há muitos brasileiros por aqui. Eu os levei ao carro, organizamos as malas no porta-malas do Honda Fit. Eles perguntaram se trabalhava fazia muito tempo naquele serviço. Menti que sim. Perguntei se era a primeira vez em Dublin. Eles responderam que sempre visitam quando vêm à Europa porque a empresa do pai tem uma parceria com a filial irlandesa, então o pai sempre conseguia parte dos custos pagos pra fazer um treinamento. No caso, era a primeira vez dos filhos. A esposa, como era professora na UFPR, ela informou, estava de férias em dezembro, então por que não, não é? Perguntei como está o novo prefeito de Curitiba, fiz o clichê de que eles são pessoas bem falantes pra curitibanos, porque vocês normalmente não falavam tanto assim com estranhos.

Já morou em Curitiba?

Fiz toda minha formação na UFPR.

Ela se interessou. Contei de leve sobre como tinha parado no meio do doutorado de antropologia. Tinha sido bolsista, tudo certo, mas a vida pessoal tava um desastre. Ela gargalhou e disse que era sempre assim. Ela era da história, então, sabia como acadêmicos de humanas estavam sempre meio ferrados.

Todos os acadêmicos, sempre ferrados, eu disse. Respondi: descobri o tal niilismo relativista, aí tive que vir pra cá guiar turista. Rimos mais um pouco e começamos a falar de um cara do departamento de História que era tipo amante da Judith Butler, não tinha uma história assim? Quase marido, até.

O filho me cutucou enquanto dirigia. Queria saber o que era isso que a gente acabou de passar. Na verdade, acabamos de passar um poste, mas ele queria saber se é o Spire of Dublin.

É a minha primeira vez aqui, não quero perder nada, ele me informou.

Não, o Spire tá longe ainda, respondi.

* * *

225
Qual seu credo pessoal? Você tem regras a seguir na vida?

Estava cercada de modelos de vinte e poucos anos para o papel de mãe do menino no comercial de cereal. Tinha as headshots, o currículo, todo o papel que iria fora. Sentei numa cadeirinha plástica. He just can't get enough of Sugar Puffs! E as perguntas de personalidade. What do you do for fun? We just want to see how you interact with the camera. Se percebessem o sotaque, ia ser a mãe terceiro-mundista latina da família multirracial comercial de margarina do século XXI. Bom, eu podia não ser linda ou ter muita experiência, mas pelo menos conseguia problematizar praticamente qualquer tema. E nem tinha começado com obesidade e diabetes infantis ainda. Sugar Puffs.

Estiquei as pernas. Algum osso na altura do tornozelo estalou. Envelhecer era uma merda.

Podia ser que perguntassem por que diabos vim pra Dublin. Perguntassem se era casada. Perguntas com respostas difíceis. Não era que eu já não pensasse em ir pra Dublin antes do Renan, sabe? E depois da Dominique (minha culpa), pensava mais ainda. Quando ficamos só a Dominique e eu, Dublin venceu. Eu precisava de uma história melhor.

O corredor em frente à sala de casting era minúsculo e só diminuía conforme chegavam mais modelos, algumas em dupla praticando a fala. No, say that again, with heart.

Talvez a Dominique fosse gostar de Dublin. E sem dúvida ficaria linda num comercial pra Sugar Puffs. Ela já estava estudando inglês na escola? Eu iria perguntar pro meu pai no próximo e-mail.

A fonte na porta para o casting de Sugar Puffs era Comic Sans. Faltavam vinte minutos para começar o horário (mas seguido do atraso) em que começariam a nos chamar. Uma menina com cheiro forte de perfume (trabalhar na Sephora ensinou a reconhecer o cheiro doce de Very Irrésistible, da Givenchy).

First audition, huh, eu disse.

Ela fez que sim com a cabeça. Eu estava prestes a fazer mais um comentário a la social butterfly quando o Matildo me mandou uma porra duma mensagem. Alguma coisa sobre jantar em casa, porque ele queria saber se eu poderia passar no mercado (brasileiro) e comprar feijão (carioquinha) e fazer, tudo hoje à noite ainda.

O Matildo era meu relacionamento mais longo desde o Renan. Os dois pela proximidade geográfica, pela minha preguiça mesmo. E pela segunda vez eu fazia as mesmas perguntas. E o que você diria quando todos os relacionamentos eram permeados pelo machismo, pela estrutura patriarcal?

Porque uma pessoa não podia negar as estatísticas. Brasileiras gastam, em média, o dobro de horas semanais em afazeres domésticos em relações a homens. Quando falam em reuniões, mulheres falam menos e são mais interrompidas. Isso sem falar nas de sempre, desigualdade salarial, associações de emocional versus racional, características "masculinas" não serem apreciadas em mulheres, the works. Não era essa a questão. A questão era como *existir* nesse sistema. Existir. O que fazer quando a desigualdade era o jeito que as coisas são? Eu pedir pro Matildo me fazer feijão era completamente diferente de ele pedir.

E eu sabia que estava fazendo aquilo em que eu problematizava e não pensava no real problema.

O real problema era de ter gritado com o Renan que ele estava sendo machista. Porque eu sempre gritava que ele estava sendo machista. Era o que eu fazia. E ele saiu de carro. E nos deixou um seguro de vida até que bom.

Mas o real problema era que todos os livros e teorias de gênero e desconstruções e empoderamento e páginas e páginas e livros novos e livros de sebo com cheiro de livro velho e polígrafos xerocados em espanhol e páginas e mais páginas em francês, folhas soltas em inglês e PDFS em qualquer idioma pra comunicar uma ideia e mais PDFS da face da terra não te ensinam de fato como lidar com relacionamentos. Não eram autoajuda barata, que só reforçaria estereótipos. E não havia autora transexual desconhecida que só foi publicada na Índia que te fizesse entender que não era sua culpa.

Só me restava esperar agora.

* * *

226
Você tem autocontrole? Quanto?

Os hobbies de Bruna incluíam:
Pegar no sono bêbada enroscada nos cobertores como um burrito e acordar horas depois com EuroVision tocando a todo volume no celular com 2% de bateria.

* * *

227
Como seria seu mascote pessoal?

* * *

228
Você passa mais tempo planejando para o futuro, remoendo o passado ou vivendo o momento?

* * *

229
Qual sua memória favorita de comidas específicas de períodos do ano? Por exemplo, bolos de aniversário, perus natalinos etc.

É difícil achar respostas na internet. Na maior parte do tempo, as pessoas não querem que qualquer imbecil completo tentando obter acesso descubra informações. O "imbecil completo" são adolescentes ("os jovens"), pichadores, viciados em drogas ou, os maiores imbecis, a polícia ou autoridades locais. Existe uma ética no processo.

Mais do que posts de blog indicando lugares e sugerindo possibilidades de onde ela esteja ("eu não consegui salvá-la"), há espaços abandonados em cada esquina da Irlanda. Talvez não em cada esquina na Irlanda, mas em cada esquina de Dublin. É um país de emigrantes, de casas e fábricas deixadas para trás, de uma economia frágil, que se recuperou, mas só um pouco, as fábricas. Portanto, há uma série de lugares sem pessoas habitando e uma série de pessoas morando nas ruas. Você só precisa prestar muita atenção nos arredores.

São muito óbvios.

É claro que os mais óbvios são fábricas, complexos industriais e edifícios comerciais antigos que ainda não foram tomados por bancos, Starbucks e McDonald's. Não há nada de errado com bancos, Starbucks e McDonald's: eles só têm dinheiro para recuperar e manter esses prédios. Em geral, as construções abandonadas são de acesso fácil suficiente, grandes e amplas.

Desenvolvo afeto por pontes e túneis desertos com problemas na infraestrutura. As linhas de trem são antigas e uma pesquisa rápida a respeito de rotas desativadas ou "históricas" me instruía com o que eu precisava. Apesar de ter começado seguindo a lista com cuidado, a frase "vamos ver alguns lugares no improviso" vinha à minha mente como se meu crânio fosse feito de metal e a frase, um ímã industrial. Google e Wikipédia me resolviam, além de seguir os trilhos do trem pelo Google Earth.

Atravessando túneis longos que estavam bastante obscuros ou escondidos por completo, faço amizades com mendigos que moravam por lá. Começo a levar comida na mochila, junto de uma ou duas latas de Bulmers. Meu medo se dissolve quando eu trago duas Bulmers e sento com eles. Alguns não falam inglês, mas depois de meio litro de sidra, estabelecem comunicação. Começo usando fotos dela e conversando com eles. Depois de nee, ne, no, no, no, aye, no, nej, nein, nei, niet, nu, nie, no, não e, apenas uma vez, non, comecei a usar a sidra como abertura e a esquecer de mostrar as fotos. Começo a me esquecer das fotos. Há túneis mais escassos. Nojentos, úmidos, de esgoto e drenagem, feito o River Poddle em Dublin. Mas ainda não tenho capacidade de tolerar tanta umidade. Também penso em escalar alguns guindastes para acessar edifícios ou entradas mais altas. Mas ainda não tenho tanta capacidade.

Descubro que, mais do que túneis e pontes, igrejas podem ser mais interessantes. Fábricas são mais seguras. Depósitos e trilhos da linha DART são mais urbanos, o que pode ajudar. Reservatórios, seja de comida ou de água, às vezes podem ser mais no interior. Mas costumam ter bichos. Os reservatórios mais antigos me deixam triste por conta do fantasma da Great Famine. Suponho que todos os países tenham tido uma Grande Fome. Mas quando um país nunca recupera o número populacional que teve antes da Grande Fome, sempre parece um excesso guardá-la.

No entanto, meu tipo favorito de exploração urbana são casarões georgianos abandonados: podia descobrir o uso de cada quarto em particular e, se nada me ocorresse, inventar. Posso sentar e escrever nesses lugares. Apesar de serem mais conhecidos e visitados, conforme o dia da semana e o horário, eu levo um iPod e uma caixa de som e fico ouvindo música por horas. A acústica pode ser boa, apesar de o som assustar alguns morcegos. Impressiona como algumas casas têm uma quantidade surpreendente de móveis e construções ainda originais. Às vezes, ao voltar para casa, olho no laptop as fotos mais antigas dos lugares, a foto no Google Earth, e comparo as mudanças, tentando juntar informações e contar uma história numa espécie de engenharia reversa de vazios. Ah, é pra isso que serve aquele quarto.

É claro que não tiro fotos. Não fico postando em redes sociais. Não picho nada. Apesar de o blog fazer isso, eu não faço. Tomo cuidado, porque nunca sei quem pode estar observando. A gente nunca sabe que fantasmas estão por perto.

* * *

230
O que estará escrito em seu obituário?

* * *

231
Você conhece o efeito borboleta? É o fenômeno que descreve a ideia de que condições iniciais são sensíveis ao resultado final. Por exemplo, o bater de asas de uma simples borboleta poderia influenciar o curso natural das coisas e causar um furacão no Japão. Descreva uma sequência de eventos que tenha esse efeito como mote.

A Bruna era o perfeito exemplo do efeito borboleta. Efeito borboleta descrevia o fenômeno de quando todo mundo achava você bonito, mas, olhando bem de perto, você era meio esquisitinho e desengonçado.

Ou isso.
Ou.
O Caetano era o perfeito exemplo do efeito borboleta. Efeito borboleta descrevia o fenômeno de quando todo mundo achava você bonito, mas, olhando bem de perto, você era meio esquisitinho e desengonçado.

Ou isso.
Ou.
Você já se sentiu tão atraído por uma pessoa que conseguia notar que seus pensamentos começavam a fugir de qualquer padrão? Os pensamentos iam até a pessoa? Você conseguia sentir que aquela pessoa estava te enlouquecendo?

* * *

232
Você se acha corajoso? Dê exemplos.

— Você já ouviu aquela música nova? — Bruna perguntou. Pela terceira vez, um terceiro morador do prédio, um senhor mexicano, nos ofereceu ajuda. Estávamos sem chave mesmo.
— Qual? — observei o senhor se afastar.

— "Sunday Bloody Sunday". Tá em todas as rádios.
— Como que chama a banda mesmo?
— U2.
— Não sei se ouvi não.
— Eles tão fazendo um tour agora, aliás.
— Você vai?
— Não sei... Eles soam meio sectários, sabe. Quase pró-rebels. Isso me ofende um pouco, acho.
— Antes de te conhecer, nunca soube que tinha tantas coisas que deviam me ofender — eu disse para uma Bunny que brincava com a própria meia. Ainda esperávamos Matildo voltar, porque nenhuma de nós tinha a chave.
— É que algumas pessoas não percebem que tem gente que é mais sensível, que pensa de um jeito diferente, que sente coisas diferentes a partir da mesma experiência. Algumas têm motivos diferentes para fazer ou não as coisas.
— Ou seja, nem tudo está a serviço delas.
Ela sorriu. Eu sorri. Talvez aquela troca de sorrisos fosse o tal feminismo sobre o qual ela enchia tanto o saco.

Ou isso.
Ou.
— A questão toda da percepção do pelo corporal feminino é que acham que a gente tá tentando ser radical ou ousada — uma Bruna que brincava com a própria meia me disse. — Mas é o oposto. Somos nós não tentando de qualquer jeito: só existindo como a gente é.
Começamos a rir.
— Você tá com fome? — ela perguntou.
Eu disse que sim.
— Eu preciso de mais qualidades positivas — disse a Bruna —, o meu senso de humor sensacional não tá me trazendo muito dinheiro.
Tentei parar de rir e não consigo. Deixei escapar um pouquinho de mijo ainda rindo. Ela começou a cantar uma música sobre ter dois reais e gastar no Subway. Continuamos rindo por mais cento e cinquenta minutos.

Ou isso.
Ou.
Eu e a Bruna estávamos de pé. Ela tentou me chutar e eu desviei. Eu a empurrei e ela mal se segurou no corrimão e tentou me chutar de novo.

— Você nunca vai deixar ninguém em paz. — Segurei o pé dela, e ela caiu, gritando de dor. — Cê é tão rápida pra problematizar todo mundo e nunca dá uma chance pra ninguém. — Chutei o corpo dela, ela puxou minha perna. Caí. — As pessoas cometem erros. — Estávamos as duas deitadas no chão tentando respirar pela boca. Se eu tivesse mais energia, ia bater mais naquela vaca, empurrá-la da escada pra quebrar o pescoço, alguma coisa assim. — Seria legal parar de agir como se todo mundo tivesse que ser perfeito, não me espanta que cê sempre esteja amargurada e meio triste. — Eu desmaiei.

Ou isso.
Ou.

* * *

233
Do que você tem medo?

Ou isso.
Ou.

— Entendi — eu a abracei. — Você não é que nem as outras garotas. Você não é nada que nem as outras garotas. E aquela garota que você viu no ônibus não é que nem as outras garotas também. É muito surpreendente. É quase como se todo mundo fosse diferente um do outro.

A gente ficou abraçada, ainda tentando fazer com que o calor corporal nos aquecesse, as duas com preguiça de pôr as calças de novo. Eu disse que nem sempre ela fala de teoria feminista, e que era um lado dela que eu gostava.

— Quer dizer — ela disse —, eu não sei se o Matildo teria cabeça pra lidar com isso.

— Como assim?

— Ele é criança.

— Ele parece bem adulto e bem responsável.

— Essa neurose dele, isso é criança. Até porque quanto mais você é inteligente, menos os homens são engraçados.

— Você é tão progressiva, sabendo e falando um monte de informações importantes — eu esquentei minha mão por baixo da blusa dela. — Mas você não é uma pessoa boa.

— Como assim?

— Você é muito inteligente, mas é tão má.

Ou isso.

Ou.

Você já viu uma pessoa dessas tão bonitas que você começa a imaginar cenários amorosos em que vocês estão juntos e felizes e tudo está bem e daí você mentalmente sabe que aham tá isso nunca vai acontecer?

* * *

234

Você tem uma roupa específica que sempre seja associada a você?

* * *

235

Escreva sobre algo considerado feio, como assassinato, guerra, medo, insetos nojentos, mofo, ódio, crueldade, abuso. No entanto, encontre a beleza na situação ou algo bom que sai disso.

O sangue saía de mim para o vaso sanitário para fora mas dentro sempre o mais dentro de dentro das profundezas da base mas sabia qual a base igual a merda a merda que também estava dentro e também saía semilíquido sem textura mijo pelo cu excremento fezes dejeto dejeto estrume cocô o maior chiqueiro o playground tão próximo da área de limpeza não era essa a piada isso me lembrava de quando tinha uma baleia encalhada na praia acho que no Rio de Janeiro não e torrente de dejeto esvazia saco vazio não para em pé e se eu tentasse limpar e se eu usasse jato de água o problema era que o prazer da limpeza o prazer do toque da água o toque da baleia quem sabia uma beluga uma beluga com chifres dentro e o sangue the tusk the tusk the dawn um corno, uma haste, um chavelho, um pau, para uma mulher da sua idade para uma mulher da minha idade da minha idade minha idade até parecia que nervo nerval narval uma aspa, uma binga, uma guampa, um carrapito, um pau e os dejetos que não paravam de sair em corrente enxurrada enxurrosa em massa um pouco de textura um pouco de força um pouco de peido de baleia as mãos sujas de sangue eu deveria ter feito as unhas ao menos lixar e vinham de dentro tudo pertence ao dentro e ao fora e eu queria limpar maybe baby wipes porque intimate wipes são caros mas bebês são brochantes e um corno, uma haste, um chavelho, um pau, uma aspa, uma binga, uma guampa, um carrapito, um pau

* * *

236
Descreva a última ligação estressante que você teve. Por que ela foi estressante? Use o ponto de vista da pessoa que atendeu. Pense em uma circunstância em que ela não seria.

Maria Alice ligou para o 0800 da Central de Informações. Bom dia, bom dia.

— Eu gostaria de cancelar uma assinatura — ela disse.

Ela era encaminhada para outro setor em um momento. Bom dia, bom dia. Conferiu cadastro, conferiu cadastro, CPF, endereço, número de telefone. Tempo de assinatura, alguns muitos anos, praticamente com programa de fidelidade.

— Eu gostaria de cancelar uma assinatura — ela disse. — Eu quero parar de receber Os Sentimentos De Todas As Outras Pessoas

Em Torno de Mim. Tem como cancelar o envio? Se possível, quero cancelar também a assinatura dos Meus Próprios Sentimentos.

* * *

237
De onde surgem apelidos?

Bruna tinha tentado grudar um bilhete na porta fechada do quarto de Matildo. Tinha caído. Catei.

Fiz transferência direto pra tua conta porque só volto terça. Qualquer coisa, o Cezzy pode emprestar e eu pago pra ele depois. De boa.
Bunny

Eu me aproximei do Matildo, que tinha o laptop aberto com o site do Google Tradutor. Fiquei olhando enquanto ele anotava algo em um caderno no colo e levantava a cabeça para o computador, e então para o celular. Ainda olhando para o caderno, eu disse:

— Viu o bilhete da Bunny?
— O quê?

Apontei o bilhete que eu tinha deixado junto da xícara onde se guardavam as chaves do apartamento.

— Ah.
— Bunny.

Comecei a decifrar o que estava escrito no caderno. Um texto sobre a pena de morte, pity of death.

— Uma mina intercambista chama um colega de Cezzy e ela de Brunny. Aí agora ela tá chamando todo mundo assim.
— Aqui parece *Bunny*.
— Bom — ele largou o caderno. — *Bunny* também pode fazer sentido.
— Por quê?

Ele se voltou para o caderno outra vez:
— Já tentou pegar um coelho?
— Bunny.

Ou isso.

Ou era o terceiro dia em que Bruna usava o mesmo pijama de coelho. Um onesie. A camiseta tinha uma touca peluda com orelhas compridas. Bruna não parecia priorizar o banho (ou qualquer outra coisa) no inverno.

— Mas cê tá uma gracinha de bunny, hein — Maria Alice disse.

— Bunny — Maria Alice começou a chamar —, cê tá com a minha chave hoje?

— Bunny — Maria Alice começou a usar, mas ninguém comprou a ideia. — Hoje é seu dia de limpar o banheiro.

Ou isso.
Ou ao usar uma foto 3x4 que não precisei usar para tirar o visto de marcador de página, reparei que cada vez mais me pareço com Lídia.

Ou isso.
Ou a ideia de que eu estivesse morta e alguém estivesse lendo isso, o que faria sentido, porque já era um fantasma, transeunte.

* * *
238
Quais são suas férias dos sonhos?

Sigo. Segue noite. Os jardins são um ponto menor nos roteiros. Passo pelas coníferas wollemia, *Paulownia tomentosa*, *Taiwanea cryptomerioides*, *Glyptostrobus pensilis*, os nomes escritos sob cada uma. Eu me apoio em uma árvore que também deve ser rara, observando um lago com patos adormecidos. Alguém me recomendou uma coisa nova. É a nova tendência na Europa. Vejo em todos os lugares, lojas com sabores e tudo o mais. Vaping. Vape pens. E-cigs. Estamos mesmo no futuro, concluo. Menos mortes cancerígenas, mas menos estudos sobre mortes cancerígenas. Já sei que não gosto de vape, mas continuo fumando um pouco pelo calor no peito. O cheiro no ambiente de Unicorn Milk, o nome do fluido, uma mistura de morango, baunilhas e um pouco de mel.

Solto o perfume de Unicorn Milk ao passar pelos troncos empedrados, fossilizados, expostos por terem ficado quase mil anos afundados em um pântano. Algum tempo atrás acharam uma manteiga de dois mil anos ainda comestível no fundo de um desses pântanos. O Bog Garden, jardim de pântano. Ouço cachoeiras ao fundo, parando ao lado de *Gunnera manicata*, uma planta originária do Brasil que chamam de folha-de-mamute, ou o ruibarbo gigante. Preciso atravessar o Atlântico para ver a Amazônia.

É úmido.

Minha missão original é entrar no Blarney Castle, no prédio em si, revirar as escadas. Ao final, eu veria a Stone of Eloquence no topo da torre (castle) e lhe encheria de beijos, ato que supostamente dá o gift of the gab, eloquência, loquacidade, tagarelice e até mesmo adulação. Dada a posição da pedra, beijá-la exige que o beijoqueiro se incline para trás de pernas para cima na beirada de um parapeito. Em geral, turistas fazem isso com assistência. A ideia é olhar lá embaixo para ver se dava para fazer sozinha. Essa era a missão original.

No início, meu Unicorn Milk de quinze mililitros já estava na metade. Mas é uma noite comprida. Até terminar com ele, os patos já despertam e o sereno da madrugada sofria sob o nascer do sol. Em algum momento, me sento na grama ao lado de uma árvore plantada em 1422. As raízes dão textura ao chão à minha volta.

* * *

239
Qual seria a trilha sonora da sua vida? Se não tem uma pronta em mente, quem escolheria para compô-la?

Ela tivera feridas que tinham histórias. Uma marca no joelho havia sido uma porta difícil de abrir. Uma marca no braço era uma bolsa pesada demais. Cada uma tinha uma história. Eu me sentia incompetente ao achar marcas no meu corpo, em partes que nem deveriam receber impacto. A lateral da coxa. O peito do pé. Na região da clavícula. Eu não deveria ter sentido isso em algum momento? Será que eu estava ali quando aconteceu?

Quando eu era adolescente, no ápice das conversas e rumores satânicos, tinha certeza que estava sendo raptada para tomar parte em um desses rituais que eram tudo que se falava na mídia. Porque Lídia sempre parecia se lembrar de cada marquinha, de cada cicatriz milenar. Então a única explicação para mim era o diabo.

* * *
240
Tecnologia mais o ajuda ou o atrapalha?

A minha empolgação na busca pela Lídia havia começado como passarinhos caminhando. Que imaginasse aqueles passinhos rápidos que pássaros davam quando você começava a se aproximar deles num parque.

— Argh — eles queriam ir embora, mas não estão muito comprometidos. — Eu vou ter mesmo que sair voando, né?

Mas isso era só um jeito bonito de dizer que eu nunca tinha desejado fazer porra nenhuma pela Lídia. Mas, de certa maneira, me sentia fazendo mais pela minha família estando longe. Como a do passarinho desengonçado, a conclusão era de que tinha que sair voando mesmo.

* * *
241
Como seria sua viagem de lua de mel ideal?

Ela disse Irlanda. Não República da Irlanda. E falou da Court House de Belfast. A falta de proteção talvez seja o fator mais impressionante. Ninguém em frente, as janelas não estão barradas. Passo uma cerca de metal que não protege o jardim — morto, decorado com latas de cerveja, cocô de cachorro e uma camisinha. Abro a porta como se abrisse a de casa. Ao passar pelas colunas do século XIX já rachadas, sei que deveria ter trazido alguém. Subo degraus vazados pomposos. Eu deveria ter trazido alguém. Mal observo o salão destruído ao redor de mim enquanto me aproximo da escada metálica. Subo. Eu deveria ter trazido alguém. Alterno escadas para o público em geral e escadas de emergência grudadas à parede. O teto pegou fogo em 2009, então sei que aqui acidentes podem ter acontecido. Eu deveria ter trazido alguém. Talvez eu leve alguém. Chego ao teto do casarão, não mais decorado para o público. Em plena luz do dia — luz é modo de dizer, um dia sem sol, mas sem nuvens escuras. Um dia claro. Matinhos crescem nos cantos do tribunal. Há buracos e saídas de lareira. O teto é mais baixo que uma mureta que o contorna, mantendo os padrões externos. Turistas acenam para mim. Aceno de volta. Caminho até Lady Justice, com sua espada e balança. A vista da cidade é de telhados igualmente feios. Apoio o corpo em Lady Justice por um tempo, tentando entender a vista e achando o céu mais nublado que cinco segundos antes. Bastante irlandês. Nada. Nada. Nada.

*   *   *

242
Você gosta de assistir a outras pessoas jogando alguma coisa? Jogos de cartas? Sinuca? Esportes? Video games?

— Alô — eu havia atendido.
— Oi — Caio respondeu.
— Oi.
— Você não tá preocupada?
— Quarenta e oito horas não são nada.
— Mas é que são quarenta e oito horas da sua visita. A gente não sabe quando ela saiu.
— Ela já volta.
— Porra.
— Imagina se o pai soubesse, Caio.
— Não.
— Você sabe que ele diria que não é pra se preocupar.
— Mas ele não dizia isso sempre?
— Sempre disse.
— Ai, meu saco.
— Cainho, relaxa.
— Você falou com mais alguém?
— Quem sabe você não liga?

— Eu tenho uma família, né, Maria Alice.

— Eu não quero explicar pra tia Lurdes, e ter que ouvir que ela sempre imaginou que a nossa mãe ia acabar se explodindo.

— Ela nunca disse isso.

— Você que nunca ouviu direito.

— Eita.

— Se você quer que eu faça as coisas, vai ter que respeitar meu ritmo de fazer.

— Cavala.

— Burro.

* * *

243

Você gostaria de ser famoso na internet? Em qual rede social?

Por que eu não quisera ir à polícia:

1) Dois garotos numa bicicleta levaram minha bolsa depois que precisei levar uma série de documentos para um cadastro na previdência. Estava literalmente sem certidão de nascimento. O delegado me perguntou "mas por que andou com documento na rua?".

2) O gerente do banco havia me recomendado que fizesse um B. O. após terem me roubado um talão de cheques. O roubo tinha acontecido porque tinha deixado o talão dentro de um caderno ao sair do banco. O policial argumentou que não dava pra fazer "B. O. por conta de sua falta de atenção".

3) A carteira de identidade de dependente de militar sempre parecia eliminar esse tipo de comentário.

4) Não queria ser a pessoa que reclama da polícia e diz que tudo é horrível no Brasil. Não queria ser essa pessoa.

* * *

244
Que pessoa você aprecia? Não gosta, não ama: aprecia.

Fizera calor e o ar-condicionado seguiu espalhando poeira. Falei com ele na frente de todo mundo. Uma garota de treze anos denunciava o estupro por um colega de escola enquanto um policial perguntava o quanto ela tinha bebido. Ela prendia o choro.

Estas eram as maiores preocupações de delegado Couto:

1) Havia risco de ela haver sido raptada? ("Risco sempre tem");

2) Havia algum bem de valor com ela? ("Acho que nossa maior preocupação agora é a vida dela");

3) Havia algum bem de valor na casa que não estava mais lá? ("Fazia tempo que não visitávamos, não temos como saber... Parecia que não").

Só falamos com ele de novo quando Caio abriu o processo de morte jurídica.

Foi então que contratei o primeiro detetive.

* * *

245
O que você não gostaria de fazer ao chegar aos oitenta anos de idade?

O começo da minha busca pela Lídia foi motivado como palitos de dente num carro. As pressões do Caio tinham sido palitos. Uma ligação da polícia, uma entrevista, uma espera de tempo, um prazo que se estendeu. Se você colocasse palitos de dente num carro sem parar, haveria um limite de palitos de dente que caberiam. Um funeral em homenagem a ela, meu irmão perguntando como eu tava, as pessoas me dando "meus pêsames", perguntando se havia algo que podiam fazer. Mas era difícil imaginar um carro tão cheio de palitos de dente que você não conseguiria dar um jeito de enfiar mais um. Alguém perguntando se podia ficar com aquela luminária, outra pessoa elogiando as joias, Caio perguntando se eu queria comprar a parte dele da casa. Mas não cabia mais nenhum palito de dente no carro. E o passarinho corria cada vez mais rápido.

* * *
246
Você já se apaixonou?

A sala tinha parecido pequena demais. Ele se inclinara para a frente, cotovelos sobre a mesa:

— E quando foi a última vez que você viu a sua mãe?

— Fui visitar no fim de semana antes do Dia das Mães... — tentei fazer a conta mentalmente. Ele olhou o calendário.

— Dia três de maio.

— Isso.

Havia duas cadeiras — uma larga de couro e outra plástica — separadas por uma barreira de uma escrivaninha.

— Por quê?

— Ué. Ela disse que queria me ver, e eu fui.

— E esse tipo de motivação era normal?

— Como assim? — reparei nas outras cadeiras do recinto, cada uma com um padrão e forros diferentes: duas junto da estante, uma de perna quebrada apoiada contra a parede.

— Esse "querer ver"? Como isso funcionava na relação de vocês?

— Ué. Nós nos falávamos em torno de uma vez por mês — forcei. — Não era nem próximo nem distante... — O ar-condicionado estava gelado demais. — A gente se via de vez em quando por causa disso, uma vez a cada dois meses — forcei mais.

— Você pode explicar?

— Ora, como é a *sua* relação com a sua mãe? — Pausei. Tentei controlar a irritação em minha voz. Será que já transparecia? — Imagino que a minha seja normal, quero dizer. Tenho uma barreira das coisas da minha vida que ela precisa saber, a coisa toda, como todo filho. A gente não tem aquela relação estilo propaganda de absorvente, trocando segredos.

— E você sabia muito da dela? — ele olhou para a estante. Os livros pareciam invadir a sala, como no cômodo que pessoas ricas têm, onde apenas jogam coisas que não têm muito sentido em outros lugares.

— A barreira dela é pior. Ela fazia questão de cruzar a dela e entrar no meu espaço pra opinar, entende? — Tentei gesticular uma espécie de muro e uma mão saltava por cima dele. — Sei que parece vago, mas é que... com ela, não existe padrão. Depende se ela vai estar animada com alguma medicação, depende se ela se achar saudável e então parar com a medicação, depende de estar na fase mais hipomaníaca ou não... Eu juro que não conseguiria estabelecer um padrão agora.

Ele fez uma anotação no papel sobre a escrivaninha. Ao seu lado, um computador preto com tela de tubo, uma série de pastas, uma impressora numa mesinha. Ele parou de escrever:

— Noto que você está usando o presente.

— Eu sei que o Caio já está usando o passado.

* * *

247
Você preferiria nunca mais sentir prazer sexual ou nunca mais sentir o gosto de comida?

— Certo, mas pensando naquela última visita. Como você a definiria neste espectro?

— Um pouco hipomaníaca, mas bem. Ela parecia estar em alguns ciclos de discurso que tinha quando estava prestes a parar de tomar a medicação e estragar tudo. — Ele me olhou. Eu tinha suspirado. — Às vezes, depois de uns meses usando medicação, dois ou três, ela tinha certeza de que não precisava mais tomar nada... Conforme o acompanhamento, conforme o surto anterior, conforme as circunstâncias, isso poderia fazer com que ela parasse de usar a medicação algum tempo depois de pensar nisso.

— Quanto tempo?

— Poderia ser alguns meses ou alguns anos. Em geral, quando tinha psicólogos envolvidos, demorava bem mais. Ela teve bons ciclos, sabe.

— E ela estava num bom ciclo, na sua opinião?

— Estava sim. Acho que namorando, se não me engano.

— Você tem detalhes do namorado?

— Eu ia conhecê-lo no Dia das Mães.

— Vocês falaram dele na última visita?

— Não muito. Acho que iam viajar, mas não era muito definido.

— Ela mencionou para onde?
— Não, mas era algo nacional, se não me engano.
— Ela mencionou o nome dele? Residência? Tinha alguma foto?
— Se não me engano, ele se chamava Otávio e estavam juntos fazia uns meses. Tinham se conhecido em um curso de constelações familiares que ela tava fazendo.
— Constelações familiares?
— Eu também nunca tinha ouvido falar — dei de ombros.
— Você sabe onde era o curso?
— Posso descobrir pra você. Deve ter algum material em algum canto da casa.
— Ela mencionou algo sobre esse curso que possa ser interessante?
— Pra ser honesta, não sou grande fã dessas coisas, então...
— Que coisas?
— Essas coisas.

* * *

248
Que biografias o fascinam?

Todos os testemunhos haviam concordado com um período de desaparecimento. E nada? Nada? Nada. Nada de corpo? Nada de corpo. De novo. E com diálogo curto assim, Lídia morreu. Causa mortis: morte presumida. Continuei procrastinando coisas que queria fazer de fato e nem sabia por quê.

* * *

249
Qual causa o faria ir às ruas protestar?

Sempre que menciono exploração urbana — uma expressão estranha, que me desagrada, que requer explicação —, muita gente fala que gostaria de fazer. Mas nunca chegam a realizar o desejo. Como escrever um livro, todo mundo acha que deveria fazer. Todo mundo acha que tem que fazer. Ou isso ou todo mundo está escondendo os lugares bons (na literatura e nos lugares abandonados).

Talvez seja o lugar.

Sei que a Irlanda não tem lugares descolados como nações maiores ou mais bélicas, como bunkers, metrôs abandonados, complexos militares, shopping centers gigantescos. Mas a Irlanda sem dúvida tem lugares velhos. Em especial para um país tão pequeno.

Cada vez menos eu me preocupava com segurança ou com ser vista. A maioria das pessoas de fora não vê ou se vê, caga e anda. Seguranças em geral gritam para te mandar pra fora. Eu persisto. Pulo a cerca, o muro. No Brasil eu nunca faria isso, sempre vi os cacos de vidro sobre o muro como um empecilho imenso. Não que haja cacos de vidro nos muros irlandeses. Mas começo a levar um tapete de banheiro para arame farpado. Aprendo não só a técnica de como cair, protegendo o rosto, mas de levantar sem forçar pescoço e costas.

Jogo o tapetinho sobre o arame farpado do laboratório abandonado. Um carro da Garda para ao meu lado.

— Evening — ele diz de dentro do carro.

— Evening — respondo, tentando forçar um sotaque dublinense que não cola. — Relax the cacks. — Não que um sotaque dublinense vá ajudar em Mosney. Todo mundo odeia dublinenses, me dou conta.

De dentro do carro, vem uma luz de lanterna que ilumina meus olhos e depois o tapete. Sei que ele sabe que a maior parte das leis de invasão na Irlanda são frouxas o suficiente para que, exceto se me pegasse dentro do local, quebrando ou roubando algo, não tivesse como me acusar.

— Got friends with ya? — ele diz.

— Just some lonely urban exploration, sir — respondo.

Ele ri.

— ... So... trespassing? What a lovely sounding euphemism for it.

Dou de ombros.

* * *

250
Quais são seus sites favoritos?

Havia olhado carros pela janela. Jogara todos os jogos de viagem de carro comigo mesma. Jogava o jogo de bingo das placas. Somava os números nas placas quando os carros paravam na sinaleira. Para viagens no interior, costumávamos gritar "cavalo!" cada vez que se via um cavalo. E, mesmo deitada em uma cama com visão urbana para fora da janela, ainda gritava "cavalo" ao ver um, neurastênico, puxando um carroceiro com lixo. Eu tentava adivinhar o que via em vinte perguntas. Eu me separava em mim mesma, ciente e ignorante da resposta. Eu me separava em uma versão paralela de mim que não sabia a resposta. Eu me separava em uma versão infantil de mim e uma versão de carro. Espio com meu olhinho. Se bem que não entendia de carros. Nunca entendi. Se fosse assaltada por um bandido num carro, o ideal seria um Fusca ou um Mercedes. Porque mal conseguia avaliar as cores. Completava as histórias. Em viagens de carro, completar histórias nunca ia muito longe. Lídia era muito criativa; Caio não gostava e não acrescentava detalhes; meu pai se dizia "ocupado demais" e eu só queria que tudo se unisse em algo que fizesse sentido. Eu nunca contava minha história, apenas acrescentava detalhes que forçassem tudo a fazer sentido. Queria costurar. E não fazia. Em alguns momentos, ria da minha própria incompetência. Era vergonhoso, para mim mesma, chorar. Mesmo que fosse chorar de alegria, de rir das vezes em que confundia vacas com cavalos. Era mais vergonhoso chorar de raiva. De certa forma, ainda mais vergonhoso que tudo era chorar de tristeza, chorar por não adivinhar o que eu mesma pensava, não desvendar em vinte perguntas o que acontecia. Na verdade, era vergonhoso passar tanto tempo chorando.

 E ficava olhando os carros pela janela. Deitada na cama, as caixas de pizza, as panelas com restos de comida, as garrafas de suco ou refrigerante ou álcool ou misturas dos três terminadas conforme o resultado da mescla, eu puxava os cobertores para cima de mim, o ar-condicionado no máximo para poder me manter com o cobertor. Isso e os pratos sujos no chão formando um estereótipo de depressão cada vez maior. Só me faltava um amigo estilo comédia romântica que viesse resgatar tudo sem pedir nada em troca, fazendo piadas bem-humoradas. O telefone tocava, mas eu não levantava para atender ou tirar do gancho. Mal me movia. Não sentia mais meu cheiro pessoal de três semanas de hidrofobia total, mas via na expressão dos entregadores de comida chinesa.

Foi quando achei um roxo na canela. Um roxo novo na canela de alguém que estava havia três semanas na cama.

O diabo era a única explicação.

* * *

251
Descreva a última pessoa que você viu. Não crie nenhum detalhe, tente usar apenas fatos.

Antes daqui, ao sair da Ha'penny Bridge, passo por uma estátua de duas mulheres conversando num banco com sacolas de compras aos pés. O nome oficial é Meeting Place, mas muitos me informaram que eram as Hags with Bags. Uma mulher mais gorda conversa com uma mais nova. É visível que a gorda dá um sermão na mais nova, que tem pernas e braços cruzados. A bolsa da gorda está fechada, enquanto a da nova está aberta. Isso mais uma vez indica que a mais nova deve ter feito alguma besteira. E agora está em bronze sendo xingada *ad eternum*.

Duas turistas coreanas se sentam com as mulheres e posam sorrisos enquanto uma terceira fotografa.

Essa escultura não me chamaria tanto a atenção se eu não tivesse acabado de sair do hotel para meu primeiro passeio às margens do Liffey. E não me chamaria tanto a atenção se minha motivação não fosse people watch.

Um senhor fuma um cigarro enquanto carrega uma sacola de padaria.

Meu único critério de escolha são os vidros enormes. Dizem que há um pub para cada quarenta e dois habitantes em Dublin, mas as janelas são pequenas, além dos toldos. Acho uma Starbucks. Escolho um expresso macchiato horrível. O banco de frente para a janela--vitrine do lugar, o mais próximo de se sentar na rua que vi por aqui.

Um adolescente de terno amarra a bicicleta e coloca a mochila nas costas. Um cachorro o circunda.

Claro que tem a ver com a chuva e o vento frio desgraçado. Pubs não foram feitos pra se olhar pra fora, e isso parece dizer muito sobre Dublin.

Turistas idosas com câmeras sobre o rosto se apressam.

No entanto, gosto de olhar as pessoas caminhando pela Liffey Street com suas historinhas embaixo do braço, como se fossem amigas das hags with bags.

Uma das turistas idosas baixa a câmera, exibindo um rosto muito redondo, redondo e familiar. Usa um casaco vermelho batido, batido e familiar. Sorri muito um sorriso familiar. Eu me levanto. Entram na Strand Street Great, que é pichada e pequena. Alguém estacionou uma moto na calçada.

A senhora do casaco vermelho para pra fotografar o menu a giz de cera de uma cafeteria. Suas amigas a apressam, gesticulando algo sobre o vento que vem do rio. A senhora do casaco vermelho muda de ângulo, virando a câmera.

Preciso segurar o copinho com força na frente de um Asian Market a vinte passos de distância do grupo.

A senhora de casaco vermelho se aproxima da placa com calma e mexe na lente. Ao tirar a câmera do rosto, tem um olhar determinado, determinado e familiar. Seguem caminhando, rindo de alguma coisa. Ouço a gargalhada sonora daquela senhora, sonora e familiar.

Eu as sigo ao entrarem na Swifts Row. Depois de pararem, abrem um mapa gasto. As três deliberam aonde poderiam ir. Parecem ou perdidas ou espontâneas em excesso para uma rua tão feia. A senhora de casaco vermelho tem um tom de liderança, líder e familiar, opina sobre aonde ir. Quanto mais me aproximo, menos entendo o que dizem. Soam russas, polonesas, ucranianas.

Ao me ver encarando, a senhora de casaco vermelho se enfia atrás do mapa. Entro numa porta sem olhar e noto que estou na recepção de uma escola de inglês. Finjo olhar o mural de avisos com interesse. Vejo um anúncio tosco:

COZY ROOM TO RENT 240€ /MONTH
Glasnevin Hill, Glasnevin, Dublin 9

Observo, avaliando que custar duzentos e quarenta euros por mês não parecia tão ruim assim. Enfio uma tira destacável de papel no bolso. O vento do rio está mais gelado que antes, embora seja um dia de verão. As senhoras se localizaram e foram embora.

Claro que reconheci. Mas não teria nada a dizer de qualquer forma.

***
252
Você acha que terá uma carreira que ama? Já teve? Como ser feliz profissionalmente?

O Maicou disse que tinha jeito de espelunca, falou que morava mais gente que podia, que não tinha espaço pra nada. E Maria Alice respondeu que precisava economizar dinheiro e que ia passar pouco tempo em casa.

Quando parou no último degrau para limpar o suor, Maria Alice viu Caetano abrir a porta.

— Cê é a menina nova?

— Brigada pelo "menina" — ela subiu o último degrau e puxou a mala. — E você é o Caetano. — Ele se ofereceu para ajudar, mas ela já tinha conseguido.

O apartamento pequeno. Ser pequeno era a única informação possível.

Beirava o estereótipo de um apartamento pequeno superpopuloso. Garrafas/latinhas/copos sujos de bebidas e cadernos/lapiseiras/dicionários gastos ocupavam a maior parte da sala/cozinha. Na sala de estar, uma mesa de centro tinha diversas figurinhas de super-heróis, action figures, as it were, Batman, Super-Homem, Star Wars, brindes de campanhas promocionais. O clima acumulador daquela mesa de centro a fez pensar em uma senhorinha que guarda todas as estatuetas de anjinhos ou gatinhos que consegue encontrar. Os heróis de hoje seriam os kitsch do amanhã.

Por um instante, Maria Alice visualizou os netos de todos os estudantes que moravam ali — que ainda morariam ali — em vinte anos, apontando, querendo tocar, levando tapas nas mãos. Era colecionável, era especial e raro, não se podia mexer. Ao fundo, os carros voadores, inteligências artificiais e drones. E um neto, antes que vovô Caetano pudesse notar, roubaria uma miniatura de RPG de um elfo e a colocaria no bolso. Depois a exporia de forma irônica com orgulho, quando o neto do vovô Caetano fosse um jovem irresponsável com o pouco dinheiro que ganha morando no exterior e querendo ser artista.

Mas netos ou sem netos. Todos os cômodos muito pequenos.

Um dos quartos, pequeno, tinha uma cama de casal que ocupava 93,8% de todo espaço. O segundo quarto, pequeno, tinha uma cama de solteiro com dois colchões empilhados e mais um embaixo da cama. O resto do espaço do quarto era ocupado por um armário de uma porta. Caixas vazias eram mesas de cabeceira nos dois lados da cama. O banheiro tinha espaço para pia, vaso, chuveiro (uma cortina desgastada da tabela periódica em que alguém tinha escrito "e o elemento surpresa?" num canto). Tudo cheirava a cerveja, a vômito ou a produtos de limpeza.

Caetano falava e explicava o funcionamento dos cômodos pequenos. A regra era nunca seguir seus instintos: o chuveiro esfriava no "hot" e esquentava no "cold" (mas não se devia mexer muito na temperatura), a televisão desligava ao aumentar o volume (mas não ligava de novo ao baixar o volume).

— Se alguma coisa te parecer meio uma nojeira imunda — o sotaque dele era cearense —, é só lembrar que não é sujo, é grunge.

Ele gesticulava muito, além de ter uns olhos castanhos cor de coca-cola com tequila. Ele gesticulava muito.

* * *

253
Qual a melhor forma de aproveitar feriados prolongados?

O degrau range quando Maria Alice desce as escadas do apartamento 3 no edifício sem número, mas com o nome Lindenton Apartments. As mãos socadas nos bolsos, uma leve chuva cai, as nuvens cobrindo o céu inteiro. Ela fecha os olhos para caminhar por seis minutos, até chegar ao ponto de ônibus. Cumprimenta uma senhora no ponto. A senhora veste um lenço em torno da cabeça e óculos de sol. A senhora se vira para ela apertando os lábios. E vai embora com pressa. Maria Alice estica a cabeça e se levanta. Segue a senhora por alguns passos. Chuva leve cai sobre o rosto. Maria Alice retorna. Quantas pessoas moram na Irlanda? Um milhão? Cinco milhões? E em Dublin? Um milhão? Quinhentas e vinte sete mil pessoas? Muita gente mora na Irlanda. Mora em Dublin. Então não. Quer dizer, a quantidade de gente sempre foi uma questão de quando. Se não tem, um dia vai ter. Não que o número sempre suba. Não na Irlanda, nem em lugar algum. Mas. Digamos que ou doze ou quarenta e três milhões de pessoas moram em Dublin neste exato momento. O quanto determinaria quando. Então não mesmo.

* * *

254
De onde vêm suas notícias?

The thing about estar mais próxima dos cinquenta do que dos vinte e cinco e passar tempo com povo mais perto de vinte e cinco era que você percebia muito rápido que não tinha vinte anos de idade. Ao mesmo tempo, Bruna não tinha vinte também. Às vezes ela dormia no quarto de Matildo. Às vezes falava da filha. Às vezes adormecia no sofá e só acordaria na manhã seguinte. E, às vezes, enquanto eu dormia na cama com dois colchões empilhados, com o Caetano no chão do meu lado, ela vinha me acordar.

— Levanta aí.

Eu levantava. Ela pegava o colchão debaixo do meu. Quando eu acordava, o colchão estava em pé no corredor.

Eu não entendia muito bem se Bruna tinha um quarto. Mas eu não entendia Bruna muito bem.

* * *

255
O que você faria se fosse invisível?

Eu estava sentada na escada perto da porta. No laptop, olhava o Google Street View da nossa própria rua. Parecia mais feia do que era. As imagens eram de um dia nublado, com o céu acinzentado, a loja de comida persa da esquina estava fechada. As fotos não transmitiam o cheiro de carne e alho. Muito menos os gritos da dona do restaurante, que parecia ser desde a pessoa que recepcionava os clientes até quem fazia a comida. No Google Street View, nossa rua era feia. Cliquei para o lado, avançando por Dublin numa rota até a Dublin College. Uma das meninas que morava na casa de domingo a terça me cumprimentou ao sair de casa.

* * *

256
Em que fila você ficaria por mais de três horas?

— Levanta aí. — Senti alguém me empurrar. Levantei a touca de dormir. Escuro. Ouvi tentativas de prender choro. Se eu puxasse assunto, Bruna talvez me dissesse que chorava porque estar fora da Segunda Guerra era estar fora do Plano Marshall. Bruna às vezes chorava por política, se magoava com decisões de quem nem a conhecia. Ou o problema das escolas industriais. Quem era Marshall.

Ou isso.

Ou talvez porque alguém ia pegar o navio pra América.

Ou isso.

Ou.

Ou isso ou uma de suas saias favoritas tinha sujado.

Eu me sentei na cama. Tentei enxergar algo. Bruna pegou um colchão com os dois braços e começou a levá-lo para fora. Sem querer, chutou um braço de Caetano, que dormia no chão, que resmungou. Apesar de termos conhecido Caetano na igreja, isso não impediu Bruna de parar e mandá-lo à merda, ainda tentando tirar o colchão do quarto.

— Você quer ajuda? — eu disse. A voz dela era chorosa:

— Não com isso.

Ela deveria estar numa pensão só para mulheres. Eu deveria estar numa pensão só para mulheres. Mas Caetano, que estudava para ser padre, também deveria. Mas pergunte a ele quem é Pio x. Ele olhou pra mim e fez que não com a cabeça. Ou só mexeu a cabeça. Estava escuro demais pra ver e, se ele tivesse sussurrado algo, eu não teria ouvido por conta dos roncos da Menina 2.

— Tá tudo bem? — eu disse.

* * *

257
Seu quarto é uma bagunça? Um inferno?
Ou um caos organizado?

Maria Alice acabou de ver um casal de velhinhos entrar num carro e disparar o alarme, então ficaram quinze minutos tentando desligá-lo. E desistiram e foram embora com o alarme soando, como se fossem uma ambulância orgulhosa.

Ou isso.
Ou Maria Alice acabou de ver um casal de velhinhos entrar em um carro, o que causou o disparo do alarme. Após tentarem desativar o sistema de segurança por quase cinco minutos, desistiram. Cogitaram deixar o carro assim mesmo. Ir embora. Não. Tinham chegado até ali. Eles partem com o alarme ligado, como se fosse de propósito.

* * *

258
O que você mudaria se fosse presidente?

Fechei a porta. Sentei na escada. Abri o computador. A postura errada machucava as costas. Inventei alguma coisa. Um vizinho subia as escadas com um monte de sacolas do Aldi. Me encolhi.

* * *

259
Você acha que zoológicos são ambientes justos para os animais?

Os vizinhos do terceiro andar discutiam. O tema parecia o tradicional ninguém-discutiria-por-conta-disso-mas-vamos-fingir-que--esse-é-o-único-problema. Havia começado nas aulas de literatura da filha e já chegavam às dívidas no pub (não eram muitas) e como ela tinha prometido que isso não aconteceria de novo.

As vozes ecoavam pelo prédio. Sentada na escada que liga o primeiro ao segundo andar, Maria Alice escrevia num caderno. Listou uma série de coisas que precisava fazer, como procurar na internet um detetive particular, descobrir quanto custava, como se avaliava um bom detetive, que documentos precisava levar, que fotos podiam ajudar, decidir o quanto do blog podia contar sem soar maluca. Vento e umidade atravessavam uma fenda na janela próxima a Maria Alice. Ela ouviu a porta do apartamento fechar. Matildo cheirava a desodorante com suor em cima com desodorante em cima. Ele olhou para Maria Alice e perguntou se ela tinha visto Bruna.

— Hoje?
— Desde sexta.
— Não prestei muita atenção.
— Porque ela não teve em casa desde sexta.
— Falei com ela ontem, acho.
— Por mensagem?
— É. Ela não te responde?
— Ela responde, ela só... não voltou.
— E qual o problema?

Maicou a olhou como se ela tivesse sugerido pôr fogo no prédio.

* * *

260
Você se expressa quando sente que algo precisa mudar? Dê um exemplo de situação assim.

— O Maicou falou contigo sobre em qual parte da casa cê ia ficar?
— Ele só tinha me avisado que morava muita gente aqui.
— Ele exagera. Uma das meninas passa mais tempo com o namorado que aqui, uma é babá por metade da semana. Quem mais mora aqui agora somos eu, o Maicou e a Bruna. Mas isso muda o tempo todo.
— Não tinha mais um?
— Que saiu semana passada, aí cê veio pro lugar dele. Tadá! — Caetano fez uma espécie de mãos de jazz.

E eu, junto com tudo o mais, continuava sumindo.

* * *
261
Até onde você vai pela moda? Quando seu conforto acaba?

Meu chocolate ainda estava quente e eu nem tinha encostado no arquivo que só abriria duas semanas depois. Caetano me ligou.
— Cê tem onde dormir hoje?
— Por quê?
— Porque tá rolando treta aqui.
— O que tá havendo?
— Não sei se é uma boa vir pra casa, não.

* * *
262
Você dorme o suficiente?

Depois do banho, pus uma toalha sobre o vaso sanitário fechado. Eu me sentei na toalha. Cabelo molhado ia escorrendo pelas minhas costas. Ainda tinha aqueles cheiros que deviam ser de comida — exótico, extrato de ameixa, equilíbrio blueberry com açaí do verão —, mas são de xampu feminino. E fiquei ali sentada por umas seis décadas.

* * *
263
Você faz compras em lojas locais em vez de grandes lojas?

Os rótulos de vinho do namorado da Menina 2 sugeriam harmonização com carnes vermelhas assadas, queijos brancos como brie ou camembert. O namorado da Menina 2 tomava o vinho direto da garrafa enquanto entupia a boca com Doritos sabor molho ranch. Maria Alice se sentia velha demais por se lembrar do dia em que Renato Russo tinha morrido.

* * *

264
Você prefere comidas de nacionalidades diferentes de forma autêntica ou adaptadas? Por exemplo, alguns restaurantes chineses trocam os cogumelos típicos pelos champignons conhecidos no Brasil, tacos nos Estados Unidos têm muito mais queijo que no México, entre outros.

* * *

265
Você tem um melhor amigo?

    Fui mijar. A porta estava trancada. Bati de leve. Dava pra ouvir alguém chorando lá dentro. Parecia que naquele mesmo momento tinha gente chorando em banheiros no mundo inteiro.

    Ou isso.
    Ou.
    Entrei no banheiro. Tranquei a porta. Que merda. Que merda. Que merda. Parecia que naquele mesmo momento tinha gente chorando comigo em banheiros no mundo inteiro.

    Ou isso.
    Ou.
    Caetano entrou no banheiro comigo. Não sabia direito como a gente cabia num lugar tão pequeno.
    — Cê tá bem? — Ele estava praticamente sobre a pia pra conseguir falar comigo.
    — É que — eu disse. — Eu ando realmente cansada pra uma pessoa que nunca preencheu nada além do mínimo requisito pra continuar vivendo.

Comecei a chorar antes de conseguir explicar o contexto da frase. Antes de conseguir explicar que eu não achava nada nem ninguém. O Caetano não sabia direito por que eu estava ali, no banheiro, naquele apartamento desgraçado e pequeno, nem na Irlanda. Ele colocou a mão no meu ombro, como se fosse algo que tivesse aprendido na televisão que "é o que as pessoas fazem nessas situações".

— Fica calma…

Quis pôr a culpa na TPM ou em algum desses problemas concretos tipo vou ser expulsa da minha própria casa, apanhar do marido, sei lá. Mas nada disso era verdade e talvez fosse mais vergonhoso o fato de que eu chorava por algo que as pessoas não podiam dar um aval de aprovação. Chorar porque o filho morreu? Nota dez. Chorar sem motivo? Dois e meio, no máximo.

Parei de chorar cinco segundos depois.

— Caralho, que vergonha — eu disse e tentei rir. Ranho saiu do meu nariz. — Cê me desculpa, nossa senhora.

Ele não disse nada e pareceu sorrir porque leu uma vez num livro de linguagem corporal que é o que você tem que fazer.

— Me desculpa, puta que pariu.

Ele não disse nada, ainda sorrindo.

— Cê me desculpa? Eu não sou assim. Que merda é essa?

Ele seguia na mesma posição, como se não estivesse com pressa pra sair daquele banheiro úmido e grudento. Isso ele não parecia ter lido num livro ou visto na televisão. Comecei a me movimentar para sair.

— Nossa — tentei secar os olhos —, desculpa mesmo.

* * *

266
Quando foi a última vez que você teve uma conversa excelente?

A Bruna terminava de colocar os brincos:

— Vou ser bartender hoje num bar perto da O'Connell. Quer vir? — Antes que Maria Alice pudesse responder, ela seguiu: — Consigo a entrada de graça pra vocês. O Caetano e o Matildo vão.

— Não, brigada. Eu tenho que escrever uns negócios. Não que eu vá escrever isso tudo, mas tenho que dedicar certa quantidade de tempo a não fazer isso pra depois fazer.

(Por que caralhas voadoras eu disse isso?)

Ela começou a gargalhar.

Ou isso.

Ou.

A Bruna terminava de colocar os brincos:

— Vou ser bartender hoje num bar perto da O'Connell. Querem ir? — Antes que Meninas 2 e 3 pudessem responder, ela seguiu: — Consigo a entrada de graça pra vocês.

— Posso levar o boy? — a Menina 2 perguntou.

— Claro. — A Bruna ainda parecia mexer no ouvido.

— Vamos sim, acho — disse a Menina 3. — Só que preciso sair de lá com um boy meu também. — Elas começaram a gargalhar.

* * *

267
Você sabe português bem? Como é sua ortografia?

Por que as pessoas não entendiam que eu não precisava fazer coisas pra me divertir, que eu podia só ficar deitada no sofá por três horas ou oito dias e me divertir mais que todo mundo numa rave?

— Não, brigada. Eu não posso sair hoje, eu tenho muita negatividade que preciso internalizar.

— Cê quer sair?

Em vez de responder, eu fazia vários gestos e ruídos vagos, esticando os braços como numa espécie de performance de dança improvisada.

Ou isso.

Ou.

— Eu te ligo quando a gente estiver chegando, então — o Caetano disse. — Mas acho que todo mundo vai chegar junto, então nem vai precisar.

— Por via das dúvidas, eu tô aqui — eu disse.

— Se cuida. — Ele me deu um beijo na testa que me fez franzir a cara toda por umas quatro horas.

***

268
Qual a solução para mal-estar, nariz entupido, gripe e febre? Você tem alguma receita particular ou de família?

Podia ser que por fora eu até parecesse como uma merdinha sarcástica e debochada que apenas sentia vontade de criar mimimi. Mas era tipo uma cebola: a cada camada que você ia tirando, e achava exatamente a mesma coisa de novo e de novo e em algum momento você começava a chorar mas ficava bravo ao mesmo tempo.

Ou isso.

Problemas de introvertidos:

Querer ser convidado pras coisas mas não querer ir a lugar algum. Sentimentos de solidão invadindo a casa, mas não querer ninguém no seu espaço pessoal a não ser que você goste dessa pessoa. E mesmo que você gostasse muito da pessoa, você queria que ela fosse pra casa logo.

A vida inteira é feita de decisões difíceis.

Dormir o suficiente, esperar os colegas sem chave babacas na festa babaca, ou conseguir escrever todas as merdas que vinham à cabeça a tempo.

Eu não entendia por que algumas pessoas não se sentiam bem ficando sentadas em casa não fazendo nada. Por que você precisava estar com seus amigos, namorado, colegas de apartamento, família o tempo todo? Você nunca quis tempo pra si mesmo, puta que pariu?

Ideias de plot twists para a vida da personagem Maria Alice:
Ideia #1: Maria Alice saiu com os amigos e o cabelo dela está lindo
Ideia #2: o cabelo de Maria Alice está lindo
Ideia #3: Maria Alice saiu com amigos
Ideia #4: Maria Alice saiu
Ideia #5: amigos

Eu odiava quando as pessoas cancelavam os planos que tinham comigo porque provavelmente era a única coisa que eu ia fazer a semana toda.

Ou isso.
Ou.
Meia-noite. Acabei de quebrar meu recorde pessoal de dias consecutivos vividos. Ia tentar quebrar esse recorde amanhã de novo. Isso me encorajava muito.
E as pessoas queriam se divertir mais do que isso?

Ou isso.
Ou.
Então fiquei sozinha no apartamento por dois minutos. Então iria bater uma siririca.

* * *

269
Quais são suas superstições pessoais? Quando você as aprendeu?

Então fiquei sozinha no apartamento por dois minutos. Então ia me masturbar. Então eu ia ao mercado comprar amido de milho. Então eu usava algumas hastes flexíveis de maneira a otimizar minha higiene auricular.

Então fiquei sozinha no apartamento por dois minutos. Então comecei a beber meu vinho. E quando acabou meu vinho, comecei a tomar a cerveja do Caetano. E então comecei a tomar a cerveja do Matildo. Então comecei a achar que sutiãs são uma ideia meio desconfortável. Então já estava fazendo uma coreografia alternativa de balé clássico composto de uns passinhos meio nada a ver, isso tudo ao som da televisão ligada na MTV que ninguém mais assistia.

* * *

270
Quanto tempo você passa na natureza?

Então fiquei sozinha no apartamento por dois minutos. Então comecei a beber meu vinho. E quando acabou meu vinho, comecei a tomar a cerveja do Caetano. Então comecei a escrever sobre como sutiãs são uma ideia desconfortável. E então comecei a tomar a cerveja do Matildo. E então eu realmente achei que deveria ter saído e interagido com as várias pessoas que não entenderiam muito o que eu dizia e comecei a escrever sobre isso. Ou.

GeoGuessr, localizado em geoguessr.com, era o melhor jogo da história. Era um jogo de descoberta geográfica que largava o usuário no meio do nada no Google Maps. A pessoa podia caminhar e olhar as ruas, os matos, as estradas, as residências, a vegetação, cara do clima, pontos turísticos, placas, até sentir que sabe onde está. Aí ela podia tentar chutar em que parte do planeta estava, e 93,4% das pessoas erravam por continentes de diferença. Ou.

* * *
271
Do que você tem medo? Narre uma cena do ponto de vista dessa coisa/pessoa/ser.

(por que diabos eu escrevi isso?)

* * *
272
Você se considera uma pessoa impulsiva? Narre uma cena determinada por impulso e depois a reescreva com o personagem, calculando seus passos com cuidado.

Eram 2h30 da manhã e eu estava no Google Street View procurando lugares onde eu gostaria de estar além de nesse fim de mundo escroto. Como se o GPS pudesse me ajudar a me encontrar.

Então fiquei sozinha no apartamento por dois minutos. Então procurei a maior cama da casa, a única decente. Então me deitei na cama do Matildo por uns três dias porque queria ficar bebendo quietinha e batendo siririca sem incomodações.

Então me ajoelhei num joelho. Então me ajoelhei nos dois joelhos. Então me deitei no chão. Então nunca mais me levantei.

Ou isso. Ou na Quinn Avenue, próxima ao Saint James's Hospital. Ou isso. Ou. Um corpo atarracado com um impermeável vermelho e calças jeans. Mudei o ângulo. Uma mochila rígida, do tipo que se usa para equipamento eletrônico. Um dia ensolarado e, ao fundo da foto, um muro de pedra e grades. Árvores no dia ensolarado.

*

Até quando não estava literalmente deitada com a cara no chão eu estava sempre deitada com a cara no chão, de uma maneira figurativa, em espírito.

Então pegava no sono durante uma tempestade com trovão. E dormir nunca fora tão bom. Então acordei com um pouco de sol nas pernas e aquelas sujeirinhas flutuantes que ficavam nos raios solares. Não sabia se isso fazia sentido. Mas tinha sido a melhor soneca de uma semana que já tirei.

A data da imagem era julho de 2008. E eu sabia que não estava projetando, sabia que não eram todos os problemas que tinha e poderia ter. Reconheci o corte de cabelo bagunçado. Os braços que se balançavam travados no ângulo da foto. Eu, de verdade, sabia quem era. Essa era a primeira evidência que deveras tenho. Tenho. Mas tinha. Salvei o local, tirei print screen da imagem, criei rotas para poder ir visitar em pessoa.

Precisava achar um detetive.

*
273
Você prefere criar ao ar livre ou em ambientes fechados?

Então eu queria ir dormir cedo hoje. Então. Então aquilo ali era o sol nascendo?

* * *

274
Você já teve experiências com assédios na rua? Alguém já gritou ou assobiou para você?

* * *

275
Para qual escritor você daria um prêmio? Pelo quê?

Então acordei no sofá e percebi que tinha pegado no sono sem planejar.

Ou isso.
Ou então acordei no sofá e percebi que tinha pegado no sono sem planejar. E eu tinha tido um dos sonhos mais esquisitos.

* * *

276
Você se considera produtivo e organizado?

Maria Alice deu um tapa na mão do Namorado da Menina 2, a que segurava a garrafa de vinho que harmonizava bem com carnes vermelhas e queijos brancos. A garrafa caiu num estrondo. Cacos de vidro e vinho tinto se espalharam pelo tapete. O Namorado da Menina 2 olhou para Maria Alice com uma cara emputecida:

— Cê tá maluca?

— Você não é velho. — Maria Alice se levantou e encarou o Namorado da Menina 2. — Seu merda.

Além de enxergar melhor que Maria Alice, o Namorado da Menina 2 era mais alto que ela. Estavam frente a frente, sob uma plateia de jovens brasileiros que só não queria ter problema.

Maria Alice descobriu o quanto um soco doía na mão. Massageou as juntas enquanto o Namorado da Menina 2 se afastou.

— Cê tá maluca? — ele passava a mão pelo rosto.

Maria Alice atravessou a salinha rumo ao Namorado da Menina 2. Ela puxou a camiseta dele, cara demais com arte de uma banda que o Namorado da Menina 2 devia ouvir.

— Você não é velho.

Ela queria rasgar a camisa. Torceu a parte que tinha puxado, observando que o Namorado da Menina 2 tinha uma testa franzida mais por confusão do que por medo. Ela queria que fosse medo.

— Você não é velho — Maria Alice rasgou uma parte da gola.

— Seu merda.

Ela deu um joelhaço no Namorado da Menina 2, que se encolheu e gritou de dor.

— Seu merda. — Ela tentou dar um chute nas pernas dele para derrubá-lo, mas calculou mal a força e ele segue em pé.

* * *

277
Como pais devem tratar pornografia com seus filhos? Ilustre em uma cena. Escolha o momento da vida que achar apropriado.

Bunny tinha trazido um colega do curso de inglês. Parecia gay, mas parecia ser pra fazer ciúmes.

Ou isso.

Ou.

Bruna e o colega do curso de inglês se juntavam em torno de um iPhone e organizavam uma playlist, o mais próximo de discotecagem naquele ambiente. Compartilhando uma tela, estavam bastante próximos. Mesmo o assunto não sendo muito interessante, estavam rindo muito. Claramente não se importavam em destruir algumas músicas para os seus Eus do Futuro, dando um significado emocional antes inexistente a elas. Para toda a eternidade, até o final de toda a música na Terra, até o final de todos os sons na Terra, sempre que ouvisse aquela sequência de notas, Bruna se lembraria de Andreas (era esse o nome dele?).

* * *

278
Qual é sua opinião sobre medicinas alternativas? Já fez algum tratamento do tipo?

Cavalos, carroças e uma carruagem passavam em nossa frente pela rua. Por rua, queria dizer o chão. E o chão era sujeira. Estávamos sentadas no chão, que sujava nossos vestidos. Porque não estávamos sentadas na calçada. Porque não existem calçadas.

— Você e o Matildo — eu disse. (Por que infernos radioativos eu disse isso?)

Ela riu.

— Você e o Matildo têm a mesma relação que uma pessoa tem com aquela gaveta que nunca fecha completamente — eu disse. As coisas fediam a merda, sangue e algo queimando. As coisas precisavam queimar para ter calor. — Você nunca sabe o que houve, faz força, acha que deu.

Nem eu nem ela tínhamos a chave da residência. Estávamos sentadas do lado de fora da casa. No chão. Numa leve lama. Fazia horas. Não seria digno de uma mulher arrombar uma janela. Olhei para Bunny, que se sentava na escadaria junto à porta.

— Dois segundos depois, tá lá: a gaveta abriu de novo.

Bunny fez que não com a cabeça:

— Tá, beleza, poeta.

— Hum?

— Coisas são que nem outras coisas. Parabéns.

Mexi nos sapatos, pesando o valor sociocultural de tirar os sapatos em frente à casa. Mas tinha sido um dia longo e com tanto, mas tanto trigo.

— Eu tenho pensado muito — Bruna mexeu dentro da bolsa de couro.

— É?

De longe o taverneiro gritava conosco e dizia para bebermos algo lá. Vocês não iam querer parecer indigentes, não é mesmo. Mais cavalos passavam. Mais merda.

(E por que diabos eu acabei de dizer isso?)

— É.

— E aí?

— Nada.

Tirei as botas lentamente, tentando avaliar a reação. Tirei uma, pus ao lado da minha bolsa de couro, e coloquei a outra junto da primeira. Bunny parecia ter ficado presa na ideia de ter pensado muito. Estavam nos reconquistando. "Conquista" para a ideia de invasão.

* * *

279
Quais são suas estratégias de sobrevivência para o apocalipse nuclear?

Hoje era o dia da visita de John Kennedy. Mas esperávamos Matildo voltar com a chave. Empurrando um pé no outro, Bunny tirou os sapatos e os chutou. Pediu desculpas se estivessem fedendo. Era o dia todo caminhando nessa cidade desgraçada cheia de umidade. Nem deveríamos ter saído.

— Homem — eu disse.

— Homem hétero — ela disse. — Olha, não quero odiar homens e nem devia dizer isso, mas homem hétero.

— Homem hétero são esses que acham que cor-de-rosa é gay?

— São esses que não sabem como lésbicas transam.

Não que eu soubesse. Fiquei em silêncio, tentando me comunicar mentalmente com Matildo, ver se ele tinha respondido minha mensagem. Que ideia estúpida, seis pessoas morando num apartamento de dois quartos. Pra coroar, mentir pro landlord e pra igreja, assim, ter só duas chaves. Com sorte, conseguiríamos ir à casa do sr. Garcia/García, outra párea, para ver *Lovely Girls triathlon for the mature Irishwoman* na televisão.

— Ele me falou uma vez que nosso relacionamento era tipo Romeu e Julieta — Bruna disse. — Achou tão romântico.

— Oi?
— Homem hétero, né.
Éramos todos irmãos, claramente.

* * *
280
Como sua vida seria diferente se você ouvisse e prestasse mais atenção nos outros?

Maria Alice só notou que os olhos do Caetano tinham cor de coca-cola com tequila no seu primeiro fim de semana na casa. Ela nem sabia que se misturava coca-cola com tequila. Aparentemente uma ex-colega de quarto da Bunny no México fazia assim. Mais do que beber coca-cola com tequila, gostava de contar que teve uma colega de quarto no México com quem transava e que fazia coca-cola com tequila.

* * *
281
Quanto o lugar onde você nasceu define quem você é?

Ou isso.
Ou.
Depois de organizar toda a mesa com as variedades de acepipes trazidos pelos convidados (Doritos molho ranch, Doritos sabor nachos, um bolo caseiro e alguém tinha achado Cheetos de requeijão numa loja de produtos brasileiros e comprado duas caixas inteiras, direto do estoque), Maicou pediu que Caetano colocasse mais cervejas na geladeirinha.
— Agora não. Agora eu tô bêbado demais.
Maicou colocou a mão no ombro de Caetano, pronto para puxá-lo para o lado. Caetano se levantou e olhou para Matildo.
— Vamos se acalmar? — ele se sentou de novo ao lado de Maria Alice, Menina 2 e seu namorado. — Cê literalmente tenta transformar qualquer informação num problema, que merda é essa, tira uma soneca, sei lá.

— Ah, que merda vocês — Maria Alice se levantou. — As pessoas que vocês odeiam são um reflexo das falhas de vocês — Ela tinha um copo de cerveja na mão e jogou o líquido na cara de Matildo. — Vocês nunca ouviram isso?

Ela começava a se sentar novamente.

— Que saco vocês — ela se serviu de mais cerveja no copo vazio.

* * *

282
Você gostaria de fazer turismo espacial? Como seria uma viagem à lua?

— Preciso fazer coisas e ser um ser humano — eu disse.
— Nem — disse meu organismo.
— Nem — disse minha cabeça.
— Então fica decidido — eu disse. — Não vamos.

* * *

283
Aonde você ia durante as férias de verão quando era criança? Como essas férias são em relação ao que você queria fazer na época?

Eu ouvia os gemidos de Bunny ao fazer sexo virtual com a ex--colega de quarto mexicano. Foi aí que comecei a chamá-la de Bunny.

Ou isso.
Ou.
Bunny costumava andar nua pela casa. Não tinha o que esconder, nem das janelas nem de ninguém. Era bonita, como o avatar bem desenhado de um video game. Quanto mais eu olhava para a proporção entre peitos e cintura de Bunny, mais ela parecia perfeita em excesso. Tinha a pele branca, mas não branca do jeito que faz pessoas dos Estados Unidos parecerem estúpidas ao pegar sol. Porque ser branco é um pouco nerd e um pouco caxias. E Bunny não era nerd nem caxias.

Bunny não gostava de mim e se trancava muito no quarto do Matildo.

* * *
284
Há alguma empresa para a qual você daria conselhos?

Eu fazia que sim com a cabeça enquanto, ao fundo, o dr. Alan Grant e as crianças procuravam o abrigo do tiranossauro. Caetano não tinha parado de falar:

— ... E tem também sexo meio com sono logo de manhã, risos conjuntos com situações esquisitas. — Caetano parecia enumerar de uma lista sobre a qual já tinha pensado muito tempo, já tinha citado e anotado numa agenda bonita com vários corações, quase como uma fala decorada. — Isso sem falar em sexo virando abraços virando sexo e virando abraços, arrepios, a cara da pessoa que cê gosta, mas tem a...

— Alcançar um lencinho pra se limpar — interrompi encarando o braquiossauro na televisão. — Beber o último Gatorade da casa, ir embora, bloquear o número da pessoa no telefone. — O gigante comia folhas da árvore onde o doutor e as duas crianças se escondiam. — Isso e fazer um exame de DST.

— Sentimentos são complicados, e eu não sei se eu gosto de você ou se eu tô entediada — Maria Alice queria dizer isso para Caetano. Mas não achava que tinha um bom motivo pra isso de qualquer forma.

Mas dizer qualquer coisa remotamente emocional para Caetano tinha um gosto estranho, como quando você se prepara para tomar um remédio, mas ele fica um segundo a mais na boca, e a saliva faz você sentir o gosto.

* * *

285
Por que deveríamos nos preocupar com eventos e acontecimentos que ocorrem em outros lugares do mundo? Qual o impacto disso em nosso dia a dia?

Não sabia falar da Irlanda. Sabia apenas que ela me fazia sentir umidade nos ossos, mas, como mergulhar na imundice do Liffey, era libertador e contagioso. Todas as vezes em que pensava no país, me tornava uma mulher livremente afogada.

* * *

286
Qual papel que os bichos de estimação têm em sua família? E na sua vida pessoal?

Foi numa dessas que conheci a Pessoa Esperta.
Ela começou a conversar comigo porque disse que eu tinha um olhar vagamente puto na cara, e a descrição pareceu caber bem. Eu não conseguia identificar o que a Pessoa Esperta era, um homem, uma mulher, uma mulher jovem e magra, um homem com curvas interessantes por conta de algum tipo de exercício. Era um misto de androginia bonita e estilo e noção corporal que, se tentado de propósito, não ficaria tão bem. Só soube que a Pessoa Esperta era esperta porque falava de um jeito esperto. E me dava a certeza de que a única coisa que baseava minha orientação sexual era o fato de que todas as pessoas eram bonitas e eu meio que tenho medo de todas.

* * *

287
Que apelidos você já recebeu?

Voltei da escada.
Era uma daquelas noites tão agradáveis na casa, especialmente porque Matildo não estava. Pelo menos era o que Caetano continuava dizendo enquanto fazia uma maratona de *Jurassic Park* na televisão. Junto dele, Menina 3 via o filme depilando as pernas com um depila-

dor elétrico, garantindo um zunido ao fundo da casa que, por algum motivo, me acalmava.

Ocupando três almofadas no sofá, Bruna mexia no celular. Era tarde a ponto de eles já estarem no terceiro filme, que era tão ruim que eu tinha feito questão de nunca ter assistido.

Eu me perguntei quando foi que perdemos aquele iPod Classic, com 160GB.

— Um cara no Tinder — Bunny disse — acabou de dizer que eu tenho olhos azuis que brilham como a lua.

— Seus olhos são azuis? — Caetano se virou para olhar. 160GB era muito giga de música.

— A lua não é azul — eu disse. — Será que essa pessoa já viu a lua?

A Menina 2 era esse tipo de pessoa que falava "olha a lua!", dessas que admirava as pequenas sincronias do universo e sabia que no fundo há uma energia que rege nossas vidas de pequenos seres terrenos. Qual o feminino de druida? Tanto faz. Mas a Menina 2 estava na casa do Namorado.

A gente costumava usar com uma caixinha de som com cabo. Depois, um adaptador bluetooth.

A Menina 3 não parecia se importar com a lua, ou com alguém falar de olhos parecidos com a lua. Ela seguia depilando as pernas.

Um adaptador bluetooth era muita tecnologia.

Em algum momento na conversa sobre a lua azul, sobre pessoas com olhos azuis, sobre cores da lua, Caetano nos convenceu de que devíamos ir ao último andar ver a lua. Ele tinha uns beques. A ideia de ter beques nunca compartilhados chamou a atenção de Menina 3, que se sentia no direito de já ter fumado os beques. E o cheiro em casa? E o Matildo?

Por mais que todos os celulares tivessem Spotify e conexão 3G naquele momento, a gente não ouvia música alguma.

Assim, Caetano nos convenceu.

A expressão mais apropriada seria "nós nos deixamos convencer", porque não foi como se houvesse um esforço (ou poder de convencimento) da parte de Caetano, mas sim uma disposição nossa de sair daquele momento.

Senti falta de um computador com tela de tubo que costumávamos ter no apartamento.

Todo mundo subestimava o quão suja e pervertida e cheia de trocadilhos sexuais era a minha cabeça.

*** * * ***

288
Que outro nome você daria ao lugar onde mora?

Subiram as escadas. No quarto andar, subiram mais um lance e acharam uma porta pesada com avisos de acesso proibido. Quando a empurraram, notaram um cadeado no chão. Pessoa Esperta seguia Menina 3 rindo de leve, como se Menina 3 e ela tivessem alguma piada que ninguém notou.

Chegaram ao topo das antenas. A altura do prédio não permitia que se visse a cidade inteira, mal o bairro. Havia uma série de antenas, painéis e restos de lixo espalhados pelo pátio. Caetano, Menina 3, Bruna, Pessoa Esperta e Maria Alice tomaram cuidado para não pisar ou encostar em nada. Caetano deslizou pelas antenas como uma fase de video game que ele já tinha jogado demais e só fazia questão de jogar no nível mais difícil para impressionar amigos.

A lua estava crescente, o que queria dizer que não iluminava muito onde estavam.

Nós nos sentamos no chão enquanto Caetano acendia um baseado. Enquanto fumávamos, a gente olhou pra lua por um tempo. Recusei o baseado, mas fumei um Lucky Strike oferecido pela Pessoa Esperta.

E pensamos no espaço sideral.

— Massa — a Menina 3 disse. — Se bem que... tudo é massa — ela riu.

— Não — a Pessoa Esperta disse. — Tudo é matéria, exceto energia. Massa envolve movimento.

— Tipo gravidade?

A Pessoa Esperta começou a fumar antes de responder. Fumou devagar o suficiente para que a conversa tomasse outro rumo. Bruna olhava para as estrelas como se soubesse que era observada, como se soubesse que era registrada na nossa imagem mental, pronta para um ensaio fotográfico. Ou talvez só estivesse olhando interessadamente pra cima.

— Será que — a voz dela soava embargada ou de sono, ou de cerveja, ou de maconha, ou de emoção — os dinossauros viam muito mais estrelas por terem menos poluição?

A Pessoa Esperta se virou:

— Bom, eu acho que...

— Não — ela disse. — Será que eles gostavam das estrelas? — Ela se sentou, enquanto pegava o baseado que passavam pra ela. — Eles sabiam o que eram, usavam pra se guiar, tipo — ela pausou e fumou. Bruna ficou tragando lentamente. Bruna fumava maconha como Marilyn Monroe tomava champanhe, ou algo assim. Ela prendeu. Ficamos em silêncio. Esses segundinhos transformavam Bruna em Bunny, esse silêncio quase em reverência. Ela soltou o ar como se fosse fazer um desenho com a fumaça. — Tipo, será que eles faziam, sei lá, que nem uns passarinhos fazem hoje? Ou eles não ligavam?

— Olha, as evidências sugerem que é possível que—

— Não foi isso que eu perguntei — ela passou o beque para mim, e eu passei para a Menina 3.

A Menina 3 estava deitada no chão enquanto fumava. Não parecia com pressa de prender ou de soltar nem de nada. Maria Alice tentava agir com naturalidade em relação à naturalidade daquele cigarro de maconha. Era crime, não era? Ela roubou outro Lucky Strike da Pessoa Esperta.

* * *

289
O que irrita você? Há algum momento em que esse comportamento seria perdoável?

Bruna brincava com uma trança com miçangas recém-feitas.

— Dinossauros — Bruna mexia no rosa, verde, amarelo e vermelho. — Eu gosto muito mesmo de dinossauros, sabe?

— Não tinha notado. — Caetano tentou ser engraçado. Ele vestia uma camiseta do Donegal Gaelic Athletic Association duas vezes o tamanho dele. E isso sim era engraçado.

— Dinossauros — ela seguiu —, eles podem entrar em qualquer filosofia, sabe? Qualquer uma.

A Pessoa Esperta não parecia ter muita fé. Não achava que dinossauros pudessem discutir temas socioeconômicos, mal entrando na história. Achava que havia mais sociopolítica em um episódio de *Glenroe* ou em Packie Bonner salvar o pênalti e colocar a Irlanda nas quartas de final da Copa do Mundo na Itália. Dinossauros só serviam para analogias estúpidas sobre estrelas, que ninguém entendia. Caetano, Menina 3 e Bruna acharam que a Pessoa Esperta era a pessoa chapada mais agressiva que já tinham visto.

— Qual era a necessidade disso, gente? — Caetano expressou o pensamento geral. — Que desnecessauro.

Rimos bastante. A gente deveria ter levado uns CDs, um rádio. Até uma Sinead O'Connor bastaria. O silêncio dos nossos risos talvez pudesse assustar algum vizinho. O cheiro de maconha ocupava lentamente todo o espaço, o que preocupava Maria Alice.

— Challenge accepted — Bunny disse.

Ela se sentou, olhando pra Pessoa Esperta. Ajustou a postura e puxou a blusa por cima da calça. Mexeu o pescoço e os ombros como lutadores de boxe antes de uma luta.

— Sociologia, você disse? — ela sorriu. Inspirou. — Por que a tiranossauro rex dos filmes *Jurassic Park* é importante para o feminismo, senhoras e senhores? — Franzimos a testa, mas, por ser Bruna, acatamos. Bruna sorria mais: — Em primeiro lugar: ela é uma personagem feminina forte, inclusive literalmente. Ela come homens. Ela salva o dia diversas vezes. Ela não é sexualizada. O gênero dela não a faz menos perigosa.

Bunny pausou, pra respirar, pra pensar, pra fumar o beque que voltava a ela. Ela se ria sozinha. A Pessoa Esperta não parecia ter entendido ainda e todos nós pensamos por um instante que ela tentava fazer uma argumentação lógica em resposta. A fumaça quente se misturava ao vento frio. Bunny estalou as juntas nas mãos:

— As pessoas não questionam as habilidades dela de comer gente porque ela é uma menina. — O "menina" gerou uma risada abafada. — Ninguém tira com a cara dos mortos porque eles são devorados por uma menina. Ninguém chama ela de vagabunda por comer pessoas. — Bruna se levantou, mais uma vez como um jogador de boxe prestes a voltar ao ringue: — Ela é uma mulher numa posição de poder, que não tem vergonha de estar numa posição de poder. No final, ela come qualquer pessoa, sem julgamento de gênero, raça, orientação social ou classe — Bunny falava com o indicador erguido. — E, acima de tudo, ela não precisava de homens para reprodução.

Meu relógio-calculadora me informava que eram quase três da manhã. Bruna se sentou novamente, com toda a graça que mantinha. Todos nós ríamos olhando a expressão da Pessoa Esperta.

— De onde veio aquela pessoa? — alguma voz perguntou.

* * *
290
Qual seu aroma favorito?

* * *
291
Escreva uma história cujo personagem não pode mentir ao longo de um dia inteiro. Quais são as consequências das mentiras que acabou contando?

* * *

292
Qual sua música favorita para cantar em karaokê?

Talvez eu esteja aprendendo demais com Bruna. Eu me perguntava se cinquentões ricos que comiam modelos tinham essas dúvidas. Eu me perguntava se deveria perguntar para a Bruna sobre a disparidade de poder. Eu me perguntava se gostava dele ou da ideia dele. Eu me perguntava se idade era só uma informação como a cor do cabelo — muitos dos meus, brancos. Eu me perguntava se não era só o fato de que eu conseguia manter uma conversa por mais tempo, mas mais por ter tido mais conversas em vida. Eu me perguntava se queria que ele se apaixonasse por mim e não pela atenção que eu dava. Eu me perguntava se só queria alguém que me quisesse porque essa pessoa de fato me quer e não porque eu estava aqui, convenientemente perto. Tantas perguntas que não sabia se os outros tinham.

* * *

293
Você tem dificuldade para tomar decisões?

As Meninas 2 e 3 me olhavam com atenção. Alguém tinha me trazido uma cerveja. Eu estava no meio da minha terceira frase e o Caetano já dormia. Eu contava alguma coisa sobre quando entrei na faculdade. Alguém riu.
Mas me ocorreu que eu estava entediando todo mundo. Aí puta que pariu.
— Má Lice? — a Menina 2 disse. Ninguém me chamava de Má Lice.
— Desculpa — eu disse. — Ninguém me deixa falar por tanto tempo assim. Me perdi.
Riram de novo.
(Por que diabos eu disse aquilo?)

* * *

294
Quais são seus maiores medos? Você tem alguma fobia?

Era aí que o tempo passava, como ele normalmente fazia.
— Mas que porra é essa, hein? — eu disse.

* * *

295
Há alguma história que você acha que funciona apenas em outro idioma? Como você interage com traduções?

I was in a Brazilian product store in Dublin and:
"You have such a good Portuguese. Are you married to a Brazilian?"

* * *

296
Você já perdeu algo valioso? E encontrou?

Passei tanto tempo na minha cabeça que tinha desenvolvido um novo nicho/camada de humor que ninguém no mundo real, em que as coisas aconteciam, entendia.

* * *

297
O que você faz ao encontrar obstáculos? Narre a resposta do ponto de vista de uma pessoa olhando de fora.

Esperei meu Luas rumo à minha private investigator, Audrey Christie. Havia escolhido especialmente porque o nome me lembrava de Agatha Christie, e isso parecia a melhor referência possível. Já tínhamos falado pelo telefone, expliquei minha situação, minhas evidências, meu Google Maps. Tinha uma pasta na bolsa com tudo impresso. Papel impresso. Confiança. Isso. Mespil House, Sussex Road, Dublin 4. Papel impresso. Confiança. Um senhor se aproximou do ponto e parou. Lia um William Faulkner.

Você também era uma dessas pessoas normalmente bem-comportadas, mas com uma cabeça superviolenta? Como quando alguém esbarrava em mim e eu só dizia algo como "tá tudo bem", mas na minha cabeça eu já estava pronta pra briga e se você ousasse encostar em mim de novo eu ia enfiar meu pé tão fundo na sua boca que você ia precisar de um cirurgião colorretal pra tirar.

Não?

Nem pelo menos quando você estava perto da linha do trem e passava o trem rápido? Você não pensou em pular na frente do trem? Nem na frente de um penhasco, num canto desprotegido de uma ponte? Uma dúvida de "E se eu me jogasse..."? Nada? Não mesmo?

* * *
298
Você tem uma vocação? Você acha que ela se liga à sua vida profissional?

Da escada, via-se Bunny entrar no apartamento com um bichinho fofo que parecia um gato nas mãos.

— Oiê — ela disse.

Parecia um desses filhotes que, de tão raros, faziam qualquer coisa e ficavam famosos na internet. Da escada, ouviram-se os gritos furiosos do Matildo.

Ou isso.

Ou.

Um chocolate quente com menta custava em torno de dois euros. Não era barato, mas era o mais barato que a Starbucks pode oferecer. Escrever à mão sempre tivera um charme, em especial o charme de gastar os Moleskines que comprava e nunca usava. Bom, usava agora.

* * *

299
O que você faria se tivesse um ano de folga e pudesse repensar suas decisões de vida?

Então eu abri o arquivo. Então eu escrevi trinta e cinco páginas ao longo de uma tarde. Setenta mil caracteres. Então eu salvei e fechei o arquivo.

Então não abri o arquivo de novo por catorze meses.

* * *

300
O que você inventaria se tivesse fundos ilimitados para experimentar?

Um dono de cachorro poderia dizer:
Essa é a nossa border collie com pedigree, enquanto a outra cachorra é meio border collie, um quinto labrador, sete quarenta avos pug e um oitavo husky siberiano!
Mas um dono de gato diria:
Essa é a mumu, a gente ama ela. Ela é laranja com uns tufos de cabelo marrom e a gente achou ela num dia que chovia muito.
E Taco Cat era o gato mais lindo que já tínhamos visto, com suas orelhas de Gremlin, ronronar de gato, patas de coelho e tufos de cabelo de nachos.
Pensando em como descrevê-lo, eu adoraria ser uma dessas escritoras de boas e misteriosas que depois ganhavam biografias com mais dúvidas do que respostas. Uma dessas pessoas que nunca escrevia nada muito pessoal ou autobiográfico, inventava histórias pela pura ideia estética ou pela criação ou fruição artística. Mas aí lembrei que não conseguia calar a boca de jeito nenhum.

* * *

301
Você acha que existe altruísmo verdadeiro?

(Por que eu escrevi isso?)

* * *
302
Você acredita em casamento? Descreva um.

— Preciso fazer coisas e ser um ser humano e ganhar dinheiro e economizar e parar de ficar comprando cafés idiotas em cafeterias idiotas — eu disse.
— Nem — meu organismo disse.
— Nem — minha cabeça disse.
— Pessoal — disse. — Mesmo.
— Nem — meu organismo disse.
— Nem — minha cabeça disse.
— Então fica decidido — disse. — Não vamos.

* * *
303
Com que frequência você tem conversas profundas e enriquecedoras?

Taco Cat estava assistindo a *Sinédoque, Nova York*. Eu sabia que era esse o nome do filme porque eu havia perguntado e ele me respondeu com desprezo. Taco Cat parecia nunca ter saído dos anos 90 e nunca ter superado a obsessão com Charlie Kaufman. Observei o pequeno bicho inflar e esvaziar lentamente enquanto respirava. Torci para que Taco Cat me achasse legal o suficiente.

* * *
304
Que conversas você gostaria de nunca mais ter?

— Aham.
— Minha vida dava um livro.
— Não, não dava.

Ou isso.

Ou eu estava sentada na escada. Não tinha meu caderninho, não tinha um laptop. Só precisava ficar na escada. Fiquei olhando uma decoração feia perto da entrada do apartamento 32. Caetano estava chegando em casa, sem cheiro de café.

— Ei — ele disse. — Você não tá com a chave?

Ergui a chave que tinha no bolso e sorri pra ele. Ele sentou do meu lado na escada. Ele abriu a mochila e mostrou que tinha comprado caixas e caixas de cereal, Lucky Charms. Fechou a mochila, como se quisesse interromper o momento antes que se tornasse um desses momentos em que a gente senta e come cereal direto da caixa e ri e é bonitinho e a gente se beija.

— Você teve algum progresso com o negócio aí? — ele apontou pras minhas mãos vazias.

— Tá indo.

— Sei como é.

Eu sabia que ele não sabia.

— Você já escreveu sobre — ele apontou pra porta fechada do apartamento —, sobre a gente? Sobre o Matildo, sobre...

— Sobre você? — eu ri.

— Ué. Também — ele apontou de novo para minhas mãos vazias. — Eu sempre quis me conhecer do ponto de vista de outra pessoa.

— O problema é que precisaria de várias pessoas te vendo, porque como eu te vejo não é como a Bunny te vê.

— Mas é que esse lugar aqui dava um livro — ele apontou pras escadas.

Fiquei pensando no cheiro de madeira velha das escadas e nos rangidos. Eu sabia que dava um livro. Várias coisas dão um livro. E várias não. Matildo disse que ia tentar tirar uma soneca antes de todo mundo chegar. Parecia que ia vir gente beber na casa.

— Te vejo depois.

— Te vejo depois.

Ou isso.

Ou.

* * *

305
O que as gerações anteriores entendem errado a respeito da sua? Ou a respeito de você?

E eu gostava do jeito que ela brincava com o meu cabelo enquanto eu a chupava.
Era essa a história.

E eu achava muito educado como, enquanto eu pagava um boquete pra ele durante o banho, ele fazia carinho no meu cabelo. Ele até passava xampu pelo meu cabelo e ficava massageando para depois passar o condicionador. Muito educado.
E essa também.

Eu e a Bunny estávamos deitadas no sofá. Não sei exatamente como isso funcionava, mas funcionava. Estávamos assistindo a *The Walking Dead* e parecia interessante, apesar de pouco lógico. Fui tentar me sentar e comecei a escorregar do sofá.
Olhei para Bunny.
Ela olhou para mim.
— Vida longa ao rei — ela disse. E me empurrou para o chão.

* * *

306
Que pontos turísticos famosos você já visitou?

E era incrível minha habilidade de transformar tudo em bosta. Muitas pessoas chegariam a chamar esse poder de processo digestivo, mas eu sabia a verdade. Era só minha escrita mesmo.

O primeiro degrau entre o segundo e o terceiro andar rangia mais do que qualquer outro no edifício. E, por ser um edifício sem elevador e que soava como se fosse feito apenas de madeira, eu conhecia os sons dos degraus. E, por passar tanto tempo na escada olhando um caderninho barato, sabia como os passos das pessoas soavam. Especialmente os passos do sr. García/Garcia, que era muito veloz.

O sr. García/Garcia era muito veloz, pois subia dois degraus por vez e provava a toda a humanidade sua imensa força e agilidade a cada passo de degrau duplo dado. Sr. García/Garcia ganhava tanto tempo subindo dois degraus em vez de um que, ao chegar em casa, o sr. García/Garcia chegava antes do horário que entrara no prédio. A quantidade de tempo que o sr. García/Garcia ganhava lhe permitia dormir três horas de sono a mais. Apenas que parasse de, ao subir dois degraus por vez, jogar a virilha perto demais do rosto de pessoas que podem estar sentadas olhando um caderninho barato. Fora isso, sua contribuição era imensa à humanidade.

* * *

307
Quais são as tendências de moda que você segue neste momento?

E então eu tinha algum tipo de interação desconfortável. Falei uma frase esquisita pra alguém. Esbarrei numa pessoa de um jeito esquisito. Minha voz ficou aguda demais ao final de uma frase. E então fiquei toda cagada pensando naquilo pelo menos pelas três semanas seguintes.

* * *

308
Como você procrastina?

Cheguei tão bêbada no apartamento que foi um milagre ter achado a chave que estava comigo, porque era meu dia da semana. Matildo me esperava do lado de fora e me xingou até entrarmos. Eu me sentei no sofá e tirei os sapatos e a calça. Não tenho mais idade pra ficar de calça em casa, eu disse, enquanto o Matildo seguia reclamando de ficar sem calça em casa.

Olhei o celular e mandei uma mensagem para meu melhor amigo do bar que tinha me pagado um pint de Guinness:

did yuo get home o.k.

E vi que ele me mandou uma mensagem, perguntando se eu tinha chegado bem em casa. Respondi:

ya im homew now

Na manhã seguinte percebi que eu tinha perguntado e respondido a minha própria pergunta.

* * *

309
Para você, quão importante é ter uma carteira de motorista?

Eu e meu melhor amigo que tinha me pagado um pint de Guinness ficamos a noite inteira conversando e trocando sms, continuando a conversa que os horários do pub não permitiram.

Cheguei tão bêbada no apartamento que foi um milagre terem ouvido as batidas na porta quando entrei. Bruna e Caetano estavam sozinhos. Eu me sentei no sofá e tirei os sapatos e a calça. Ela não tem mais idade pra ficar de calça em casa, a Bruna disse enquanto Caetano seguia reclamando de ficar sem calça em casa. Eu me senti levemente ofendida pelo diálogo.

Olhei o celular e mandei uma mensagem para meu melhor amigo do bar que tinha me pagado um pint de Guinness:

did yuo get home o.k.

E eu mesma respondi a mensagem.

ya i'm homew now

A ideia de mandar uma mensagem pra mim mesma pareceu engraçada. Digitei:

sra q vc consegue relaxar por pleo mesmo 10 min?

* * *

310
A beleza pode distrair outras pessoas? Isso é uma vantagem (para a pessoa bonita)? Use essa suposta vantagem/desvantagem em uma história.

* * *

311
Quais foram as maiores lições da sua adolescência?

Eu estava sentada no ônibus voltando. Vi um casal se abraçar e ela dar um beijo na testa dele. Soube que um dos meus medos era o de não ter tempo para observar isso. Uma vez que você se distraísse, não havia muitos lugares para onde você pudesse olhar, eu sabia. As pessoas subestimavam a importância de sentar num ônibus de noite e assistir a tudo acontecer. O casal desceu duas paradas antes da minha. Estavam felizes.

Assim que consegui apoiar a cabeça na janela do Luas, vi uma mãe e a filha brincando na volta para casa. A ideia de que uma história estava sempre presente, sempre transbordando e infiltrando outra história. Às vezes a história estava lá, na sua frente, quase sumindo. E você apenas a notaria com o tempo, com o incômodo que causar, se causar. Ou se puser atenção. Você até poderia descobrir a história, ver as manchas na parede, ver as gotas de água saindo para os lados. Você descobria o lado de fora da história, a embalagem, as tentativas de cobrir com tinta. Porque fungos na parede se alimentam de nada, não é? Tinha algo assim: que se alimentam de concreto. Sete bilhões de pessoas passaram, aguentaram, adoraram e experimentaram esse dia de uma maneira diferente e única. Se combinássemos cada uma das horas experimentadas por cada ser humano, pela humanidade como um todo, no dia de hoje, e colocássemos uma ao lado da outra em vídeo, se gravássemos em áudio, se tirássemos fotos e as enfileirássemos, demoraríamos quase um milhão de anos para assistir a tudo. Afinal, uma hora pra cada indivíduo, e eram sete bilhões de indivíduos. A memória coletiva de todos nós, todos os indivíduos, durante um ano era mais longa que nossa existência toda como *Homo sapiens*, talvez. A história linear perde o espaço para a história em asteriscos, que se expande para as experiências de cada um. Você via a história sem saber por que ela estava ali. E testava seu temperamento. Desse exato jeito, você encontrava a própria história.

* * *

312
Você sabe cozinhar?

Ao longo da história, grandes artistas tomaram sua depressão e outros distúrbios psiquiátricos e os transformaram em obras-primas in e atemporais de música, arte e literatura. Por outro lado, Maria Alice tomou sua depressão e transformou a própria cama em um excelente lugar para deitar por trinta anos e comer sorvete.

Ou isso.
Ou.
Maria Alice tinha um estilo artístico bastante próprio. Ele se chamava "acho que tentei".

* * *

313
Qual animal lidaria melhor com uma invasão doméstica: gato ou cachorro?

Eu só queria unir minhas duas paixões: tirar com a cara de gente burra enquanto fico bêbada.

— Mas é que, sabe — alguém disse —, sou esse tipo de pessoa que coloca as mãos entre as pernas quando as mãos estão geladas.

— Isso acontece com literalmente todas as pessoas — eu me levantei.

Cruzei a sala em dois passos e me apoiei na televisão, que se inclinou prestes a cair.

— Isso é que nem dizer que você é esse tipo de pessoa que inspira oxigênio quando precisa respirar. — Peguei a televisão em meus braços. Pesava. — Ou como dizer que come quando sente fome.

Atirei na pessoa:

— Ou dizer que toma água pra sobreviver.

A televisão soltou faíscas ao cair no chão. Eu chutei a televisão, que liberou um cheiro de plástico derretido. Era uma televisão de tubo, dessas do meio-termo entre as televisões de tela plana, mas já não era tão imensa.

* * *

314
Você viveu na mesma casa durante a infância? Ou, como eu, você se mudou muito durante os anos? Você tem alguma memória especial ou específica (ruim ou boa) de cada casa que você teve? E memórias sensoriais, como cheiros e temperaturas?

Eu e a Pessoa Esperta tínhamos ficado no telhado quando todo mundo voltou por conta do frio. A Menina 3 dormia enrolada em uns três casacos que roubara ao longo da noite. A Pessoa Esperta ficou com um beque só para si, que recusei mais uma vez.

— Você intimida as pessoas não fumando enquanto todo mundo fuma — ela disse.

— Por favor, não se sinta assim — mostrei o Lucky Strike, o quinto que eu já tinha roubado. — Eu sou uma abobada completa.

Ela riu porque já tinha se acostumado com meu senso de humor. Eu sabia que demorei alguns instantes até deixar claro meu senso de humor, não por ele ser refinado ou melhor que o dos outros. Era só porque tudo me parecia tão hilário que precisava de uma piada.

Falamos da cegueira legal. Não sabia bem por quê. Não sabia bem como. Não era o tipo de tema que eu falaria com qualquer um e, estivesse a Menina 3 acordada, eu estaria falando de outra coisa.

A Pessoa Esperta contou do pai, que a criara sozinho porque a mãe tinha se matado. Não falei das tentativas de suicídio da Lídia, mas criei uma ponte imediata. Minha dor até a sua dor. Não falei nada disso e fiz questão de esquecer essa ideia tão forçada. Não podia escrever isso.

Fizemos piadas sobre pessoas que achavam que estavam no direito de saber tudo a nosso respeito. Então, se não pudéssemos escalar uma montanha, tínhamos que explicar tudo que havia de errado em nossos ligamentos dos joelhos que nos impedia de escalar. Se não pudéssemos tomar leite, tínhamos que explicar que teríamos diarreia se bebêssemos lactose. A sociedade agia como se os doentes crônicos fossem obrigados a compartilhar suas informações médicas a qualquer pessoa que perguntasse, a gente concluía.

— E você não tem essa obrigação — ela dizia, ainda fumando. — Você não tem a obrigação de contar pra ninguém, nada, nunca, nem mesmo para sua mãe. Você não é obrigada.

Perguntei de onde vinha tanta sensibilidade. A maior parte das pessoas queria saber por que eu não enxergava bem, o quão bem, por que, como, onde. E sabia que secretamente estavam aliviados com a vida feliz e pictórica que levavam.

Na verdade, apenas perguntei:

— De onde tirou tanta sensibilidade?

Mas a intenção foi a mesma.

Me espantava que a Menina 2 já fosse sexualmente ativa. Devia ter dezessete anos, ou dezoito recém-completados. Na idade dela eu nem era socialmente ativa. Até hoje não sou socialmente ativa.

Eu nem era ativa de jeito algum. Queria que houvesse mais horas em um dia, pra eu ter mais tempo pra fazer nada.

Ou isso.

Ou.

98,34343% da minha vida é???? com traços de ¿¿¿¿¿¿

* * *

315
**O que você gostaria de aprender sozinho?
Você é autodidata em alguma coisa?**

Deve fazer vinte anos que não durmo.

Cobri o rosto com meus longos cabelos. Cheiravam a sangue e suor de cervos que tínhamos capturado no dia anterior. A Bruna chutou a base da árvore contra a qual eu tirava uma soneca. Do outro lado da árvore, a druidisa Menina 3 seguia roncando. Ouvia-se Bruna deslizar para a grama e tentar se proteger na sombra.

— Vocês querem falar de zoológicos intergalácticos? — ela disse, ainda de olhos abertos, provavelmente olhando a nova capela de pedras que haviam construído.

— Bruna, vai dormir.

— A gente devia arrumar um cachorro.

— Vai dormir.

— Todos os outros clãs têm — ela esfregava as mãos, costumava passar o dia esculpindo uma cruz alta. Ela seguiu: — Ia fazer bem pra gente.

— O Matildo ia te matar.

— Um gato, pelo menos.

* * *

316
Que histórias você acompanha no noticiário neste momento?

Taco Cat dormia no chão. Eu me deitei ao lado.

— Você é tão lindo, você tem uma mínima noção da sua mortalidade? Claro que não, você é um ser puro, ingênuo, altruísta e sensível. Você consegue sentir isso? É meu coração. Eu te amo. Olha essas orelhas. Aqui, tá aqui minha carteira.

Taco Cat pegou no sono. Eu me deitei a três centímetros da cara dele, olhando o focinho calmo. Fiquei olhando o bicho por trinta minutos.

Ou isso.
Ou me sentia exausta. Eu me sentia constantemente cansada. Ia pra cama exausta. Acordava exausta. Todos os dias todas as horas me sentia cansada. Em algum lugar. No mínimo na cabeça. Era exaustivo.
Queria dormir ininterruptamente por doze anos.

* * *

317
Quais são suas junk foods favoritas? Você prefere fazê--las sozinha ou comprá-las prontas em algum lugar?

O ano era 391. Antes de são Patrício expulsar as cobras da Irlanda. Por "cobras", queremos dizer os celtas pagãos nojentos. Antes. A gente mal tinha um idioma que todo mundo falasse. Bem antes. Estávamos em County Kerry, mas antes de haver condados ou Kerry. Era ao sul, uma boa costa, e se você olhasse os mapas das correntes marinhas, um bom ponto de parada. Mas isso era antes de correntes marinhas. Bem, bem antes. Era uma época em que, se você visse o condado de Kerry no século XXIII, você diria, com animação:
— Tudo isso aqui era pântano. — Seus netos estariam de olhos fechados jogando em seus video games futurísticos que leem mentes. Mas você, celta de vida eterna, apontaria: — Tá vendo aquela casa torta? Torta porque aqui era pântano também.
Isso.
Ou isso.
Geograficamente, depois dos pântanos. Mas, em cronologia, junto dos pântanos.
Maria Alice chegou de volta ao seu verde. Largou seus espólios no chão, alguns coelhos caçados, enquanto cumprimentava à distância os membros de sua tribo. Não se aproximou muito, pois sabia que estavam organizando uma caravana para levar manteiga aos

pântanos — e ela se sentia cansada. Algumas mulheres retornavam das plantações. Maria Alice se sentou em uma pedra, observando que seu gato se aproximava, esfregando-se em suas pernas. Maria Alice abraçou Taco Cat. Gostava dos ruídos do mar e do cheiro de sal. O gato se agitou de leve, mas começou a se desesperar e mordê-la para sair.

— Não que eu queira pagar de profunda — ela coçou atrás da orelha do Taco Cat, que esperneava no colo —, mas estou em profunda agonia existencial a cada minuto da minha vida.

Uma criança corria atrás de uma ovelha. Maria Alice soltou o gato, que correu para o círculo de pedras que alguns homens começavam a levantar à distância. Maria Alice desce da pedra e toma uma adaga afiada de ferro.

Enfia a faca, que não entra, mas deixa uma cicatriz na superfície. Maria Alice faz alguns riscos. Tchuf. Taco. Três riscos, um ao lado do outro. Tchuf. Cat. Essa foi a primeira palavra escrita numa gaélico irlandês primitivo. Numa pedra. Taco Cat. E, desde então, Maria Alice seguiu escrevendo.

* * *

318
Você torce para algum time?

Me beijasse até que eu esquecesse o quão aterrorizada eu estava de tudo de errado com a minha vida. A gente se beijou, e me esqueci mesmo.

Ou isso.
Ou.
Me beijasse até que eu esquecesse o quão aterrorizada eu estava de tudo de errado com a minha vida. A gente se beijou. Eu me lembrei. Quis morrer de levinho.

Ou isso.

Ou.
Me beijasse até que eu esquecesse o quão aterrorizada eu estava de tudo de errado com a minha vida. Continuei te olhando conversar com a Menina 2 sem muita resposta.

Ou isso.
Ou.
Eu gostava de falar com a Pessoa Esperta. Ela era esperta e a gente ria das mesmas coisas. Falar com pessoas com senso de humor incompatível com o seu é doloroso e assustador. Pessoa Esperta seria minha melhor amiga pra sempre e a gente ia se casar e ter três filhos e um labrador amarelo.

* * *
319
Que qualidades você buscaria em um colega para dividir a casa?

Todos os dias fazia esse relatório que ninguém lia.

* * *
320
Você acredita em Deus? Em qual Deus?

Então eu estava tendo uma noite perfeitamente agradável. Então :-). Então estava tudo bem. Então. Então eu estava triste de novo.

Ou isso.
Ou.
Naquela noite o Caetano tinha sido o único que me ouviu falar enquanto todo mundo no grupo conversava. Ele sorria e respondia, provavelmente pra eu não me sentir tão estúpida como já me sentia.
A Pessoa Esperta e a Menina 3 se embrenhavam numa discussão sobre opressão e relações simbólicas de poder de dinossauros. Eu só queria contar o trocadilho que tinha pensado agora. Caetano era a

melhor pessoa que eu já tinha conhecido. Apoiei a cabeça no ombro dele e segui falando. Ele seguiu sorrindo e respondendo.

Ou isso.
Ou.
De dentro da casa do Amigo da Menina 3, a Pessoa Esperta e eu estávamos olhando a piscina. Fazia frio. Falamos do frio. Falamos de jogar as pessoas na piscina. Falamos de celulares. Falamos que, como os celulares estão cada vez mais tecnológicos e vários modelos já são à prova d'água, logo logo todo mundo ia poder jogar as pessoas na piscina de novo.

Ou isso.
Ou.

* * *
321
Você gosta de filmes de terror? Por quê?

* * *
322
De que lugares da sua infância você se lembra afetuosamente?

Menina 3 entrou na sala/cozinha do apartamento. Colocou a pizza congelada recém-comprada no forno. Cumprimentou Maicou com a cabeça quando ele saiu do quarto com uma vassoura e dois sacos de lixo. Ela procurou a garrafa de vodca que sempre deixava sob a pia a salvo dos bêbados. Maicou organizava os lixos na cozinha:
— Como foi seu dia?
— Foi ótimo. — Ela tomou um gole de vodca da garrafa. Ele saiu para largar os lixos.

Após encher um copo com vodca, gelo e um pouco de água da pia, ela se sentou à mesa. Ela se perguntou se ter se demitido tinha sido uma boa ideia. Bom, a gente nunca sabia essas coisas, não era mesmo? E em três segundos pensando nisso, a Menina 3 percebeu que queimou mil e duzentas calorias. O cheiro da pizza congelada queimando no forno ocupou o apartamento inteiro.

* * *

323
**O quanto você se esforça para consertar
algo antes de decidir jogar fora?**

ah não eu derrubei minha motivação e agora não tenho vontade nenhuma de buscarrrrrrrrrrrrrrrrrrrrrrrrrrrrrr

* * *

324
Como você narraria um dia normal ao dar um relato a um policial tentando provar que você é inocente? Qual seu álibi?

Bruna era o tipo de pessoa com calça boca de sino, estampas psicodélicas e um cabelo imenso que ainda falava sobre direitos das mulheres. Bruna não sabia o seu lugar. Não sabia o seu o quê, quando, como e onde. Tinha chegado em casa com uma garrafa de uísque nas mãos, porque mulheres não podiam beber em pubs. E bebia sentada ao nosso lado.

Ela estava furiosa que, ao optar por se casar com Matildo, perderia o direito de trabalhar no banco onde trabalhava. Bruna às vezes chorava por política, se magoava com decisões de quem nem a conhecia. Quem quer trabalhar num banco?

— O grande problema — ela dizia — é que uma esposa não pode negar fazer sexo com o marido, sabe? Quer algo mais machista?

Bunny continuava sentada ao lado da cama falando sozinha, enquanto eu, Caetano e Menina 3 tentávamos dormir.

— Se eu algum dia falar com você às três da manhã, lembra que não sou a eu de verdade — ela disse.

— Não estressa. Eu não tenho memória boa.
— Jura?
— Mas eu anoto — respondi. — Tô escrevendo um livro sobre vocês, só coletando bobagens. — Tentávamos dormir. Menina 3 tinha magistério pela manhã; Caetano tinha que voltar ao trabalho de engenharia; e eu numa loja de departamentos. Estávamos economizando e iríamos comprar um videocassete em alguns meses.
— Bom, se é sobre o que eu falo, é só uma versão de mim hipercansada que implora por interação, tá? — ela fungou no suéter de poliéster. Talvez até Bruna tentasse dormir, sentada no chão com sua garrafa. — Bota isso nas tuas escrevinhanças.
E foi assim que surgiu "Bunny", que era a Bruna. Mas era uma versão hipercansada de Bruna que implora por interação. Ou atenção. Não anotei direito.

* * *

325
Você empresta dinheiro?

Bunny subiu as escadas com uma sacola do Subway. Dava pra ouvir Taco Cat choramingar próximo à porta. Bunny bateu na porta de leve:
— A gente devia treinar esse bicho pra lidar com uma alavanca e abrir a porta — ela disse pra ninguém em específico.
Ela se sentou no chão ao lado da porta e começou a revirar a sacola. Ela alcançou a Maria Alice pacotes de guardanapos e um Chicken & Bacon Ranch Melt tamanho grande:
— Eu não sabia qual salada cê queria, então coloquei todas as que eu gosto.
Maria Alice abriu o sanduíche no colo, fazendo um pequeno ninho de guardanapos. Tirou um pacote de álcool gel da bolsa. Ofereceu a Bunny, que negou com a cabeça. Maria Alice começou a limpar as próprias mãos:
— Quanto eu te devo?
Sem responder e sem mastigar, Bunny começou a comer. Na terceira mordida, disse:

— É que tem aquela vez que cê foi ao mercado pra mim, lembra? — ela engoliu. — Quanto deu?

— Mas eu comi parte da sua massa depois.

— Então corta o preço da massa pela metade. — Bunny não largava o sanduíche, enquanto tentava lamber uma parte do molho que vazava. Maria Alice tentou calcular com os dedos.

— Acho que cê me deve uns quatro euros — ela disse. — Acho.

— E aqui deu três e meio.

— Então cê me paga um café qualquer hora.

— A gente vai ficar aqui pra sempre mesmo.

— Tem pelo menos umas vinte horas.

Bunny tirou o casaco para comer. Tinha escolhido um sanduíche de trinta centímetros com almôndegas com porção extra de bacon e queijo e não ia sujar tudo com aquilo.

* * *
326
O que você faria por dinheiro?

— De onde vem seu dinheiro, Bunny? — Maria Alice perguntou.

— Passei a adolescência inteira participando de qualquer um desses concursos, pra ganhar casa, pra ganhar cesta básica por um ano — Bruna respondeu. — Qualquer coisa que envolvesse ganhar coisa. Ganhei no total cem mil reais, ganhei reforma da cozinha dos meus pais, ganhei carro, produto de limpeza. E eles me pagaram de volta, foi como se eu tivesse emprestado pra eles. Eles me liberaram esse dinheiro aos dezoito anos.

— De onde vem seu dinheiro, Bunny? — Maria Alice perguntou. Bruna largou o sanduíche.

— Tudo começou assim. Um amigo me perguntou "cara, cê chuparia mil paus por um bilhão de dólares?". E eu adoro questões assim, porque não apenas são um exemplo da sociedade antigay em que se vive, mas também mostram uma falta de entendimento completo que algumas pessoas têm sobre o valor do dinheiro. Por exemplo, você não vê quanto dinheiro um bilhão de dólares é? Você já parou pra pensar que eu poderia passar o resto da vida rolando no luxo comprando o que eu quisesse e ainda teria uma fortuna pra deixar pros meus filhos? Só por chupar uns paus? Isso dá um milhão de dólares por pau chupado! Isso é simples economia, poxa, né. Um bilhão de dólares e tudo que você teria que fazer é chupar um pau todos os dias pelos próximos 2,7 anos. Só isso. Muita gente já faz isso, inclusive. Você poderia se demitir e literalmente chupar paus como subsistência. Você poderia chupar dois paus por dia e aí você só teria que chupar pau por 1,4 ano. Você poderia chupar cinco paus por dia e resolver tudo em seis meses. Cinco paus por dia por seis meses por um bilhão de dólares? Claro que eu faria isso! Esse é o sonho! Essa é a porra do paraíso! — Ela pausou e olhou a cara de surpresa de Maria Alice. — Bom, e eu estava ali fazendo aquilo de graça, como uma perfeita idiota.

Bunny tirou o casaco para comer. Era um cardigã colorido com padrões étnicos, comprado na H&M mas visivelmente se esforçando para parecer peruano. Foi quando Maria Alice viu a marca no pulso. Um roxo feio, escuro, com uma aura amarelada, tão feia quanto o roxo em si. Enquanto erguia os olhos para perguntar o que era aquilo, Maria Alice notou mais uma marca próxima ao ombro e variados pseudorroxos, alguns já amarelados, em diferentes estágios de recuperação.

Ela tentou organizar uma frase na cabeça (quando... por quê...), mas Bruna já tinha vestido o casaco antes de Maria Alice ter as palavras certas.

— Bruna, que porra é essa? — Maria Alice perguntou.
Maria Alice inspirou.
— Cê sabe como eu e o Matildo somos complicados, né?
— O quê?
— Ele pediu desculpas. Deixa isso pra lá.

* * *

327
Qual é o momento mais recente de felicidade em sua vida?

Você tem piadas internas com você mesmo?

Olhei a Pessoa Esperta lentamente arrumar uma carreira de cocaína. Era mais clichê do que eu esperava que fosse o cartão de crédito, a carreira a ser organizada com batidinhas. Não sabia que estudantes sem dinheiro tinham condições de manter um vício em cocaína em euro.

A salinha já estava vazia dos convidados. Todo mundo já tinha ido para algum lugar mais interessante. A Pessoa Esperta e eu estávamos sentadas perto de uma mesinha de centro no centro da sala. Ela colocou um espelhinho desses de carteira por cima de dois cadernos que nunca vi ninguém usar.

Eu observava em silêncio. Ela me olhou:

— Até parece que você nunca cheirou.

— Nunca — eu disse, em dúvida se deveria estar orgulhosa. — Nem maconha.

Ela cheirou. O barulho era alto. Quase esperei que ela fosse espirrar logo depois, mas nada. Uma carreira restava no espelhinho.

— Deixei pra você — ela disse.

Agradeci, explicando que minha família já tinha um histórico grande o suficiente de doenças mentais sem drogas recreativas.

— Que exagero — ela riu. — Você vai pensar num bocado de coisas melhores.

— Eu já penso em bastante coisa — eu disse.

— Vai ser bom pra você que sempre esquece sobre o que tá falando no meio da frase.

Fiquei em silêncio, num desses momentos em que você não quer que a conversa acabe, mas nem faz ideia do que mais dizer.

* * *

328
O quanto você sabe sobre o histórico de sua família?

is it doido how saying sentences backwards creates backwards sentences saying how doido it is?

* * *

329
Você gosta de aprender?

Havia um pôster na casa do Amigo da Menina 3. O pôster, branco com uma fonte preta e grossa, dizia:
I am aware of who you are & what you do.
Era uma das ideias mais tranquilizadoras que eu já tinha lido, apesar de invasiva. Ninguém tinha o direito de estar aware de quem você era ou do que você fazia. Mas eu me sentia reconhecida, como se o esforço fosse reconhecido.
Apesar do barulho da festa de fundo, do cheiro de cigarro de tabaco, fiquei olhando pra esse quadro por algo como oito horas seguidas. Ou isso. Ou.

* * *

330
Você acha que abuso psicológico é, ou já foi, um problema grande em sua comunidade?

Bruna estava deitada no chão da escada e fumava um cigarro. Maria Alice achava que fazer isso era ilegal, mas imaginou um diálogo em que ela chamava a atenção de Bruna para isso, ao que Bruna respondia que faziam tanta coisa ilegal, e era a vida mesmo. Maria Alice mexia o pescoço tentando fazer com que estalasse. Ela humilhava Maria Alice no final ao pontuar que, se segurança fosse importante, teriam um alarme de incêndio que funcionava.

* * *

331
Você se comunica melhor ao falar ou escrever?

— Como você tá?
Em vez de responder, fiz vários gestos e ruídos vagos, esticando os braços como numa espécie de performance improvisada de dança.

— Como você tá?
Em vez de responder, pedi desculpas por não saber me expressar verbalmente. As ideias soavam boas na minha cabeça e, a cada sílaba pronunciada, eu me sentia regredindo três anos de alfabetização e acabava soando algo como qwefghnbnnnnn ao final.

— Cê é uma graça — disse alguém.
— Eu sou uma atrocidade aos olhos de Deus, mas obrigada — eu disse.

* * *

332
Quais são seus interesses mais antigos? E paixões mais antigas? Você coleciona algo há muito tempo?

1) Rain;
2) Spitting rain;
3) Silver;
4) Mizzle;
5) Skite;
6) Flood;
7) Freshet;
8) Torrent;
9) Rain buckets;
10) Rain cats and dogs;
11) Weep;
12) Thrash down;

13) Rain stair rods;
14) Risk;
15) Splashing rain;
16) Souping rain;
17) Dreichy rain;
18) Dash of rain;
19) Pitter-patter;
20) Plum shower;
21) Set in for the day;
22) Beating down rain;
23) Baffin rain;
24) Horizontal rain;
25) Lashing rain;
26) Huther rain;
27) Krammy rain;
28) Plowetery rain;
29) Soft rain;
30) Pissing rain;
31) Drops of rain;
32) Thundering rain;
33) Rugg;
34) Rus;
35) Rivulets of rain;
36) Sheening rain;
37) Rainfall;
38) Abundant fall;
39) Descent of water;
40) Rainstorm;
41) Hailing Rain;
42) Pouring Rain;
43) Bucketing Rain;
44) Hooring Rain;
45) Hammering rain;
46) Freezing rain;
47) Wetting rain;
48) Pelting down rain;

49) Sheet of rain;
50) Rotten rain;
51) Heavy dew rain;
52) A fall of rain;
53) Flurry rain;
54) Plopping rain;
55) Drookit;
56) Pelter;
57) Soaker;
58) Cloudburst;
59) Deluge;
60) Waterspout;
61) Hyetal;
62) Wet rain;
63) Scud;
64) Sun shower;
65) Virga;
66) Wet stuff;
67) Window washer;
68) Uar;
69) Umplist;
70) Uplowsin;
71) Peas souper;
72) Snell;
73) Smirr;
74) Either;
75) Hagger;
76) Squall;
77) Monsoon;
78) Scotch mist;
79) Kaavie;
80) Sleeky day;
81) Pluvious rain;
82) Sleet;
83) Threatening Rain;
84) Breezing Rain;

85) Flashing Rain;
86) Pelting Rain;
87) Squall;
88) Fret;
89) Sleet;
90) Weather for ducks;
91) Spindrift;
92) Sneesl;
93) Smue;
94) Stoating rain;
95) Drizzle;
96) Shower;
97) Downpour;
98) Storm;
99) Overflow;
100) Skudding down;
101) Sprinkle;
102) Drench;
103) Scatter;
104) Precipitate;
105) Drop;
106) Roost;
107) Pee down;

* * *
333
Você acha que imagens com tratamentos tipo Photoshop criam expectativas irreais em relação ao padrão dos corpos?

Maria Alice entrou no quarto de Maicou. Sabia que Caetano não estaria ali, mas quis ter certeza. Ela se deitou na cama, tentando consertar tudo que acontecia com uma soneca. Não pegou no sono. Ficou rolando na cama. Imaginava que pegaria no sono, mas acordava.

Olhou para a caixa que era a mesa de cabeceira de Maicou e puxou uma das canetas presas dentro de uma edição de *Boundaries: When to Say Yes, How to Say No to Take Control of Your Life*. Escreveu na parede:

quiçá pintem sobre minhas palavras, mas permaneço.

A frase era ruim, a escrita, desproporcional, e os sons, estranhos. Começava numa letra minúscula, como se a autora fosse uma dessas pessoas que quer que todas as letras no próprio epitáfio estejam em minúsculas para poder continuar cool e casual post mortem.

Fernando Pessoa uma vez disse que "a experiência direta é o subterfúgio, ou o esconderijo, daqueles que são desprovidos de imaginação". Talvez isso. Porque ele disse que as coisas "não valem senão na interpretação delas". Mas alguém decidiu:

e quiçá pintem sobre suas palavras

* * *

334
Que programas de televisão influenciam atualmente sua personalidade e opiniões?

Ou isso.

Ou.

Eu já devia ter chegado. E alguém deve ser dono desses terrenos abertos, apesar de não terem cercas. Consigo ver uma igreja à distância. Quer dizer, consigo ver um prédio branco com um troço em cima.

Quando você perde a visão gradualmente, tudo vai — gradualmente, claro — se tornando troços.

Às vezes você projeta também.

Vê uma sujeira e sabe que é de café.

Vê um post num blog e sabe que é sua mãe.

Você só sabe.

E não sei se estou enxergando menos e menos, ou se o sol vai se pôr.

O céu pode estar escuro porque vai chover, ou porque tenho caminhado há mais de três horas, ou porque tenho enxergado — gradualmente, claro — pior. Mas não sei se vejo mais a cidade, ou se tudo que vejo são suas esquinas escuras.

Como se chamam esses matos? Arbustos, moitas, ramos. Mais árvores com arbustos, moitas e ramos em cima. Deve ser algum tipo específico cheio de especificidades. Lídia saberia. Mas, pra mim, é tudo como uma maquete escolar porca em que a grama é de algodão pintado de verde, e as árvores são palitos de dente com os mesmos flocos do algodão pintado de verde.

Acho que vai chover. Tem chovido muito nas noites da Irlanda.

Quando você perde a visão gradualmente, a realidade vai — gradualmente, claro — se assemelhando cada vez mais com maquetes escolares porcas.

Tudo é grama e matos e beira de estrada. Às vezes uma placa. Passei por um carro até o momento. Tudo é vento frio do interior da Irlanda, um pouco de umidade no rosto, portões barulhentos. Se muito, uma cerca baixa de madeira pro cachorro não fugir.

Já foram vinte quilômetros?

Já deve fazer vinte quilômetros.

* * *

335
Uma música pode ajudar a criar um clima diferente em determinadas situações? Use isso em uma cena e depois substitua a trilha sonora.

Ou isso. Mas ou.

Maria Alice entrou no quarto de Matildo à procura do travesseiro roubado. Sentou na cama dele, observando o quarto. Parecia mais vazio que de costume, apesar de seguir lotado com um abajur, uma caixa que servia de mesa de cabeceira, alguns livros, uma mala aberta que servia de armário. Maria Alice se deitou na cama, tão maior. Ela se virou para o lado. Viu algo escrito no papel de parede:

vocês podem pintar por cima de mim, mas eu ainda vou estar aqui.

Alguém tinha arrancado o papel de parede em linhas retas para escrever a frase, que estava escrita com uma tinta de ausência de papel de parede. O ponto-final era mais um furo na parede que um sinal de pontuação. As linhas retas feitas por canivete/tampa de caneta/tesoura/unha emanavam agressividade.

A ideia da tinta de ausência de papel de parede soava boa e Maria Alice tentou memorizar para usá-la no futuro.

*

Ou isso.

Ou.

Eu me sentei numa das cadeiras de praia em torno da piscina enquanto a polícia tirava o corpo da água. Já entrevistavam algumas pessoas, mas ia demorar um pouco. I am aware of who you are & what you do. Obrigada, pôster. A noite estava escura demais e o céu sem estrelas. O frio da noite era úmido, num frio desses que é tão detestável que esqueço por que odeio o calor.

Tentei procurar uma metáfora pra como eu me sentia, pra anotar e escrever depois, algo como eu me sentia mais vazia que o normal, eu me sentia fora de mim. Eu me sentia mais fora de mim do que normalmente me sentia, e isso queria dizer que eu me sentia fora de mim de uma maneira socialmente aceitável. Antes não. Não sabia se fazia muito sentido.

A Menina 2 estava tão bêbada que caminhava em zigue-zague. Ela dizia que caminharia mais rápido desse jeito. Todo mundo devia tentar. Ela ainda cheirava a perfume doce demais. Ela se sentou do meu lado. Ela tinha um amontoado de folhas de plástico na mão, tinha arrancado de árvores artificiais. Ela me deu uma folha:

— Isso é pra você se sentir melhor.

Eu sorri. Ela deitou a cabeça no meu ombro e ficou contando as folhas que ainda tinha nas mãos. Algum cara a chamou pelo nome, ao que ela não respondeu. Algum Cara correu até nós, perguntando se estávamos bem. Sim, sim, nem esquenta. Algum Cara olhou para o cabelo da Menina 2 e começou a dizer que era muito lindo. Era o cabelo mais lindo que ele já tinha visto na vida. Parabéns pelo cabelo.

— Brigada — disse a Menina 2, dando uma folha plástica de presente pra Algum Cara.

***

336
Você fala um segundo idioma? E um terceiro?

Ou isso.

Ou.

Então Maria Alice ficava doente e achava que dormir ia consertar isso. Então ficava triste e achava que dormir ia consertar isso. Então se estressava e achava que dormir ia consertar isso. Então pensava na vida em geral e achava que dormir ia consertar isso.

A Pessoa Esperta saiu da piscina e ameaçou me abraçar. Eu sabia que ela não ia fazer nada. Fiz uma careta. Ela fez uma careta. Mostrei a folha que tinha ganhado sem motivo da Menina 3 (ou 2?). Ela pegou a folha.

— Será que eu consigo uma folha pra mim?

— Fala que você tá triste. Ela te dá uma.

— Gente triste não nada — ela olhou pra piscina.

— Eu ia fazer uma piada — olhei para a água parando cada vez mais —, mas tô cansada demais. — Ninguém tinha entrado na água antes ou depois da Pessoa Esperta, o que fazia com que ela parecesse mais esquisita do que era. — Conta uma piada pra mim, fazendo favor.

***

337
Você quer viver até ter cem anos de idade?

***

338
Você já se sentiu superestimado ou ignorado?

Alguém e Bruna olharam para Maria Alice, que coçava o olho, espalhando maquiagem escura por toda a cara.

— O que mais a gente não sabe sobre o futuro?

Maria Alice pausou.

— Vamos, Má Lice! — Alguém jogou uma lata vazia em Maria Alice. — Cê ficou quietinha a noite toda! Qual o segredo da vida adulta, hein?

— Vocês têm vinte anos — Maria Alice trocou olhares com Bruna. — Vocês já sabem ser adultos.

Elas gargalharam.

— Ser adulto — Maria Alice parou. — Acontece que ser adulto é basicamente uma longa série de conversas sobre como você está cansado — ela riu sozinha. — E elas são entremeadas com sorrir em simpatia quando outra pessoa te conta como ela está cansada. Mas você segue pensando que ela não está tão cansada quanto você.

Alguém já dormia e Bruna não estava mais lá.

* * *

339
Quem são seus heróis?

Eu e o Caetano éramos um quebra-cabeça. Não no sentido de se completar, mas éramos peças de cantos distintos. Talvez o Matildo achasse que deveria dar certo. Mas por mais complementares que as figuras parecessem, eu não fazia sentido com as entradas dele, e nem ele, com as minhas.

Eu e Lídia éramos como um quebra-cabeça. Não no sentido de nos complementarmos, mas como se fôssemos duas peças de cantos distintos. Um olho distraído acharia que deveria encaixar. Mas, por mais parecidas que fôssemos, eu não preenchia as entradas dela, e vice-versa.

Eu e meu pai, a gente era o nosso próprio quebra-cabeça, mas partes de cantos distantes. Um olho distraído acharia que deveria encaixar. Mas, por mais parecidos que fôssemos, eu não preenchia as entradas dele, e nem ele as minhas.

* * *
340
**Quem foi a pessoa mais interessante que
você encontrou em um elevador?**

No começo do turno, a Menina 2 pegou o pote de gorjetas e sentiu seu peso. Sacudiu um pouco pelo barulho das moedas que se chocavam. Ela suspirou e, ao final do suspiro, seu turno já tinha acabado.

Ela pegou o pote de gorjetas. Ele pesava mais que antes, mas não de moedas. Uma batata estava junto das moedas, em condições boas o suficiente para fazer um purê. Uma colega de trabalho a viu:

— Em algumas regiões daqui, isso deve ser um pedido de casamento.

Se olhasse com atenção, a Menina 2 conseguia ver um rosto nas manchas da batata. E o rosto da batata parecia o mais confuso de todos.

(Por que caralhos escrevi isso?)

* * *
341
Que evento do passado você deseja poder ter visto? Por quê?

* * *
342
Qual sua piada favorita?

* * *

343
Você acha que as pessoas podem ter *espaços em branco* no coração? Algo que lhes faz falta? Conte a respeito.

* * *

344
Você acredita em fantasmas?

Trago Taco Cat junto comigo, porque o nome do lugar é Hell Fire Club. O lugar era originalmente uma tumba, do neolítico. Precisei pesquisar o neolítico: 4500 a.C. a 2000 a.C. E as pessoas usando tumbas. Taco Cat se agita em meus braços, mas mais porque viajamos por toda Dublin. E coloquei uma peiteira e o deixo subir o Mount Pelier comigo. Ele deita e fica de barriga para cima. Por preguiça. Por querer ser carregado. Por submissão. Por medo dos fantasmas. Por se submeter aos fantasmas e querer ser carregado por eles.

Chegamos ao pico. Por ser um lugar mais conhecido, ter páginas na Wikipédia, viemos de dia. Ao fundo, uma plantação que lembra uma floresta, coníferas sitka spruce, larício, faia, Hell Fire Wood. O Hell Fire Club é na verdade um alojamento de caça, mas parece uma igreja. Feito de pedras no século XVIII, é alto. Há uma entrada que parece ser através de uma abadia, mas não era uma igreja. O pé-direito pede uma escadaria, mas não é uma igreja. O sábio gato malhado, esfinge piscante, observa. Ao chegar mais perto e entrar no nível do chão percebo que o que parecia a entrada com um pé-direito alto era uma entrada para o segundo andar. Taco me piscou do chão com seus ávidos olhos pudicofechantes, miando queixosamente e longa. O teto é arredondado e alto, mas não é uma igreja.

As paredes têm pichações e limo. Taco Cat pula sobre buracos que deveriam ser janelas em algum ponto. Arrasto os pés pelos galhos secos, raízes mortas, sobre a textura de pedra. Taco Cat se lambe, com a pata traseira na diagonal. Solto a corda de sua peiteira por um instante ao me agachar para investigar o que não sei se é sujeira ou fungo preto. São os dois.

* * *

345
Quais foram as melhores performances ao vivo que você já viu?

A maioria das pessoas vai em grupos de três ou mais, por conta da periculosidade causada pelo estado das construções. Alguns têm medo de sem-teto, de gente living rough, de uns travellers aleatórios (não se pode mais falar gypsies, ciganos), bêbados. Alguns têm medo de ser pegos. Mas ninguém quer causar dano. Deixar apenas passos, levar apenas fotos. A filosofia de alguns é que você não tira nada do lugar: fotografa como está. E não muda nada. E parece que ninguém ouve a ironia, como se só fosse possível entrar só com passos e sair só com fotos.

A internet tinha dito que chamava arquitetura palladiana, o alojamento organizado em um salão principal e dois cômodos de recepção. Há escadas para um andar superior, que eu não havia visto de fora. Os membros do clube deixavam uma cadeira vazia para o demônio enquanto bebiam e jogavam cartas. Alguns membros foram condenados como assassinos. Um estranho visita o lugar durante uma noite chuvosa e joga cartas com eles; ao se abaixar para buscar uma carta, nota que os pés de um de seus parceiros de jogatina é um casco dividido, como o de um bode. Na época, um dos membros do Hell Fire Club que recebeu uma dedicatória em um poema, e foi descrito como "o pior homem da Inglaterra". Dizem que se faziam rituais satânicos aqui. Talvez mais hoje, do que em 1700, seja o lar de práticas do oculto, manifestações demoníacas, devassidão e bebedeiras ilícitas. Ainda fazem. Ainda investigam. Há milhões de vídeos sobre o paranormal, sobre a influência do demônio.

* * *

346
O quanto anúncios influenciam sua opinião? Você acha que influenciam de forma inconsciente também?

Não gosto de falar de "pedras". Não gosto de defini-las como pedras. Mas quanto mais se chega perto dessas construções, o mais importante são as pedras. Nesse caso, são só pedras e expectativas humanas.

O teto é baixo. Tento respirar o mais fundo que consigo. As pichações são nomes. Rossi e uma carinha feliz no O. Uma entrada para lareira. Pichação sob uma escada: Pato. Olho cada uma com cuidado, afasto pequenos gramados que se unem. Talvez uma. Volto para o andar inferior. Taco Cat pula da janela para o gramado externo. A neblina sugere chuva, o que me motivou a escolher esse dia. Taco Cat anda pelo gramado entre o alojamento e a floresta, deixando uma trilha de sua guia e uma ponta de rabo.

É um gramado com vista para toda a Dublin, atrás da neblina. Só vejo com clareza uma fazenda logo em frente. Mais ao fundo, Dublin, casinhas, ruelas e, mais ao fundo, o oceano, ou um gramado muito plano. É difícil ver. Taco Cat se senta sobre uma rocha e enfim retomo a corda de sua guia. Eu me apoio na mesma pedra enquanto ele roça em mim a bochecha felina. Talvez haja vozes ao fundo, alguns turistas mais persistentes visitando, crianças rindo ao fundo. São restos de *cairn*, uma pilha de pedras feita por pessoas. Quero uma caneta comigo. Nunca se sabe quando os fantasmas estão olhando. O tal túmulo neolítico. Eles marcam coisas. Olho para a pedra lisa, apreciando sua textura úmida.

* * *

347
Faça uma descrição de alguém com apenas duas músicas e dois odores que definam quem e como ela é.

Apertei a mão de Audrey Christie, uma senhora com postura, roupas, voz e uma xícara de chá típicas de avó do interior, mas olhos atentos como os de um bebê deixado sozinho pela primeira vez.
— Tea, dear?

Aceitei o chá com dois cubos de açúcar. Ela conversou comigo sobre o clima, perguntou se a chuva vinha me incomodando. Chovia cerca de cento e cinquenta dias por ano na Irlanda, dear. Antes que começasse a me sentir entediada, ela interrompeu meu train of thought:

— So, your mother ran to Ireland.

Em resposta, estendi a pasta. Ela puxou um par de óculos que estavam em volta do pescoço por uma corda perolada e abriu a pasta, um prontuário.

Comecei.

***

348
Você se sente culpado com a quantidade de lixo que produz? Qual sua relação com dejetos?

Ou isso.
Ou.

— Como diabos as pessoas seguem motivadas a vida inteira? O que te motiva? Eu uma vez saí da cama e estive exausto desde então.

— Você precisa odiar a vida até o ponto de querer se vingar da própria existência.

Então me estressei com a vida. Então parei de me preocupar. Então me estressei com o fato de que não me importo mais.

— Não quero uma vida mediana — ela disse a si mesma enquanto ficava em casa e não fazia nada a respeito de nada. — Quero descobrir o que aconteceu!

Meu problema de procrastinação chegou a extremos tão grandes que eu eventualmente chegaria ao dia da minha morte e apenas seguiria deitada e diria:

— Imagina. Não mesmo. Dou um jeito nisso amanhã.

* * *
349
Você está sempre acessível? As pessoas sabem como contatá-lo independentemente de onde estiver?

O site diz para pegar o Irish Rail, da Pearse Station até a Ennis Station. Demoraria quatro horas e Maria Alice teria que mudar de trem três vezes. Da Ennis Stations, teria de chegar a Doolin.

O ônibus 350 aparece na página da empresa de ônibus, mas o site DicasParaTuristasBrazucas diz que não passa aos domingos.

Um grupo no Facebook confirma que passa sim.

Caetano diz que passa, mas de uma em uma hora.

Maicou brinca que seria bom evitar, mas todo mundo tem que lidar com Ennis Station em algum ponto. Sabe naquele filme em que as crianças de Esparta são largadas pra caçar escravos como um rito de passagem? Em Dublin eles te botam uma venda nos olhos e te largam em Ennis. Se você voltar pra casa, é um homem feito.

Caçar escravos?

Ou um bicho, sei lá.

Que filme era esse? Ele não respondeu. Maria Alice quase faz uma piada sobre ir com uma venda nos olhos, que ela já tinha durante boa parte do tempo.

Entendi, ela respondeu.

Ela sabe que tem que ir. Tem que ir porque é o único jeito de chegar à fábrica de açúcar MacAleese.

* * *
350
Escreva uma pergunta que seja reveladora a respeito da pessoa que fez a pergunta.

Eu gostaria de manter um diário, mas descrever meu dia me entedia. Quando escrevia sobre meus sentimentos, me sentia vazia e sem paixão alguma. O que eu deveria escrever, se não isso?

* * *

351
Dinheiro pode comprar felicidade?

Matildo nunca teve muitas coisas. Nunca precisou de muitas. Não ia precisar naquele dia também. Tinha a carteira, tinha uma conta no banco. Não precisava voltar. Não ia voltar. Passou num ATM. Caetano Conrado Cordeiro. Sacou os euros. Ao descer do ônibus no Dublin Airport Aerfort Bhaile Átha Cliath, sabia que aterrissaria em São Paulo mais rápido do que essa gente de merda poderia perceber.
Ou isso.
Ou.

* * *

352
Como você age quando está sob pressão?

Maria Alice pega o ônibus 350 na Ennis Station. Faz uma nota mental de comentar com Matildo que ela tinha passado no teste de sobrevivência. Ou isso. Ou.

Ou isso.
Ou Maria Alice está sentada no ônibus. Tem o tíquete, que já havia conferido, em mãos. Cogita colocá-lo dentro de um livro ou algo assim, mas sabe que é o que ela faz com tudo. Coloca flores secas, fotos, entradas de cinema, passagens de trem, embalagens bonitas de comida, extratos bancários, tudo dentro de livros, com a expectativa de que um dia fosse fazer um bonito mural ou livro de memórias. Acabavam apenas espalhados por histórias variadas que ela nunca reconheceria ou lembraria. De certa maneira, isso ilustra a merdinha sentimental que Maria Alice é, que quer guardar tudo, mas mal consegue organizar duas emoções juntas. Ou isso. Ou.

* * *

353
Quem é seu autor favorito? Tente emular sua voz em uma narrativa.

É de foder o cu do palhaço.
Olha.
É de foder o cu do palhaço.

Eita.

Olha aqui,
sua
paquita do capeta mequetrefe,
seu
cacareco do capiroto,
meu
saco de lixo de peruca de jerico.

Eita porra.

Vê só,
sua
fuça de cu com cáibra,
seu
bife de rato,
seu
pacote de vacilo petulante.

Mano.

Mano.

Eu tô quase enfiando um rojão no cu e saindo voando,
quase comendo pizza com colher
porque nesse paiseco acham bonito comer pizza com guardanapo.

Mano.

Eu vou ter
um
um
revertério,
um
um
siricutico,
até
até
até o cu fazer bico.

Não fode.
Mano do céu.
Não fode.

* * *
354
Qual seu filme antigo favorito?

O assaltante encostou uma faca perto da sua costela e disse pra passar o dinheiro e o celular, Matildo tinha apenas vinte euros na carteira. Nenhum celular? Nenhum celular. Matildo nunca teve muitas coisas. E agora não tinha a própria vida.

* * *
355
Você se considera uma pessoa inteligente?

Ou Matildo nunca teve muitas coisas. Nunca precisou de muitas. Quando o assaltante encostou uma faca perto da sua costela e disse pra passar o dinheiro e o celular, Matildo tinha apenas vinte euros na carteira. Nenhum celular? Bom, um celular um pouco antigo. Matildo nunca teve muitas coisas. E agora não tinha a própria vida.

* * *
356
O que faz você rir?

* * *
357
Você é participativo em debates ou em situações de grupo?

Ou isso.
Ou.
No ônibus, sinto o cheiro da escola onde fiz curso de inglês por duas semanas. Impecável. Ficava na rua São Pedro, perto da escola que me fez chorar porque eu não queria estudar lá. Como me lembro disso? Alguém deveria fazer uma vela disso, ou pelo menos com mais opções de cheiro.

* * *
358
Você gosta de histórias com final aberto?

Ao entrar no porão, ela tem a mesma sensação estranha que tinha no celeiro, um eco de tudo que havia existido e acontecido naquele lugar.

* * *
359
Para você, quão importante é sua vida espiritual?

* * *
360
Qual é sua comédia favorita? Use a definição antiga do gênero, em que a comédia é apenas o que termina bem.

Maria Alice caminha rumo à fábrica. É um pouco mais que três quilômetros do ponto de ônibus onde descera. Ouve o comentário sobre a última partida do Shamrock Rovers e o Dublin Bohemians no celular.
 A vista é verde.
 Pelo menos cheira a verde. O ar é gelado como é em qualquer tarde de inverno. Tem sorte por pegar um dia sem chuva. Ou isso. Ou.

* * *
361
Você prefere trabalhar em casa ou em um escritório? Narre um conflito e o solucione em um ambiente home office e depois experimente o mesmo com o cenário de escritório.

 Sei que chego porque ouvi um portão ranger. Atravesso a grama que cutuca meus joelhos, tentando contar o número de galpões que vejo à distância. Não muitos. Quando me aproximo o suficiente, são em torno de dez, além de uma caixa-d'água alaranjada ou pela cor de ferrugem ou por ser assim. Algumas das paredes têm buracos que ocupam um terço ou metade da parede. Talvez "buracos" não seja a melhor palavra. Caminho em frente aos depósitos abandonados. Rachaduras em vidros, ou apenas o buraco da janela de vidro. As portas, as madeiras, a grama, as árvores e os materiais fazem ruídos. É um sistema vivo. Na minha frente, uma xícara quebrada com manchas de terra. Entro na próxima porta. As muitas divisórias de madeira caídas dificultam a locomoção, e tenho que pisar nelas com o medo de que despenquem ou de que um bicho salte de trás. Me apoio nas paredes de puro concreto.

Fungos dominam os cantos, atingindo um tom preto em pontos. Coisas verdes crescem saindo de rachaduras, vãos de janela, vão de fora pra dentro. Por quais salas estou passando? Uma camiseta tipo uniforme largada. Uma mesa caída sob o efeito de cupins. Uma mesa em pé. Fedor de gasolina. Um aviso de proibido fumar. Cheiro de mofo. Um disquete. Blocos de papel. Cheiro de cachorro molhado.

Uma borboleta em decomposição junto de uma janela. Olho através da janela emporcalhada. Um teto de zinco cobre uma área pavimentada. Um troço de metal que lembra uma pá.

Ou isso.

Ou.

* * *

362
Quando foi a última vez em que você se lembra de ter aprendido uma palavra?

Matildo dormia no ônibus.

Ao descer, caminhou para perto da beirada assobiando "Shoot to Thrill". AC/DC era uma boa escolha. A vista era verde. Pelo menos cheirava a verde. O ar era gelado como é em qualquer tarde de inverno. Matildo teve sorte por pegar um dia sem chuva. Caminhava. Quando conseguiu chegar a um setor com menos gente, ele se sentou na beirada. Olhou a água. Sacudiu os pés. Olhou para os lados. A água cheirava a mar. Matildo concordou enquanto escorregava para a frente.

* * *

363
Você já teve amigos imaginários? Como seria seu amigo imaginário agora, como adulto?

Sei que tem alguém aqui porque ouço um portão ranger. Atravesso a grama que cutuca meus joelhos, tentando contar o número de galpões que vejo à distância. Não vejo muitos.

Caminho em frente aos depósitos abandonados. Rachaduras em vidros, ou apenas o buraco da janela de vidro. As portas, as madeiras, a grama, as árvores e os materiais soam em uníssono. É um sistema pronto. Harmonia.

Na minha frente, uma xícara quebrada com manchas de café. Me abaixo e observo: as gotas de café ainda estão líquidas e não secaram na xícara. Entro na próxima porta. As muitas divisórias de madeira caídas dificultam a locomoção, e tenho que pisar nelas com o medo de que despenquem ou de que um bicho salte de trás.

Me apoio nas paredes de puro concreto.

Fungos emolduram os cantos. Os tons dos fungos são aquarelados, o que fortalece a ideia de moldura. Cheiro de uma casa quentinha fechada durante a chuva. Plantas delicadas crescem saindo de rachaduras, encontrando pontos em janelas. Florescem de fora pra dentro. Eu amo como flores crescem em pequenos grupos. Eis aí uma panelinha adorável de participar.

Por quais salas estou passando? Uma camiseta tipo uniforme. Cupins constroem em uma mesa de madeira. Uma mesa em pé. Cheiro de gasolina como todas as vezes que meu pai parou pra abastecer. Um aviso de proibido fumar. Um disquete. Blocos de papel. Cheiro de cachorro que ficou do lado de fora da casa quentinha fechada durante a chuva.

Uma borboleta junto de uma janela. Olho através da janela marcada. Um teto de zinco cobre uma área pavimentada. Lídia está de costas pra mim. Ela aproxima a câmera da mão e tira fotos de uma pá.

Ou isso.
Ou.

"Eu devia ter feito xixi antes de sair de casa": uma autobiografia de uma mulher muito corajosa.

Durante a viagem de ônibus de quase dois dias, eu escrevo.

* * *
364
Você acredita em boatos?

* * *
365
Quanta informação é muita informação?

* * *
366
Você sente dó de jogar coisas fora?

Capítulo nove: Fin!

Então é isso mesmo. Está acabado. Não, você não acabou — mas este livro, sim. O que eu tinha a dizer terminou. Com sorte, você aprendeu as técnicas e estratégias necessárias para prosseguir com, senão seu livro, sua escrita. Com sorte, você ainda tem muita pesquisa pela frente: não só *sobre* escrita, mas *para* sua escrita.

Mas a verdade é que todos os livros são sobre criação literária, não é mesmo? Ler Machado de Assis talvez seja mais útil do que este manual inteiro. O que mais importa na continuidade de sua jornada é a leitura. Importa mais seguir lendo — lendo o próprio trabalho, conhecendo novos autores. Seguir em frente com a leitura é seguir em frente com a escrita.

Vá em frente. Siga escrevendo. Confie mais em seus instintos que em seus leitores, mas confie em seus leitores — mesmo que sejam os leitores-teste. Truman Capote disse que terminar um livro é como levar uma criança para o quintal e lhe dar um tiro. Não estou estimulando que você atire em crianças, é claro: mas o momento de parar é crucial.

Então siga escrevendo, mas apenas o necessário.

Boa sorte.

PARTE III

Caio,

Essa sua história dava um livro, não dava, não? E o mais engraçado é que sua irmã gostava de <u>escrever</u>! Ou seja, o livro tá pronto já, só falta colocar no papel! Conheci a Maria Alice, mas não lembro bem quando? Ela era muito engraçada! Que pessoa pra cima, sempre me impressionava, eu falava pros outros que tinham que chamar a Maria Alice, porque ela sempre sabia animar a festa! Era meio na dela, mas se se soltasse um pouco...! Tudo se resolvia! Achei que tínhamos parado de falar depois da loucura da Bruna sobre o Maicou! O guri encheu o saco de ficar ali naquele apartamento de merda, foi embora, e a Bruna ficou se achando tão gostosa, tão foda pra situação toda que resolveu que o único jeito de alguém não querer ficar com ela era porque não queria viver! Aí eu saí do apartamento, mas de boa, só que tinha entendido que ela ia voltar também! Ela me disse que tava pensando em morar sozinha uns meses antes de voltar, mas ela insistia que ia voltar, viu? Disse que sentia falta de quando tinha morado sozinha antes, ou pelo menos sozinha num quarto só. Mas vinha dizendo que ia voltar pro Brasil há uns três anos, desde a época da bolha imobiliária, ela reclamava que tava caro, que tava difícil! Eu nem sabia direito o que era o emprego dela! Acho que era até ilícito! A Bruna era meio ilícita! Eu queria poder ajudar um bocado mais... mas não sei bem! Vai ver elas traficavam droga naquele gato doido lá... inclusive, me pergunto o que houve com ele! Mas enfim, não sei como posso te ajudar mais. Até me surpreende que a gente saiba o destino de tanta gente, mas, de outras, a gente perde a noção completa... doido! Cê não acha não?

Thiago

Dear Mr. Cordeiro Getreu,

Further to our telephone conversation, this is what I have to report.

As far as I can remember I have never had any Brazilian clients. Working as a P. I. I have kept all of my diaries and a series of journals for the past twenty five years, just in case I'm called to testify about something.

The following is a list of all the Maria Alices I have noted, that I met from 2007 to 2017. Sometimes there are variations in the spelling of a name, so I have listed those where possible.

Alice Mary O'Connor
Allice Mary Mercier
Maree Alice O'Neill
Maria Alice Austin
Maria Alice Christensen
Maria Alice Kowalczyk
Maria Alyce O'Connor
Mariah Alice Heikkinen
Mariallice Claes
Mariallice Lahtinen
Marie Alice Rossi
Maryalice Matich
Mary Alice Bertrand De Luca
Mary Alice Ferhatovich
Mary Alice Gunn Carter
Mary Alice Heilig
Mary Alice Kiss Sepp
Mary Alice Karlsson
Mary Alice Kennedy

Mary Alice Moreau
Mary Alice Moore
Mary Alice Pavlov
Mary Alice Murphy
Mary Alice Ola Novik
Mary Alice Prateek
Mary Alice Olsen
Mary Alice O'Murray Lynch
Mary Alice Quinn
Mary Alice Wojciechowski
Mary Allice Mazur
Tanya Maryalise Mayank

I've also written down different spellings, because those can have honest mistakes and I wanted to be thorough. I do not remember any Brazilian named Maria Alice, who had a missing mother.

I understand how difficult it is when looking for someone, you keep failing to come up with answers. This adds to your grief. If you would like to hire me through the agency, feel free to contact the office at 353167581550 or use this e-mail address. I could also, if you wish, try to trace that cat you mentioned in passing. With such a solid description and such an interesting name there may be clues somewhere.

Sincerely,
Audrey Christie
PRIVATE INVESTIGATOR

Fala Caio,

Conheci o Maicou logo que ele chegou do Brasil por volta de 2007. Daí eu me mudei pra Áustria e tal. Não conheci ninguém que você tá falando, não. Abraços,

Diego

Caio,

O que sei:
 O Maicou voltou para o Brasil com o dinheiro da galera, todo mundo sabe disso. Eu inclusive o vi na área de embarque no aeroporto de Dublin, no ano das Olimpíadas no Brasil. Quando foi isso? 2016? Meu voo era de volta para o Brasil, eu lembro porque tavam caros pra caramba naquela época. E eu vi ele lá. A gente não se falou, porque a gente não era tão íntimo, e ele é um cara meio esquisitão, né? Mas tenho certeza que era ele, indo pralgum lugar. Se ele tivesse morrido, teria sido um escarcéu, com notícia pra tudo quanto é lado. Eu não me preocuparia tanto com isso. A última vez que vi Maria Alice foi na minha festa de despedida, nessa mesma época. A organização do apartamento já tinha se dissolvido uns anos antes, acho que ela tava morando com umas russas na época? Eu me lembro de ela ter feito uma brincadeira sobre ter cansado de entender o que se falava em casa. Se não me engano, ela conheceu uma menina brasileira que tinha uma vaga pro apartamento novo uns meses depois. Eu lembro porque ela xingou a Maria Alice via Facebook comigo umas várias vezes. Você quer o contato dela?
 Mas de verdade, eu não me preocuparia com ninguém. Qualquer peido que um brasileiro dá na Irlanda já vira uma notícia na comunidade de brasileiros, fofoca, brasileiro xingando brasileiro porque "Irlanda é mãe, e vocês aí abusando", coisa e tal. Você ouviu daquela menina que só quis entrar no país e acabou na cadeia? Doido, né?

Beijos,
Janaína

Oi, Caio, tudo bem?

Então, acho que você tem a pessoa errada? Eu morei sim na Irlanda por algum tempinho, por 2016, mas nunca conheci Maria Alice nenhuma. É um nome incomum, não é? Tenho a sensação que já vi um gato chamado Taco Cat. Não é estranho isso? Eu me apeguei ao **taco cat**, os sons das letras *c* e *t* indo e voltando. Então talvez eu tenha esbarrado em uma Maria Alice em algum momento, se ela tinha um gato. Acho que não preciso nem dizer que os outros nomes não fizeram sentido com nada, né? Vai saber.

Carla Lee

Dear Caio,

Unfortunately, não me lembro de Bruna, Caetano, Luiza, Thiago, Pedro ou Maria Alice. Conheci um gato chamado Taco Cat, mas no Rio Grande do Sul. A descrição que você enviou da noite, as perguntas que você fez, me fazem pensar que devesse lembrar. E estive no exterior para um programa Ciência Sem Fronteiras entre 2013 e 2014. Mas a gente participa de tantas coisas a tantos momentos que eu really não me apego tanto assim. Espero que encontre o que quer que esteja procurando?

Dante

Cara
kkk q história insana maluco
não tava sabendo de nada disso não
a ma lice e eu ficamos em
sei lá
2010, acho
2011, se pá
acho
é meio estranho definir assim né não?
na lata
mas nunca foi um relacionamento não
a gente ficava só
eu ficava com outras minas também e acho que ela sabia de boas
ela ficava com outros caras também umas minas também
na verdade eu acho que a ma lice era lésbica sei lá
sei lá mesmo
eu me lembro do matildo
nossa
claro que lembro
mas ele foi embora antes de mim
ele tava lá desde antes de mim e tal ele que meio que organizou a porra toda
nunca fez uma festa de despedida nem nada mas tem gente que é meio assim né meio grossa
ele não era dos mais educados
e na irlanda cê vê de tudo não é porque o cara foi embora do nada que a gente fala que ele é louco ou desapareceu
acho meio errado
ele tinha me falado de um emprego em um barco de pescaria
coisa de um mês no mar

uma semana na terra sei lá
talvez tivesse se candidatado a essa vaga
sei lá
as pessoas são atropeladas às vezes também
kk
sei lá, cai na água, umas ovelhas comem
kkkk
você já falou com a Bruna? a Bruna sabe disso aí 20x melhor do que eu
mas a Má Lice
caraca
quando fui embora ela tava morando no apartamento lá, a gente tava
recebendo uns novos tenants naquele momento e tals
Procura no facebook sei lá tem uma galera
fernando silva, ou soares
quer dizer, a gente chamava de soares
podia ser
sei lá
santos
o thiago
o pedro
a julia
a clarissa
te falaram do Arthur?
a janaina e tal
todo mundo tá no face, acho
você mesmo tem vários dos nomes
uma galera
a duda eu mal conheci, ela morou no apto mas ela saía muito e acho
que foi au pair um tempo
é estranho
a gente morava junto mas não era tão próximo assim
muita gente só vinha pra casa dormir, eu nem via as coisas deles e tal
teve épocas que sei lá
moravam umas doze pessoas no apto
e várias vezes eu ficava várias tardes sozinho lá de boa
nossa, pensar nisso

vários tetos
a bruna foi importante sim, e é engraçado
mas acho que ela teve mais intimidade com a maria alice do que eu
talvez uma coisa de intimidade feminina sei lá
talvez uma coisa de
de
de pensarem mais parecido às vezes
aí a gente descobre que ninguém era
ninguém era próximo
é bem possível
a Maria Alice tinha uns problemas às vezes
ela mentia de vez em quando
falava
ah, eu fui no mercado e comprei pão
e tu
mas não foi a bruna que comprou pão?
e ela
opa
mas não era por maldade
ela só se confundia só
sabe quando alguém te conta uma piada e tu repete anos depois
achando que é tua
nada por mal
ela era top
se confundia com sintomas dela e tudo o mais
nunca entendi o que ela tinha
uma hipocondria, quase
é hipocondria que fala?
talvez nem fosse mentira
mas ela se confundia tinha certeza de uns negócios
sei lá o quê
e eu acredito né
sei que tô falando da tua irmã e tudo o mais e que é esquisito
mas sempre acreditei até me dar conta de que ela era meio fora assim
ela era de confiança não me entende errado
se tu precisa de alguém que te busque no aeroporto às duas da manhã

ela vai e nem questiona onde tá tua bagagem
isso me aconteceu uma vez kkk
ela me tirou de treta com a delegacia várias coisas
mas pras coisas pequenas informações sobre ela
uma vez noiou que queria um bicho pro apartamento porque ela ia ter sempre uma lembrança
talvez seja esse o taco gato que tu falou?
vixe
nem em sonho
mas a bruna sabe
deve saber
fala com ela
e o negócio do barco
isso é quase certeza, viu

Caio,

Como você deve imaginar, é difícil falar de um paciente cuja localização é desconhecida. Também é difícil, desta forma, avaliar o nível de risco em que Maria Alice se encontra. Como ex-terapeuta dela, e alguém que se imagina conhecedor suficiente de sua personalidade, não tenho certeza de que Maria Alice está em risco.

Tratei Maria Alice entre 2003 e 2007, anos em que ela passou pelo que imagino que sejam eventos conhecidos pela família: logo depois da separação dos pais e da descoberta da segunda família do pai (evento cuja traumaticidade foi piorada pelo fato de que até hoje ele nega ter uma segunda família e alega tê-la iniciado após o divórcio, o que gerou uma espécie de dissociação emocional); o próprio aborto espontâneo; o próprio divórcio e, por último (o que me parece ser), a morte da mãe e a respectiva dissociação emocional deste processo.

Dito isso, preciso ser claro que Maria Alice encerrou as sessões de forma madura e ciente de que precisava progredir. Não havia indícios de que viajaria ou cortaria relações tradicionais, mas tampouco havia indícios de suicídio ou de situações que me fizessem insistir em permanecer no tratamento. Falando como um leigo, Maria Alice parecia uma pessoa tão instável quanto uma pessoa normal. A normalidade é instável, não é? De certa forma, não consigo evitar me sentir culpado por não ter visto possíveis sinais.

A questão toda me parece ser que não temos evidências factuais do que houve para poder acusar uma espécie de diagnóstico. Por exemplo, se estivermos falando de um surto, ou despertar de bipolaridade causado por uma situação de crise, eu teria de procurar sinais disso nas sessões. E, apesar de ser uma pessoa com traços bipolares, estes me pareciam muito mais causados pela criação de Maria Alice do que por uma característica ou predeterminação genética. Mas, por outro lado, se estivermos falando da tendência a autossabotagem de Maria Alice, talvez os sinais façam sentido quando vistos como um todo. Ao mesmo tempo, talvez Maria Alice tenha se dado conta de uma necessidade de autodescoberta, temas que abordamos em terapia, e a viagem tenha parecido uma solução adequada.

    Respondendo à sua pergunta, é possível, sim, que Maria Alice esteja bem. Outra vez, especulo que não só é possível como provável. Maria Alice não se dava a entender como uma pessoa desorganizada, como alguém, dito de forma leiga, espontâneo. Ela tomava cuidado ao planejar o que fazia, em termos profissionais e de carreira. Um exemplo seria o planejamento financeiro anterior ao divórcio e o planejamento em relação à herança da mãe (apesar de Maria Alice insistir que ela estava viva). Maria Alice era uma boa paciente, de forma geral. Era um pouco distraída, talvez. A única sessão memorável que tenho, sem consultar anotações, foi quando estávamos fazendo alguns exercícios psicológicos. Maria Alice de certa forma tinha esse hábito de confundir pensamento, emoções e sensações, um sintoma típico de pacientes borderline. Na minha linha de trabalho, acredita-se que sensações geram emoções que geram pensamentos. E é importante usar essa diferenciação para estabelecer o que é **factual** e o que não é. Não que ela fosse borderline, mas estava na linha de fronteira, na border do borderline. Talvez na fronteira do outro lado (e dizem que psicólogos não têm senso de humor...). Pedi que ela refletisse a respeito de uma experiência, mas sem divagar e sem fazer julgamentos. Foi difícil de início, visto que ela fazia o exato oposto do que era requerido, querendo se omitir da narrativa. Por exemplo, se estivesse narrando o trânsito daquela tarde, ela dizia "Fazia sol, o que deixava tudo quente no ônibus, que já estava lotado, o que era irritante, me fazendo pensar em quando eu era casada e...". Ela tinha dificuldade em colocar fatos **do momento** em relação a ela. O que eu queria ouvir, nesse caso, era que "Percebi que havia gente demais no ônibus. Isso me causou ansiedade, que percebi por estar hiperventilando. Então me veio o pensamento: eu poderia ter ido a pé". Entende? Queria uma narrativa disfusionada, sem que as percepções dela fossem verdades absolutas, sem que focasse nas associações. Queria que se colocasse no centro, inclusive temporal, daquela narrativa, de forma a prestar atenção no papel que tinha naqueles eventos. Separar o mundo real do mundo interno nunca foi um exercício bem-sucedido. Tentamos em escrita, mas me senti como um professor revisando um trabalho escolar com uma caneta vermelha. A ideia era que ela refletisse onde se encontrava em relação ao que ocorria, sem tentar intelectualizar em excesso. No caso de Maria Alice, até mesmo criar em excesso. Criação era uma válvula de escape, mas mal controlada.

Por isso que não consigo me lembrar de menções à Irlanda. Nunca houve menções à Irlanda. Quer dizer, até parar e revisar minhas anotações, não me ocorreu nada específico em relação ao país. Se falamos da Irlanda, falamos com o mesmo interesse despertado por França, Chile ou Nigéria; nunca foi algo memorável em termos de tratamento. Mas, como mencionei, ela racionaliza e cria muito. Sempre quis escrever um livro, mas nunca tomou aquele um passo em direção à própria criação. Não queria se entregar. O que você parece apontar, essa obsessão com o país, parece vir de uma obsessão com a busca da mãe. Isso me parece inventado. Por não sabermos do status oficial de Maria Alice, ainda posso estar violando sua privacidade. Não posso dar detalhes específicos por questões éticas. No entanto, sinta-se livre para fazer perguntas específicas e avaliá-las-ei em uma relação de caso a caso. Assim sendo, ao fazer perguntas, se puder argumentar o porquê de precisar das respostas, isso me ajudaria a pesar a situação.

Fico à disposição.
Guilherme Tenner Ribeiro
Psicoterapeuta
CRP 0023673

Oi!

É interessante ouvir dela depois de tanto tempo. Ou engraçado. É... bom, é alguma coisa.

    Ela gostava de falar comigo, mas por "falar comigo" quero dizer que fazia muitas perguntas. Gostava de se aprofundar em temas. Até eu tenho um mínimo de autocrítica para saber que, às vezes, me prendo falando de bobagem atrás de bobagem, em especial quando bebo. Taí uma coisa: acho que nunca interagi com ela quando um de nós estava sóbrio (fosse de álcool ou afins). Não sei o que isso quer dizer para a sua busca.

    Nunca falamos de temas muito profundos, acho? Eu não me lembro muito bem dos temas? Que patético sou.

    A única coisa que lembro assim é que ela estava escrevendo um livro, ela me disse. E tinha uma história a terminar, ela me disse, a registrar. Eu sabia que ela tinha vindo para a Irlanda escrever um livro e encontrar a mãe, não era algo assim? Um livro sobre a própria mãe, sobre a própria família, sobre respostas que não tinha? Mas a gente nunca tem respostas, eu disse. Mas se a gente sistematizar, ela disse, se colocar no papel... Se lembrar de tudo, em ordem, as respostas vêm, ela disse.

    Sobre sua dúvida das outras pessoas, só me lembro mais ou menos do Maicou, do Caetano e da Fernanda. O Caetano tava ficando com uma amiga minha e ficaram juntos por algum tempo, então ele volta e meia tava no apartamento dela. Eu tava ficando com o colega de apartamento da amiga, então enfim.

    Em relação ao Maicou, a última coisa que soube dele foi por causa de um conhecido. Esse cara tinha indicado o moleque para um emprego num supermercado desses tão chiques que tinha uma área de embalar presentes. Um tempo depois, esse meu conhecido pediu pra revisar uma carta de recomendação em inglês, se não me engano tinha o nome do Maicou envolvido. Mas nem posso garantir, Maicou não é tipo um nome muito original. Se bem que a grafia é bem original. E era "Maicou" assim. E não sei se isso tem a ver com a sua procura, porque talvez ele não tenha passado e não deu em nada. Deve fazer pelo menos um ano esse negócio da carta, talvez mais. Chuto que fosse um emprego mais pesado, porque pediu tipo cinco cartas de recomendação, talvez alguma coisa com gado ou outros bichos no fim do mundo. Se você quiser seguir a trilha, tem muita gente em Gort, muito brasileiro envolvido com gado em Gort. Como o Maicou tinha um inglês meio fraco, talvez ir pra uma cidade que chamam de "little Brazil" fosse negócio para ele. Talvez eu esteja inventando coisas agora só para satisfazer sua expectativa.

Mas nunca fui próximo nem dela, nem de Caetano, nem de Maicou, nem de Fernanda. Nunca ouvi falar de Maria Eduarda, nem ninguém.

Se descobrir algo dela, por favor, passe meu contato para ela. Não éramos próximos, mas sempre fico curioso quando conheço artistas ou aspirantes a artista. É quase como ler uma carta de suicídio, não pelas palavras, mas pelo sentido exposto. O processo criativo me encanta, a questão de onde vêm as ideias. Não é estranho isso? De onde vêm as ideias? Aquela coisa de inspiração, mas trabalho, mas uma musa ou um ser superior.

Luiz Fernando Timm Wolf

Caio,

Que estranho. Fui um colega de inglês próximo do Maicou, mas nunca ouvi falar da Maria Alice ou desse fatídico apartamento. Talvez ela tenha conhecido ele depois? Ou talvez tenha sido, sei lá, ruim? Háháhá vai saber? Ouvi falar da Bruna e do Caetano por um bom tempo, o Maicou sempre dava muitos detalhes sobre a vida dele. Ele chegou a dizer pra você que dava um livro? Alguém dizia isso, acho que era ele. Fiquei só seis meses na Irlanda. Quando acabei meu curso, Maicou dizia que ia ficar na Irlanda, é só o que eu sei. Volta e meia ele respondia umas figurinhas que eu mandava pra ele por WhatsApp, mas depois ele não respondeu mais. Achei que tinha mudado de número só.
    Que história mais doida. Você já falou com a Garda?

Att,
Pedro

Caio,

Preciso dizer que me sinto um pouco invadida ao ser contatada. Por favor, não entre em contato comigo outra vez, seja por Facebook, e-mail ou o que for. Nunca ouvi falar de ninguém que você mencionou e me irrita que algum desconhecido tenha mencionado minhas informações de contato desse jeito. Vou tomar ação judicial se me contatar outra vez desta forma.

Renata T. Ricochet

Página de bloco de notas com folhas azul-claras com linhas pretas

Eu nem procrastino mais, simplesmente negligencio 100% das minhas responsabilidades.

Impresso em preto e branco

*Guardanapo com desenho de urso grunhindo
sobre a frase Cork Coffee Roasters*

Eu estava deitada no sofá e Taco Cat dormia sobre minha barriga. Eu o encarava, como vinha fazendo nas últimas três horas.
— Imagina se — eu disse — alguém te desse uma caixa cheia das coisas que você já perdeu ao longo da vida. — Ele abriu os olhos e respondeu num bocejo:
— Será que eu ia encontrar minha alma e meu coração, que congelaram e se perderam ao longo do tempo?
— Ah, para. Sem essa conversa existencial — empurrei Taco Cat para o lado. — Me preocupa mais onde foi parar meu vhs de *Sexta-feira muito louca*. Mas a versão antiga.

Verso de uma nota fiscal de Tesco Extra, em Carton Park, Dublin Rd, Maynooth, Co. Kildare

Por uma questão de logística, eu e Caetano só podemos ficar juntos na cama quando não tem ninguém em casa. Não que não haja uma série de revoluções acontecendo lá fora o tempo todo. Não que não haja um país prestes a ser formado as we speak. Uma greve num lugar. Mas é só uma segunda-feira de Páscoa. E a melhor cama pra isso é a cama do Matildo. Então a gente vai pra lá.

*Guardanapo do pub The Celt, fundo branco e logo
como marca d'água*

possibilidade de epígrafe:
The cake is a lie.
GLaDOS, Portal.

Panfleto* para Marino Institute

the cake is a lie não é uma frase que qualquer um de fato diga no jogo ou que apareça em qualquer lugar
    maybe that's the point

---

* Instituto em Dublin. Em frente, fotos do instituto, originalmente para uma irmandade cristã. No verso, informações a respeito do instituto, data de fundação e aspectos de hospedagem. O texto transcrito aqui está escrito à caneta preta nas bordas da frente, incluindo dentro da imagem do instituto. Em uma das janelas, há um desenho de uma pessoa em palitinho (também à caneta preta).

Postagem.pdf

Depois de mais de trezentas explorações, poucas coisas me surpreendem. Tem alguns padrões, não é mesmo? Mas esse não foi o caso do Irozaki Jungle Park.

Chegamos em um dia de tempo muito ruim: embora fosse março, chovia como se fosse julho. Urbex (urban exploration, pros novatos!) fica muito sem graça desse jeito.

Nessa primeira foto, mostro a primeira coisa que se vê: a loja de presentes. Adoro presentes e suvenires. Logo atrás dela, o edifício principal. Os dois estão cheios de remendos e cobertos por uma série de tapumes. Nota-se já que a área total do parque é imensa, por conta das árvores em torno da linha do horizonte. Para maior precisão: o parque tem entre duzentos e quatrocentos metros quadrados.

Já se vê nesta outra foto que a parte de trás do parque temático botânico está arrancada. É uma espécie de estufa, retangular. Dez anos de folhagem se acumulam e muitas das árvores já caem mortas. O teto está imaculado (deve ter sido construído para resistir a tornados e terremotos) e ainda impressiona por conta da altura de cinquenta a setenta metros. Algumas das árvores ainda crescem. Não sei identificar quais são, especialmente porque o Irozaki Jungle Park era famoso por seus espécimes raros, agora abandonados e crescendo sem critério. As placas que identificam as plantas desbotaram e se podiam ouvir alguns pássaros chiando.

Algumas entradas estão mais difíceis que nas minhas visitas anteriores. Vi um carro com cara de não abandonado e com placa. Alguém me informou que o parque foi adquirido por uma empresa em meados de 2008. A área vai ser reconstruída, me informaram. É uma pena, pois como está agora, seria um cenário incrível para um planeta exótico em *Star Trek*.

obs.txt

uma 3ª pessoa do ponto de vista do Matildo

me sinto famoso quando estou no aeroporto >> ceninha 3ª pessoa

Perguntar se posso usar a frase

Eu não sou ninguém no aeroporto >> ceninha 3ª pessoa

Prestes a explodir tudo no aeroporto >> ceninha 3ª pessoa

(uma 3ª pessoa do ponto de vista do Matildo)

Pensar em como VAI ficar famoso >> ceninha 3ª pessoa

remember to write that.txt

sem comida pra uma festa, uma piada com miojo cru, acaba em quinze min *isso.rtf*

— Pode ser — Maria Alice diz —, mas sou um abismo de tristeza. Boa sorte se quiser fazer isso gozar.

war criminals 2.rtf

— Are you sure that's the right decision? — Irlandesa perguntou, sabendo que se conheciam pela internet fazia dois anos, mas moravam juntos fazia pouco mais de dois meses.
 E o visto de Brasileiro ia vencer. Não pelo amor por Irlandesa, mas porque sempre tinha dito que ia embora.
 — Tenho sim — ele disse.

o maior livro da história like.docx

— Cê vai escrever o maior livro escrito na literatura, desse jeito.

— Não. O maior trecho de literatura escrito, pelo menos em inglês, por qualquer ser humano é uma fanfic de Super Smash Brothers Brawl. Tem duzentos e dezoito capítulos, três milhões e meio de palavras, quase oitenta mil páginas e ainda não foi finalizada. Eu não conseguiria fazer isso.

— Olha — Matildo tinha o celular na mão. — Achei uma fanfic de Super Smash Brothers Brawl de duzentos e vinte capítulos e quatro milhões de palavras.

conversão 3ª pessoa.txt

Um post novo.

A autora posta fotos de um antigo ponto turístico próximo a Dublin, o Blackrock Swimming Baths. Descreve as imagens: a primeira é a área em atividade em torno de 1930. A foto em preto e branco mostra alguém pulando na água de um lago a partir de um trampolim. São dois níveis de altura com duas tábuas cada. Ao fundo da imagem, algumas pessoas conversam e assistem ao pulo.

A autora não explica se é uma praia artificial. Não explica também como a água secou nas fotos coloridas.

Nas fotos coloridas, uma das tábuas do trampolim caiu dentro do poço de terra lamacenta. A estrutura do trampolim está prestes a despencar na própria ferrugem e abandono. O musgo cobriu alguns dos trechos de concreto. Um pouco de alga descansa no fundo do que deveria ter tido água. A área é agora da iniciativa privada que pretende construir complexos de apartamentos ali, informa o post. O nível de risco de visitar aquele haikyo é de uma arminha e meia, sendo o máximo cinco. Um quinto.

Avisa que estará fazendo mais algumas atividades na Irlanda. Pede dicas a respeito de lugares como As famosas Falésias de Moher; Duckett's Grove; Kilkishen Castle; cidades abandonadas pelo boom imobiliário; Castelo de Blarney; Dunsandle House; Belfast Court House; Mosney; Marble Hill; Cillíns espalhados pela Irlanda; The Hell Fire Club; Tyrone House; Ballysaggartmore Towers; Wilton Castle; Merlin Castle; Tudenham Park; Ahamlish Church; Curraghchase House; Saint Patrick's Purgatory, entre outros. Por motivos maiores, a autora explica, deve ficar na Irlanda por ao menos dois anos, possivelmente mais.

Alguns desses lugares, é claro, já são zonas turísticas, ela explica. Mas eles trariam seu próprio olhar nisso: iriam em horários já encerrados, acessariam áreas ainda não recuperadas. Além disso, ela explica, investigariam alguns lugares no improviso, o que parecesse legal, para que o blog não ficasse previsível.

    Marcaria um encontro com os leitores assim que se estabelecesse. Pediu dicas de quem já tinha ido a uma fábrica de açúcar abandonada um pouco fora de Dublin, que deveria ser um dos destinos mais conhecidos, um pouco depois de Tallaght. Disse que tentaria ir mais ao final de sua viagem, mas não tinha certeza sobre a segurança. Talvez fosse mais seguro (para quem não queria encontrar seguranças) aos fins de semana, não?

terminar com aquela ideia do matildo.txt

Neste exato momento, alguém está embarcando num avião para Las Vegas preocupado se eles estão no voo que tem uma chance em um milhão de cair. Mas, por outro lado, essa pessoa deseja ser quem tem uma chance em um milhão de sair de Las Vegas milionária. Pra viver um dia em Cork você vai precisar de: uma tesoura sem ponta. Um violão. *Piiiie piiiie it's American pie.* Não minto pra ninguém, eu sei muito bem que eu tenho carinha de europeu. Uma galera acha que eu sou italiano, então quando eu coloco a case do meu violão em frente à Waterstones de Cork na Paul Street, eu sei que eles não acham, ou sabem, que estão ajudando um latino a amassar grana. As pessoas passando com sacolinha do Tesco, os universitários todos com seus pacotes de seis de cerveja, sidra e o caralho a quatro, todo mundo com uma moedinha no bolso, faz *clinque clinque* e sai um *thank you very much*. Uma vez um cara mais na frente do Tesco, bem do lado da loja, tocou Legião Urbana, e não sei se não queria encher ele de porrada porque estava tocando *é preciso amaaaaa aaaaar as pessoas como se não houvesse amanhã* ou se porque estava mais próximo do Tesco. Ele pegava as pessoas com moedinha, *clinque clinque*, podia pelo menos ser Los Hermanos primeiro, mas eu não sou esse tipo de pessoa, não, eu, eu não, essas pessoas rancorosas que não se aplicam e não reacham seus objetivos. Eu continuei do jeito próprio e correto, e ele foi embora. *You can't always get what you want* e a guitarra *blom blom blom*, ela tem um nome que também é, *blom blom blom* e *I'm always here thank you very much*. Inclusive uma vez uma mina comprou a biografia do Bob Dylan que tava em promoção e botou na minha caixa. O Bob Dylan é bom, né, que cara, mas atualmente, não contem pra ninguém, acho que o Belchior tem uma puta história também. Até mesmo aqueles caras, como chamam? Ah, os Filhos de Francisco. Os caras vieram do cu do mundo, maluco. Então, se você já chega ali começando a cantar em inglês, seu público é vinte vezes maior o tempo todo, nossa, queria muito. Uns cuzões jogam as moedinhas plásticas do Tesco pra votar no programa de assistência do mês. Isso não quero, não quero democracia, pelo amor de deus, mas tem uma galera simpática que entende mesmo a situação. Em segredo eu acho que são brasileiros até, a gente pisca um para o outro em segredo porque sair se revelando como brasileiro não é uma ideia muito sensível. Mas a gente se reconhece, uma vez uma mina falou comigo em inglês e a gente tava trovando em inglês, cada um trocando mais uma palavra pela outra, mas era estranho porque a gente tava se entendendo. Tipo, eu falei da punctuation de um jogo e, ela entendeu, aí ela comentou que eu era bom, e eu disse thank you e ela falou que a UCC tinha um monte de bolsas de estudos, que eu podia me aplicar e ganhar uma graninha, ser recipiente e tal, não precisar ficar aqui. Às vezes eles têm umas leituras interessantes, de uns palestrantes legais falando de coisas interessantes, aí eu mas acontece que sou non European Union, não sei se rola bolsa pra mim. E ela disse que tinha amigos brasileiros que também não eram, e que tava tudo de boa, aí eu disse *where are you from*, e ela disse *from Brazil* e eu disse eu também e a gente começou a conversar. *And after aaaaalll* essa era a Van. E um burrito cheiroso, cheiroso, feijão, extra guac do *Burritos and Blues*, que tu pode mentir que é estudante e eles te dão desconto. O negócio de estudantes, e aí o burrito na sacolinha de papel e tudo o mais, o ruim é que vaza. Aí depois vou no Tesco e uso minhas moedas plásticas pra ajudar uma causa tipo *clean the streets of North Mall* ou comprar equipamento pra uma escola pública pra uma molecada jogar bola, às vezes tem uns bons, tipo *suicide hotline*, e um com imigrantes poloneses, vai comendo metade e guarda a outra metade pra mais no final da tarde sabe. A Van só disse dá uma olhada lá e eu disse aham. Começo com "Wonderwall" do início, porque uma menininha começou a assistir e aplaudir enquanto eu toco. Mas aí um dia a Van tava no apartamento de um amigo meu que não era bem amigo, a gente só tinha aquela conexão que se forma entre duas pessoas que estão numa situação cagada, porque ele tinha ficado com um cara irlandês abusivo que eu tinha ficado antes e aí a gente tomou no cu quase literalmente juntos, tipo toda a população brasileira. Meio pesado, fico sentado na beirada, uma paradinha, e pego o violão de novo me preparando pra falar do incrível *Mister Jones* na escola, eu tinha um amigo que se achava muito descolado porque tinha um moto de que tipo ninguém morre virgem porque a vida fode com todo mundo. E nisso o Brasil inteiro fica nesse meia-nove de violência em que os pobres tomam no cu da polícia e a polícia toma no cu do governo mas o governo também come o cu dos pobres e da classe média enquanto toma no rabo das elites oligarcas, em especial quem tem muita vaca e gosta de pôr fogo na Amazônia, matar uns bichos que nem estão em extinção, porque não foram catalogados porque estão no meio da Amazônia mas agora estão na Amazônia pegando fogo e tomando no cu e sendo extintos e poluindo o país e nisso gerando violência, porque tá todo mundo sendo fodido igual e todo mundo precisa de comida mais cedo ou mais tarde. Então tá lá o senhor deputado correndo e é assaltado, mas na verdade ele estava com uma equipe de seguranças junto, então os seguranças estão tipo sentando o cacete, e é estranho porque o ladrão estava armado com uma faca mas tomou um tiro na cara, nossa, que acidente esquisito mesmo. E não estou dizendo que todo mundo está sofrendo exatamente a mesma violência, porque assim como no meia-nove, ou numa orgia, nem todo mundo sabe o que está fazendo ou está fazendo o seu melhor, ali tem muita gente que tá só surfando na situação, e sempre tem aquele cara meio esquisito and *it's the end of the world as we know it*, que não consegue achar uma entrada, mas ele quer comer uma bundinha também, mas qual bunda ele vai comer se não tem uma disponível sequer, e ele nem sabe direito fazer na verdade. Então fica todo mundo no ciclo de se foder, talvez a elite não se foda tanto, mas eles também se fodem, porque não deve ser legal correr com um segurança do lado, e os caras devem ser rápidos. E mais uma vez quero dizer que não estou comparando a polícia invadir sua casa e te levar e, aí, do nada, você fica depressivo e naquele momento, *could be the end of the world as we know it* e se mata, quer dizer, segundo os relatórios oficiais, né. A polícia te leva em custódia, e aí você fica triste e se mata. Complicado mesmo, mas mais uma vez nem todo mundo faz o seu melhor e goza o seu melhor na orgia, entende. Nem sempre, mas tá todo mundo nessa corrente elétrica de sofrimento e nisso todo mundo com o cu na tomada, no ciclo infinito que vai até a Amazônia que já tá em chamas de qualquer forma então, né, *and I feel fine*. Mas a Van ela tava lá. E uma versão acústica de "Smells Like Teen Spirit", um cara que em geral fica na mesma esquina que eu. Com um violino, ele aparece e eu digo que ele pode acompanhar o meu Nirvana. Então a gente toca "Rape Me", mas não é muito bem-sucedido ou recebido, então, a gente volta pra "American Pie". Tem uma versão que me agrada muito do Weird Al Yankovic que é tipo *myy myyy this here Anakin guy maybe Vader someday later now he's just a small fry*. Sempre que canto essa eu ganho umas moedas a mais, em especial dos mais nerds, então depende da plateia. Sempre, sempre, sempre depende da plateia, sempre. Mas depois de "American Pie" gosto de tacar "Stand By Me" e "Ain't No Fun (Waiting 'Round To Be A Millionaire)", que é bom com gorjetas e tal, e é uma versão toscona, mas a gente faz um esforço. Depois de mais umas três músicas, a gente para e fico tomando uma água, a gente não conversa muito, confesso que não lembro o nome dele, ele disse uma vez, mas a sensação que eu tenho é que ele é um pai de família, que nem o meme, no sentido de cara que toma suco de laranja e toca violino, e eu e ele a gente talvez não tenha um mesmo nível de inglês, porque é capaz de ele ser irlandês e começar com as expressões *all grand* e *like*. Tipo, eu falo inglês direitinho e tô em Cork há uns noventa anos, mas nunca, nunca, nunquinha decifrei esse sotaque. Só tenho amigos americanos e brasileiros *at the moment like*. A pouca interação que a gente teve foi um dia, eu, ele, sugeriu que eu fosse me apresentar num open mic num barzinho descolado. The Friary, bonitinho e perto do rio, um microfone serviam Franciscan Well, Rebel Red, e era minha vez. Mas eu não tinha noticiado, porque quando chegou meu turno de me apresentar e me venturar nessa coisa de me apresentar em público, uma hora tinha que chegar, fiquei olhando para a plateia. A maioria era irlandesa, acho, sempre que eu viajo, me choca um pouco, como essa é a cidade de alguém, alguma pessoa nasceu em um hospital aqui, conhece cada esquina esquisita cada lenda urbana, sabem como ir e voltar de qualquer lugar, e ela tem memórias com um banco específico no meio de uma praça na região metropolitana e consegue apontar um prédio e dizer eu lembro quando era outro, e eu lembro quando essa parte aqui era só mato, agora essas empreendedoras fazendo esse shopping feio. E eu acho muito bonito, porque não é bem um shopping, é meio aberto, e eu sou só um transeunte, e eu fui embora porque achei que meu nome, tinha demorado demais pra me chamar, eu parado ali, mas os Thomas, Marys, as Gráinne, Daniels, Eileens, eu quieto, e as pessoas bebendo do lado de fora e eu tentando respirar, que era como respirar embaixo d'água, porque a umidade era essa puta que pariu. Ele tinha dito que viria, mas, aí, talvez o inglês que não tenha pegado, porque ele tem um sotaque pesado, e não fui treinado nisso. Esqueci meu violão, aí voltei no dia seguinte e tava lá. Quando retomamos, ele quer fazer uma versão de "Complicated", mas isso soa idiota no violino, mas ou eu toco e canto "Complicated" ou discuto com ele com o sotaque da desgraça. Então faço uma variação pra minha voz e vamos de "Complicated" pra "Seven Nation Army", que reúne uma pequena plateia de cinco pessoas e nos garante uns bons euros, em especial pra mim porque, como eu estou no violão e na voz, as pessoas assumem que eu estou atualmente fazendo mais trabalho, sendo que o irlandês parece ter milhões de anos de treinamento mais, provavelmente até um mestrado na UCC. Mas não no violino ou em *Irish Traditional Music*, só estrangeiros estudam *Irish Traditional Music*, os músicos de *Irish traditional music* só tocam ela desde sempre, e nunca repetem, é que nem ir pra escola estudar engenharia de favela, ou aprender rap, ou funk, ou poesia, vários brasileiros estudam inclusive, assim como gringos visitam favelas, sei lá, vai saber. E quando engatamos "Should I Stay or Should I Go", criamos uma pequena aglomeração de quase dez pessoas, e eu sou o rei da porra toda. A Van confia em mim tanto que ela me deu o telefone quando tava fazendo a maquiagem no ônibus, porque ela tava sexting um cara, e porque precisava acertar a sobrancelha, o que é meio esquisito, mas okay. Aí o cara tinha dito alguma coisa sobre mal conseguir esperar ver ela. E ela disse pra eu typar, então fala eu coloquei aquela meia cinco oitavos que você gosta, e essa é a relação, a nossa, a minha e da Van, mais real mais honesta que eu já tive, entende, porque degrau, sobe, sobe. Degrau paro o ônibus Leap Card, gday, motora, ele não responde, aí sento do lado de uma senhorinha mas queria ter pegado janela. Pra colocar a cara contra a janela e pegar no sono. Achei que poderia doze um pouco uma napinha, porque olha aí a senhorinha fica me olhando porque eu tô meio tonto, e digo *is everything ok* e ela diz *yes dear*, e eu digo *okay*, e ela diz *what are you doing in Ireland*, e eu fico meio sem saber o que dizer, tava fazendo whatever the fuck I wanted, mas não digo isso pra velhinha. *I'm getting my Masters in Musical Theory*, invento na hora, nem sei, e ela *oh really*, e eu *sure* e ela *and how does it compare to the American masters*, e eu tipo *well, I wouldn't know I'm Brazilian*. A velhinha no ônibus assumiu que eu era americano, eu digo que não, sou brasileiro, ela fica meio parada, e me diz que eu tinha um sotaque americano *you have a little American in you don't you*. Eu digo que não, ela me disse *but how come you have this accent* and I'm like *não sei I really don't*, ela parece ficar braba. Eu digo *maybe it's the music I like music or maybe it's the tv shows I don't know*. Ela ainda não me olha na cara e começa a mexer os pés e olhar um anúncio para operadora de celular no ônibus, e eu fico tipo tentando rir *I'm sorry I guess*, e ela ri da minha apologia. Então até ri comigo, então tudo bem. Então a gente meio que resume a conversa toda, e ela conversa comigo sobre como ela tem três netos, todos eles na América. Aí fui tocar perto do Tesco, tinha toda uma nova playlist "Hey Jude" e "You've got a Friend In Me" e "Here Comes the Sun" e "You Really Got a Hold on Me" e "Downton", mas tava chovendo, então peguei o ônibus de volta. Só que naquele outro dia, a Van, aquele dia, totalmente sem dinheiro, ela disse que tava ali esperando alguém ir embora pra pegar um táxi e esquecer a carteira. Aí eu passei num Centra da vida pra sacar dinheiro, achar um café, uma coca-cola, um Redbull, uma coisa que ajudasse a acordar, aí eu tava pagando e tava contando as moedinhas ali cinco, dez, vinte, cinco, cinco, dez, uma de cinquenta, uma moeda azul plástica democrática do Tesco. E você para e pensa que se você um dia ficar sem dinheiro, você pode só dar uma facada numa pessoa e pegar o dinheiro dela. E aí depois que terminei de limpar a faca na própria calça, saí correndo e deixei a Van pra trás, sentada na calçada, do lado de um mendigo, claro que não. Mas levei ela pra minha casa que é onde ela tá nesse momento, chegando com uma fôrma de brownie de maconha, mas a gente já tinha conversado sobre não fazer brownie de maconha, e só ficar olhando todo mundo ficar "chapado". Mas atualmente todo mundo tá chapado do que eles acham que deveriam estar chapados, deveriam estar de cabeça aberta, aí a gente fica rindo, e depois pede pras pessoas racharem na hora de pagar o que na verdade era uma barra de chocolate ovos e manteiga. A gente tipo ai odeio capitalismo, mas tenho que fazer isso pra roubar dos outros, até porque toda conversa que eu tenho relacionada ao futuro termina com eu odeio capitalismo. Só que a gente tava ali, sentado, ouvindo música e de boas, pode parecer doido mas éramos só uns três casais mais eu, o cara que eu tava a fim e a Van. E era bem boring, mas uns três casais fazendo barulho e eu tava cansado de fazer barulho, e eles cantando, tipo, a gente ia encerrar tudo meia-noite, a gente é boring e comportado, assim. A gente cozinha, a gente bebe às vezes, a gente vê uns filmes, mas só de vez em quando, sabe. Notei que tinha um dente num canto de uma mesa que me preocupava um pouco, porque começou a parecer que a mesa ia colapsar porque a Van tava sentada em cima da mesa, conversando com um dos meus roommates. A gente já tinha feito isso milhares de vezes, música, droguinha, e tal de boas. Aí eu comi o brownie, porque tava bom pra cacete, ela bota uns goos no meio uma coisa caramelizada e tal, uma coisa cheia de luxúria, mas por isso as pessoas viram alcoólatra, porque as pessoas que cheiram se sentem a rainha no dia e no dia depois se sentem o chorume da humanidade. Olha, não recomendo, meus dias de Zé Droguinha foram os piores da minha vida, você vai se sentir Gisele Bündchen abrindo as Olimpíadas, e é aí que mora o perigo, porque você acorda Katy Perry sem Grammy. É, droga é pra quem tem baixa autoestima e ao mesmo tempo é meio autodestrutivo, ou tem que trabalhar vinte horas por dia, sabe, dá uma voltinha na Faria Lima na hora do almoço que parece *The Walking Dead*, só que com zumbi cheirado. Eu lembro de uma vez que eu comi um MEGA pedaço de brownie e o mundo simplesmente derretia, e a única lembrança que eu tenho é de ver uma faca no balcão e pensar "nada me impede de me matar com essa faca agora mesmo pois eu não estou em controle do meu corpo ou da minha mente". Eu não lembro se foi no mesmo dia, mas uma vez eu quis enfiar uma faca no pé porque meu pé tava dormente, e eu fiquei noiando com o que ele está sonhando, mas é dormente ou adormecido, sabe, porque é demente. Esse dia eu dormi no banheiro, golfando, não foi na língua dos anjos nem na língua dos homens, uma vez. Eu já tava na bad e comecei a sentir aquela sensação de desmaio, como se eu fosse um convicto de guerra, e eu a primeira bad trip que eu tive a Van super me deu moral, mó galera tá dando ruim aqui, tou desencarnando. Aí ninguém deu moral porque acharam que era só bad trip. Eu tenho uma amiga que parou com as drogas por isso, ela tem arritmia, e ela ficou com medo de um dia ter um piriri, pedir ajuda e a galera ficar risos, risos, risos, tá doidaça aí. Os caras ficam relapsando e relapsando nas drogas, só que sim, é um medo bem coerente, eu só tenho pressão baixa mesmo, mas esses problemas mais sérios que são potencializados com as drogas, arritmia, crise de pânico, são complicados. Porque num rolê que tá todo mundo doidão, ninguém vai levar muito a sério a não ser os doidão mais experientes. Sim, sim, eu acho que minhas amigas já estão nesse nível, por isso que eu gosto de bong, ou cigarro, porque é uma viagem parecida com o brownie, mas passa rapidinho. O ruim da bad vibe do edibles é você saber que ainda tem quatro, cinco, seis horas daquilo ali, e se sentir meio que impotente perante seu próprio célebro. Célebro, eu disse. Não sou burro, só se for de propósito, só ironicamente, cacete. Mas a gente ouviu o carro de fundo e era a Garda, puta que pariu, porra, porra, porra, eu nem visto direito tenho, caralho, Van. *I u I u I u I u I u I* todo mundo estava de boa ali, *I u I u I u,* e eu corri pra janela. Subi no balcão, olhando a rua, tentando olhar o carro da Garda. Mas então quem sabe se eu só fosse embora, VAMO EMBORA, PESSOAL, ouvi minha voz gritar. Mas tentei me segurar pra ficar só do lado de dentro, mas não gritei com força suficiente, e nisso tropiquei e quebrei o pé, só que no que eu caí eu vi na esquina o carro da Garda, os ridículos de laranja gordos parecem uns cones parando o sujeito de carro, não era a festa, mano, era só um carro rápido demais de madrugada. Se eu derrubasse alguma coisa e quebrasse, ela poderia começar a me estapear ou puxar meu cabelo. Nós éramos anormais no supermercado ou no parque.

A única evidência física encontrada e registrada

Caio cat I'm a kitty cat and I ngeung miau miao ニャー miauw wrillow yaaaow meu میاؤں miyav meu meow wrillow miaow میاؤں miya naiou miaaau miyāʾūṉ miao miao miao miauw niao miou miaou miya meow yaong nyah njjjjäu ngeung miao 喵 miau miau ngeung miau miao miao ニャー miauw wrillow yaaaow meu میاؤں miyav meu meow wrillow miaow سوؤای miya naiou miaaau BAT I'm a pciky pat and I boop be boop babba boop boop boop miyāʾūṉ miauw niao miou mňau מיאו 야옹 niao m-ow mooee miao miao miao ngeungngeungngeung when I'm... daaaancing cat I'm a kitty cat and I ᴍjay yaow meow kurnau meeeow yaow miau yaong meong cat I'm a kitty cat and I meow meow meow meow and I miau miau miau miao cat I'm a kitty cat nyan nyan nyan miau nyaong mňau miaou meow miau minhau νιάου mjau meo-meo miau miiiau menhow I say 喵喵喵 naiou nyah mmmmm-oow nyaaaah nyah miaŭ mao miaav miau nyah nyah nyah 야옹 nyah cat I'm a kitty cat and I dance dance dance and I dance dance dance pbbbbbbbt מיאו miyauv miau mjá njäu nyā ya-ong myau mjau 貓 miaow miao miao miao nynynynyah miaou mjau yaow meow wrillow miaŭ mao miaav miau nyah nyah nyah 야옹 nyah pbbbbbbbt מיאו miyauv miau mjá njäu nyā ya-ong myau mjau 貓 miaow cat I'm a kitty cat and I meow nyah m-ow yaongl mqnhao

    a textura do pelo parecia mesmo formar um desenho de taco
    cat
    cato
    mrkgnao
    Caio

Resposta oficial da pergunta "quanto é muita informação?"

1.
   Estou moralmente obrigada a agradecer à OMI Ledig House, em Nova York, por me permitir começar este livro, durante minha residência em 2014. O término dele ocorreu na Irlanda, entre Dublin e Cork (a escrita em trens) durante meu mestrado, sob uma bolsa de *Creative Impact* cedida pela *National University of Ireland*. No meio-termo, a escrita aconteceu em Canoas, Rio Grande do Sul, mesmo. Obrigada, instituições preciosas.

2.
   O iceberg de Hemingway não só é conhecido, como é do *Death in the Afternoon*, algum lugar em torno da página 180, em tradução nossa (minha).
   Além dessa, o poema de W. H. Auden que fala da devoção de Goethe às pedras é "Ação de Graças", na tradução de João Moura Jr.
   Por último. É difícil fazer referências joyceanas sem o crédito não só ao autor como ao tradutor, acho eu. As frases "Um sábio gato listrado, esfinge piscante, observava de sua soleira aquecida" e "Piscou-lhe do chão com seus ávidos olhos pudicofechantes, miando queixosamente e longa, mostrando-lhe os dentes brancos de leite" são da tradução de Caetano W. Galindo de *Ulysses*. De igual forma, Galindo traduziu "mrkgnao" como "mqnhao", e essa me pareceu a mais adequada das traduções.

3.
   Se o ato de escrever realmente lhe interessa, imagino que tenha notado que faltaram aspectos no manual de mergulho. Este livro,

acima de tudo, é um livro de ficção: toda a não ficção estava a serviço da ficção. A inspiração veio de oficinas de criação literária, alguns instintos, ideias que funcionavam para a ficção e minha paixão por humor involuntário. Se você tiver interesse em livros sérios sobre o tema, há exemplos mais competentes. Exemplos úteis são: *Os segredos da ficção*, de Raimundo Carrero; *Aulas de literatura. Berkeley, 1980*, de Julio Cortázar; *Como escrever e ler uma sentença*, de Stanley Fish; *Sobre a escrita*, de Stephen King; *Para ler como escritor*, de Francine Prose; *Decálogo do perfeito contista*, de Horacio Quiroga; *Como funciona a ficção*, de James Wood. *Um teto todo seu*, de Virginia Woolf, não é sobre o ato de escrever em si, mas também necessário a aspirantes de escrita. *The Art of Subtext: Beyond Plot*, de Charles Baxter, só existe em inglês, mas é um dos mais tradicionais.

4.
Aos leitores-beta — Desirée, Felipe, Guilherme, Marco, Mateus, Rebecca —, tenho apenas gratidão. Aos leitores-alfa — Marianna Soares, Marcelo Ferroni e Luara França —, tenho apenas incredulidade.

5.
A todos os brasileiros com quem fiz amizade, compartilhei aulas, trens, ônibus e ansiedade generalizada, com quem saí, conversei, bebi, passeei, viajei ou troquei um sorriso de piada interna sem termos conversado, a todos os brasileiros que entreouvi, espiei, stalkeei, cujas fofocas ouvi — este livro é dedicado a vocês. A nós.

6.
Agradeço a todos que ao ouvirem "não vou sair esse fim de semana porque tô imobilizada pelo calhamaço" não acharam que era uma desculpa esfarrapada. Agradeço aos que quando ouviram "imobilizada" se preocuparam com minha saúde e bem-estar físico. Agradeço aos que quando perguntados "posso usar isso no livro?" não me acharam

patética. Agradeço a todos que ouviram meus monólogos sobre surtos criativos. Agradeço aos dois felinos que fizeram peso no meu colo, segurando minhas pernas na cadeira, de modo que ficassem sentadas. Pão e Mimi, este livro não existiria sem vocês.

ESTA OBRA FOI COMPOSTA PELA ABREU'S SYSTEM EM ADOBE GARAMOND
E IMPRESSA EM OFSETE PELA LIS GRÁFICA SOBRE PAPEL PÓLEN SOFT DA SUZANO
PAPEL E CELULOSE PARA A EDITORA SCHWARCZ EM JUNHO DE 2018

A marca FSC® é a garantia de que a madeira utilizada na fabricação do papel deste livro provém de florestas que foram gerenciadas de maneira ambientalmente correta, socialmente justa e economicamente viável, além de outras fontes de origem controlada.